데이트 어 라이브 21 토카 굿엔드 상

DATE A LIVE Goodend TOHKA

"좀 꼴사납단 말이야."
원래 정령이었던 소녀— 나츠미
"젊은 시절은
눈 깜짝할 사이에
지나가 버려요."
시도의 친동생— 타카미야 마나
"좋은 아침이에요."
원래 정령이었던 소녀— 요시노

"미안해~. 오래 기다렸지?"
원래 정령이었던 소녀— 이츠카 코토리
"무쿠와 다른 사람들도
방금 왔느니라."
원래 정령이었던 소녀— 호시미야 무쿠로

“—꺄아아아아아아아아아아아아아아아아아아아앗—?!”
원래 정령이었던 소녀— 토키사키 쿠루미

"……이름……. ……그런 건, 잊었다—."
정체불명의 소녀— 정령

"—너, 넌…….
평범한 고등학생— 이츠카 시도

"아아아아아아아아아앗—!!"

CONTENTS

DATE 데이트
A 어
LIVE 라이브

21

글 : 타치바나 코우시
그림 : 츠나코
옮긴이 : 이승원

THE SPIRIT
정령(精靈)
인계(隣界)에 존재하는 특수 재해 지정 생명체. 발생 요인, 존재 이유 둘 다 불명.
이쪽 세계에 모습을 드러낼 때, 공간진(空間震)을 발생시켜 주위에 심각한 피해를 끼친다.
또한, 엄청난 전투 능력을 보유하고 있음.
WAYS OF COPING1
대처법1
무력을 통한 섬멸.
단, 위에서 말했듯 매우 강대한 전투 능력을 보유하고 있기 때문에 달성 가능성이 극도로 낮음.
WAYS OF COPING2
대처법2
——데이트를 해서, 반하게 만든다.
토카 굿엔드 상
Goodend TOHKA
SpiritNo.???
AstralDress-BeastType
Weapon-BladeType[Metatron] [Rasiel] [Zafkiel] [Zadkiel] [Camael] [Michael] [Haniel]
[Raphael] [Gabriel] [Sandalphon]

제0장 무라사메 레이네

하늘에 눈이 있다면, 무엇을 볼까.

바다에 팔이 있다면, 무엇을 안을까.

대지에 마음이 있다면, 무슨 생각을 할까.

—물론 그것은 단순한 비유이며, 가정이다.

하늘은 아무 것도 보지 않고, 바다는 아무 것도 안지 않으며, 대지는 아무 생각도 하지 않는다.

자연에는 의지가 없으며, 세계 또한 사고 능력이 없다. 만약 삼라만상에서 마음을 느꼈다면, 그것은 세계를 바라보는 자가 그렇게 느꼈을 뿐이다. 자연을 신으로 숭상하는 것도, 재해를 괴물이라 여기며 두려워하는 것도, 상상을 초월하는 존재를 자신의 척도라는 틀에 넣어서 이해하려 하는 것에 지나지 않는다.

세계는 그저 『존재』할 뿐이다. 그 안에는 일체의 의지도 관여하지 않는다.

하지만, 만약에. 세계에, 자연에 편재된 힘(마나)에서 생명이 탄생한다면, 그것에 의지는 존재할까.

그리고 이윽고 그 목숨이 끝을 맞이하며, 다시 세계에 녹아들었을 때—.

그것은, 세계에 어떤 영향을 끼칠까.

—울부짖듯, 하늘이 노래한다.

—터져나가듯, 바다가 휘몰아친다.

—진동하듯, 대지가 울부짖는다.

세계에 녹아든 목숨이, 희미하게 맥동하기 시작했다.

제1장 토비이치 오리가미

나는 다른 이들에 비해 비교적 빠른 시기에 시도와 만났다.

미오와 코토리 같은 예외를 제외하면, 아마 1등이라 해도 과언이 아니리라. 지금으로부터 6년 전, 초등학생 시절에 이미 만났던 것이다.

뭐, 사실 그때 그 시도는 시간 역행을 한 미래의 시도였지만 말이다.

딱히, 함께한 시간이 길수록 상대방을 생각하는 마음이 강하다고 말할 생각은 없다. 또한, 그 마음이 강하다고 해서 꼭 보답 받는 것도 아니다.

그것은 구원이자, 저주다. 만약 그것이 완전히 비례한다면, 만약 사랑이 선착순이라면, 나는 절대 코토리를 이길 수 없을 것이다.

하지만 현실이 그렇지 않은 이상, 나도 그와의 오랜 관계를 자랑할 생각은 없다.

나보다 나중에 그의 앞에 나타난 누군가가, 아직 나타나지 않은 누군가가, 혹은— **지금은 이 세상에 없는 누군가가**, 그의 마음을 움켜쥘 가능성도 있는 것이다.

—시도. 너의 눈에는 지금, 누가 비치고 있어?

◇

하늘은 쾌청하고, 모든 일기예보에서도 오늘은 날씨가 맑을 거라고 한다.

그야말로 빨래를 하기 딱 좋은 날이다. 이츠카 시도는 기쁜 마음으로 팔을 걷어붙이고, 탈수를 마친 세탁물이 든 바구니를 들고 정원으로 향했다.

"음, 날씨 참 좋네."

시도는 눈을 가늘게 뜨며 미소를 짓고, 꼭 짠 걸레로 빨래 장대를 닦은 후에 익숙한 손놀림으로 세탁물을 널었다. 물론 마른 후에 구겨진 부분이 없도록 주름을 펴주는 것도 잊지 않았다.

시도의 집 세탁기에도 건조 기능은 있지만, 날씨가 좋은 날에는 가능한 한 이렇게 세탁물을 햇빛에 말렸다. 효율적이지 않을지도 모르지만, 햇볕에 말리는 편이 골고루 건조가 될 뿐만 아니라 푸근한 온기가 남아서 기분이 좋다.

별다른 취미가 없는 시도가 꼼꼼하게 신경 쓰는 몇 안 되는 일 중 하나다. 커피 마니아가 콩을 갈아서 커피를 끓여먹거나, 음악 애호가가 좋은 스피커를 고르는 것과 마찬가지다. 남들이 보기에는 별 차이가 없지만, 당사자에게는 큰 차이점이 있다. 무엇이 그리 다른지 묻는다면 뭐라고 대답하기 어렵다. 인간은 옛날부터 쓸데없는 일과 귀찮은 일을 사랑하는 생물이었던 것이다.

"좋아. 다 됐어."

시도는 작게 한숨을 내쉬더니, 어느새 이마에 맺힌 땀을 가볍게 닦았다.

반짝이는 아침 햇살 아래에는, 얼룩 하나 없는 세탁물이 질서정연하게 널려 있었다. 말로 형용할 수 없는 충족감과 고양감이 폐부를 가득 채웠다. 시도는 만족스레 미소 지으며, 기지개를 켰다.

바로 그때, 마치 이 순간을 기다린 것처럼 누군가가 시도에게 말을 걸었다.

"좋은 아침이에요, 시도 씨."

"응?"

그쪽을 쳐다보니, 똑같은 옷을 입은 네 명의 소녀가 눈에 들어왔다.

그녀들은 푸른색 체크무늬 넥타이와 옷깃으로 꾸며진 흰색 세일러 교복을 입고 있었다. 시내에 있는 중학교의 학생이라는 사실을 알려주는 교복이다.

시도에게 말은 건 이는 그 중 한 명— 토끼 모양 퍼핏 인형을 왼손에 낀, 상냥한 인상의 소녀였다.

요시노. 과거에 정령이었던 소녀 중 한 명이다. 그녀는 현재 시도의 집 옆에 있는 맨션에서 살고 있다.

"아. 좋은 아침이야, 요시노. 그리고 다들 안녕. 오늘은 꽤 일찍 등교하네."

시도가 그녀들에게 다가가며 말을 건네자, 머리카락을 경단 모양으로 만 소녀— 무쿠로가 고개를 끄덕였다.

"음. 지금의 학교에 다닐 날도 이제 얼마 남지 않았지. 그래서 가능한 한 추억을 새겨둘까 하느니라."

"……나는 아무래도 상관없지만, 다들 간다고 해서 어쩔 수 없이……."

무쿠로의 뒤를 이어 덧붙이듯 그렇게 중얼거린 이는 다른 이들과 같은 맨션에서 살고 있는 소녀, 나츠미였다. 언짢은 듯한 표정을 지으며, 하나로 모아 묶은 머리카락의 끝부분을 손가락으로 만지작거리고 있었다.

통학가방과 함께 죽도가방을 들고 있던 소녀는 그 말을 듣더니, 하하 하고 웃으며 어깨를 으쓱했다.

시도의 친동생인 타카미야 마나다. 머리카락을 포니테일 모양으로 묶었고, 왼쪽 눈 아래쪽에 눈물점이 있으며, 다른 소녀들과 같은 세일러 교복을 입고 있었다. 하지만 당당히 선 그녀에게서는 귀여움보다도 용맹함이 느껴졌다.

"어라, 그래버렸나요. 누구보다 먼저 일어나서 다른 사람을 기다린 건 어디 사는 누구였죠? 카논 양의 말을 듣고, 어젯밤부터 준비를 해버리는 것 같던데요."

"……윽!"

나츠미는 허둥지둥 고개를 들더니, 마나의 말을 막기 위해 손을 뻗었다. 하지만 만성 운동부족인 나츠미가 검도부의 에이스인 마나의 입을 막을 수 있을 리가 없었다. 마나가 가볍게 몸을 놀리며 그 손을 연이어 피하자, 나츠미는 곧 숨을 헐떡였다. 그런 두 사람을 본 요시노와 무쿠로가 웃음을 터뜨렸다.

"하하—."

그 모습을 본 시도 또한 무심코 미소를 머금었다.

시간은 참 빨리도 흐르는 것 같았다. 그녀들이 중학교에 다니기 시작한 후로 벌써 1년이 흐른 것이다. 3학년에 편입했기에 졸업 때까지의 기간은 짧았지만, 다들 학교생활 속에서 소중한 무언가를 발견한 것 같았다.

"아, 다들 왔구나! 늦어서 미안해~. 오래 기다렸지?"

그리고 현관 쪽에서 그런 목소리가 들리더니, 그 뒤를 이어 힘차게 뛰어오는 발소리가 들려왔다.

다른 소녀들과 똑같은 교복을 입은 시도의 여동생, 코토리가 새하얀 리본 두 개로 나눠묶은 머리카락을 휘날리며 다른 이들을 향해 뛰어갔다. 그걸 눈치챈 소녀들도 코토리를 쳐다보았다.

"아, 코토리 씨. 좋은 아침이에요."

"신경 쓰지 말거라. 무쿠들도 방금 왔느니라."

"정말? 이야~, 어제부터 의욕을 불태우는 나츠미 때문에 예정보다 일찍 온 줄 알았어."

"잠깐……."

나츠미의 얼굴이 새빨개졌다. 하지만 마나의 입을 막으려 하면서 체력이 바닥났던 건지, 지금은 말도 제대로 못하며 숨을 헐떡이고 있었다.

"그렇게 부끄러워할 일은 아니잖아. 학교를 가고 싶어 하게 된 건 좋은 일 아냐?"

"……하지만 1년 전만 해도 그렇게 『학교란 지옥의 대명사』니, 『강제수용시설』이니, 『악당에게 묘비는 필요 없다』 같은 소리를 해놓고, 이제 와서 태도가 180도 달라지는 건 좀 꼴사납단 말이야."

시도의 말을 들은 나츠미가 고개를 돌리며 그렇게 대꾸했다. 그렇게 심한 말까지 했었나. ……했던 것 같은 느낌이 들었다.

"그렇지 않아. 사람은 성장하잖아. 1년 동안 생각이 바뀌는 건 당연한 일 아닐까?"

"……으, 으음……."

나츠미는 입술을 삐죽 내밀며 낮은 신음을 흘렸다.

그러자, 마나가 나츠미의 등을 힘차게 두드렸다.

"뭐, 코토리 씨도 왔으니 빨리 가버리죠. 젊은 시절은 눈 깜짝할 사이에 지나가버려요."

"아얏……! 나, 나도 알아."

나츠미는 몇 걸음 헛디디더니, 「……다녀올게」 하고 말하며 시도를 향해 손을 흔들었다. 그 뒤를 이어 다른 소녀들도 손을 흔들었다.

"그럼 다녀올게, 오빠~."

"다녀올게요, 시도 씨."

"음. 그럼 나중에 보자꾸나, 나리."

"그래. 다녀와."

시도는 마주 손을 흔들며 길을 따라 나아가는 소녀들을 배웅한 후, 다시 기지개를 켰다.

"지금의 학교에 다닐 날도 이제 얼마 남지 않았다—라."

그리고 혼잣말을 중얼거리면서 집안으로 들어간 시도는 등교할 채비를 했다.

하지만 시도는 이미 세수와 식사를 마쳤으며, 옷 또한 갈아입었다. 그는 걷어 올렸던 소매를 원래대로 되돌리더니, 넥타이를 매고 교복 상의를 걸친 후에 가방을 들고 집을 나섰다.

아직 시간적으로 여유가 있지만, 어쩌면 무쿠로의 말에 영향을 받은 걸지도 모른다.

고등학교 3학년의 3월. 졸업식까지 남은 기간은 얼마 되지 않는다. 약 3년 동안 다녔던 학교에 등교할 날이 이제 얼마 남지 않은 것이다. 확실히 감개무량하기는 했다.

특히— 그 학교에는, 특별한 추억이 잔뜩 담겨 있으니까 말이다.

"…………."

아련한 감정이 가슴을 스치고 지나가자, 시도는 하늘을 올려다보았다.

딱히 눈물을 참기 위해— 그런 것은 아니지만, 왠지 하늘을 올려다보고 싶어졌다. 새파란 하늘에는 기나긴 비행기구름이 존재했다.

바로 그때였다—.

"좋은 아침."

"우왓……?!"

다음 순간, 곁에서 들려온 목소리에 깜짝 놀란 시도는 무심코 몸을 뒤편으로 젖혔다.

허둥지둥 시선을 돌려보니, 어느새 시도의 눈앞에는 한 소녀가 서있었다.

어깻죽지까지 기른 색소가 옅은 머리카락과 인형처럼 단정한 얼굴을 지닌 이 소녀의 몸을 감싸고 있는 것은 시도가 다니는 라이젠 고등학교의 교복이었다.

토비이치 오리가미. 시도의 클래스메이트이자, 원래 정령이었던 소녀 중 한 명이다.

"으, 응……. 좋은 아침이야, 오리가미."

시도는 그 소녀의 얼굴을 보더니, 쓴웃음에 가까운 미소를 지으며 그렇게 대꾸했다. 그리고 부자연스럽던 자세를 고치며 그녀를 응시했다. 그러자 오리가미는 딱히 표정에 변화는 없지만 왠지 만족한 것처럼 고개를 끄덕였다.

"응……? 그러고 보니……."

바로 그때, 시도는 고개를 약간 갸웃거렸다.

오리가미가 신출귀몰한 것은 어제오늘 일이 아니지만, 그녀는 시도의 집 옆에 있는 맨션이 아니라 시내에 있는 자택에서 살고 있다. 그래서 그녀는 등하교 때, 시도의 집 앞을 지나가지 않는 것이다.

시도의 표정을 보고 무슨 생각을 하는 건지 눈치챈 듯한 오리가미는 조용히 입을 열었다.

"—시도와 같이 등교하고 싶었어. 안 될까?"

"——."

오리가미가 시도의 얼굴을 들여다보려는 듯이 고개를 살며시 기울이며 그렇게 말하자, 무심코 가슴이 뛴 시도는 숨을 삼켰다.

예전과 마찬가지로 표정에는 큰 변화가 없지만, 왠지 그 모습이 귀엽게 느껴진 것이다.

"아…… 물론, 괜찮아. 그럼 가자."

"응."

시도의 말에 짤막하게 대답한 오리가미는 그의 옆에 나란히 섰다.

시도는 오리가미와 보폭을 맞추면서, 학교를 향해 걸어갔다.

물론 시도가 전력질주를 해도 오리가미에게 이길 수 있을 리가 없으며 평범하게 걷더라고 오리가미라면 아무렇지 않게 따라올 테지만, 그래도 신경을 썼다. ……뭐, 여자애와 함께 걸을 기회가 없었던 시도가 이런 배려를 할 수 있게 된 것은, 약 2년 전부터다.

"그래도, 큰일날 뻔 했네."

"응? 뭐가 말이야?"

시도가 천천히 걸음을 옮기며 그렇게 말하자, 오리가미는 의아하다는 듯이 되물었다.

"아, 그게, 시간 말이야. 나는 오늘 평소보다 집을 일찍 나섰거든. 하마터면 오리가미가 모처럼 찾아와줬는데 엇갈렸을지도 모르잖아."

"괜찮아. 시도가 평소보다 일찍 등교할 거라고 예측했어."

"그래? 대체 어떻게……."

"여자의 감. 주파수는 기업비밀."

"주파수는 또 무슨 소리야?! 감 아니었어?!"

"사랑의 주파수."

"아니, J-팝의 가사 같은 소리 하지 말아줄래?!"

시도가 새된 목소리로 그렇게 외치자, 오리가미는 태연한 표정으로 대꾸했다.

"농담이야. —그냥, 시도가 나올 때까지 기다릴 생각이었어."

"아니, 그것도 좀 문제인데……. 대체 몇 시부터 기다리고 있었던 거야?"

시도가 묻자, 오리가미는 표정을 풀며 「비밀」 하고 말했다.

미소를 지었다고 하기에는 너무나도 희미한 표정 변화였다. 하지만 항상 철가면을 쓰고 있는 것 같았던 과거의 오리가미에 비하면 엄청난 변화였다.

"…………."

싸움이 끝나고 1년이 흘렀다. 조금씩이지만, 오리가미도 변하고 있는 것이다.

"왜 그래?"

"아, 아냐……."

시도가 아무 말 없이 얼굴을 빤히 쳐다보자, 오리가미는 의아하다는 듯한 시선으로 그를 쳐다보았다. 그러자 시도는 얼버무리듯 애매한 미소를 지었다.

"오리가미가 등교 전에 우리 집에 온 게 신기해서 말이야. 역시 졸업이 얼마 남지 않았기 때문이야?"

"그렇기도 해. 하지만—."

"하지만?"

시도가 되묻자, 오리가미는 아주 약간 입가를 말아 올리며 말을 이었다.

"—한 번쯤은 이 시점에서, 걸어보고 싶었어."

"……응?"

시도는 고개를 갸웃거렸지만, 오리가미는 그 의문에 답하지는 않았다. 그리고 곧 「그것보다」 하고 말하며 화제를 돌렸다.

"카구야와 유즈루는 오늘도 대결을 하는 거야? 모습이 안 보이네."

"응? 아, 응……. 등교 경쟁이 현재 박빙인데, 졸업 때까지는 결판을 내고 말겠어~! 하고 일전에 말했어."

"그 두 사람은 여전하네."

"하하…… 뭐, 그래."

시도는 희미한 의문을 느끼면서도, 그런 별것 아닌 대화를 나누며 학교를 향해 걸어갔다.

"—이야~, 졸업식도 이제 일주일밖에 안 남았네요~! 정마아아아아알, 여러분이 이 학교를 떠난다고 생각하니 벌써부터 쓸쓸해요~!"

발언과는 달리 전혀 쓸쓸해 보이지 않는 목소리와 표정으로 그렇게 말한 이는 시도의 반 담임인 오카미네 타마에 교사— 통칭 타마 선생님이었다.

그녀는 테가 얇은 안경을 쓴 아담한 체구의 여성이다. 평소에도 학생으로 오해받을 만큼 동안인 교사지만, 지금은 찬란히 빛나는 눈과 윤기 넘치는 피부 탓에 평소보다 더 어려 보였다. 소풍을 앞둔 초등학생이라 해도 믿는 사람이 있을지도 모른다.

하지만, 타마 선생님은 학생들과 딱히 사이가 나쁘지는 않으며, 대화에 고도의 농담이나 신랄한 유머를 섞는 타입도 아니다. 학생들과의 작별을 아쉬워하고 있는 건 틀림없으리라.

하지만 지금은 그런 쓸쓸함보다 훨씬 큰 기쁨을, 그녀는 느끼고 있는 것 같았다.

"으흥~! 벌써부터 이래서야, 이 선생님은 졸업식 당일에는 울지도 모르겠어요~! 아아, 쓸쓸해라~!"

타마 선생님은 그렇게 말하면서 자랑하듯 왼손을— 정확하게는, 약손가락에 낀 반지를 자랑하듯 들어 보이며 히죽거리고 있었다. ……왠지, 엄청 지적해주기를 바라는 것 같았다.

"……으, 으음, 타마 선생님? 그 반지는……."

학생들이 쓴웃음을 짓고 있는 가운데, 시도의 악우인 토노마치가 그렇게 말했다. 그러자 타마 선생님은 그 말을 기다렸다는 듯이 교탁에서 몸을 쑥 내밀었다.

"앗! 눈치챘어요~?! 이야~, 왠지 미안하네요! 감출 생각이 었는데 말이에요~!"

학생들 전원이 「거짓말……」 하고 말하는 듯한 표정을 지었지만, 타마 선생님은 눈치채지 못한 것 같았다. 그녀는 마치 스포트라이트를 받고 있는 듯한 표정으로, 과장스럽게 말을 이었다.

"사실 이 선생님은— 드디어, 약☆혼! 했어요~! 아하~!"

만화에 나올 듯한 코미컬한 자세를 취한 타마 선생님이 혀를 날름 내밀었다. 물론 그러는 와중에도 왼손에 낀 반지를 계속 어필했다. 이렇게 텐션이 높은 타마 선생님을 처음 보는 것 같은 느낌이 들었다.

"어? 상대가 누구냐고요? 우후후, 고학력 고수입에 키도 큰 왕자님 타입의 미남이에요~! 엄청 신사에, 데이트 때도 완벽하게 에스코트를 해준다니까요~! 그리고 목소리도 스너프킨[#1] 같아요~!"

아무도 묻지 않았는데, 약혼 상대에 대해 상세하게 이야기

#1 스너프킨(Snufkin) 동화 및 애니메이션인 『무민』에 나오는 캐릭터.

하기 시작했다. 그런 완벽 그 자체인 인물상을 들은 이 반의 명물3인조, 아이, 마이, 미이가 식은땀을 흘렸다.

"으음…… 완전 초우량 매물 아냐? 그런 사람이 실제로 있긴 해?"

"정말 괜찮은 걸까? 타마 선생님, 결혼사기를 당하는 거 아냐……?"

"그 약혼자, 실은 선생님의 상상 속에만 존재하는 인물인 건 아니에요?"

"우후훗~! 지금의 저한테 무슨 말을 해봤자 안 통해요~! 아아, 세상은 이렇게 아름답군요! 라이프 이즈 뷰티풀~!"

타마 선생님은 그렇게 말하며 두 손을 들었다. 그 순간, 주위에 색종이 조각이 눈보라처럼 흩날렸다. 아무래도 타마 선생님이 호주머니 안에 넣어뒀던 색종이를 던진 것 같았다. 평소와는 딴판이라고 해도 과언이 아닐 만큼 흥분한 상태였다.

"아하하……."

학생들은 들뜬 타마 선생님을 보면서 당혹스러워 했지만, 일단은 축복 무드였다. 학생들은 쓴웃음을 머금은 채, 타마 선생님을 응시했다.

"하아……. 그건 그렇고, 타마 선생님이 약혼을 다 하네."

"내가 이 학교에 다니는 동안에 그런 희귀 이벤트가 일어날 줄은 꿈에도 몰랐어."

"하지만, 『라이젠의 최종방어선』이란 별명을 지닌 타마 선생님이 약혼을 하면, 다른 선생님들도 조바심을 느끼는 거 아냐?"

아이, 마이, 미이는 그렇게 말하면서 고개를 돌리더니, 교실 뒤편— 정확하게는 그쪽에 서있는 여성 교사를 쳐다보았다. 그러다 다른 학생들도 덩달아 그쪽을 쳐다보았다.

"……뭐, 뭐죠? 왜 저한테 불똥이 튀는 건가요?"

그 여성 교사는 학생들의 시선이 자신에게 몰리자, 미간을 찌푸리며 뒷걸음질 쳤다.

옅은 빛깔의 노르딕 블론드빛 머리카락, 그리고 새하얀 피부가 인상적인 외국인 여성이다. 피부 빛깔이 옅어서 그런지, 볼의 홍조가 확연하게 드러났다. 어른스러운 분위기의 검은색 정장을 입고 있지만, 타마 선생님 정도는 아니더라도 그녀 또한 동안인지라 영 어울리지 않았다.

—엘렌 밀라 메이저스.

〈라타토스크〉의 적대조직인 DEM인더스트리의 창설 멤버 중 한 명이며, 세계최강이라 불렸던 마술사(위저드)다.

"……벌써 1년 가까이 지났는데도, 위화감이 느껴지네."

시도는 쓴웃음을 지으며 그렇게 중얼거렸다.

그러자 시도의 오른편에 앉아있던 오리가미가 살며시 고개를 끄덕였다.

"나는 아직 신용하지 않아."

"하하……."

시도는 오리가미의 신랄한 말을 듣고 무심코 쓴웃음을 흘렸다. 하지만 오리가미는 그녀와 전장에서 싸운 적이 있으니 어쩔 수 없을지도 모른다.

“뭐, 기억상실이라는 말을 느닷없이 들으면 놀라는 게 당연하지…….”

시도 또한 현장에 있었던 것이 아니라 전해들은 거지만— 1년 전의 최종결전 후, 웨스트코트를 잃고 그 자리에서 정신을 잃었던 엘렌은 정신을 차리고 나니 DEM과 웨스트코트에 관한 기억을 완전히 잊었다고 한다.

자세한 원인은 알 수 없지만, 정신을 차린 엘렌에게서는 적의나 악의가 느껴지지 않았으며, 우드먼과 카렌은 엘렌과 재회한 것을 순수하게 기뻐했다고 들었다.

“그것 자체는 있을 수 없는 일이 아냐. 엘렌은 웨스트코트를 신봉했어. 웨스트코트가 죽는 모습을 본 충격 때문에 기억을 잃었을 가능성은 존재해. 그리고 그 사실을 견디다 못해, 현현장치(리얼라이저)로 자신의 기억을 지웠을 가능성도 있을 거야. 혹은—.”

“혹은?”

시도가 묻자, 오리가미는 작은 목소리로 말을 이었다.

“위저드는 리얼라이저를 다루기 위해 뇌에 송신장치를 달아. 엘렌의 그 송신장치에 누가 손을 써뒀다면…….”

“누가…… 웨스트코트가, 말이야?”

—웨스트코트가 자신이 죽으면 엘렌이 기억을 잃도록 손을 써뒀다……? 그 남자답지 않은 행동이기에, 시도는 미간을 찌푸렸다.

“몰라. 어디까지나 그럴 가능성이 있다는 거야.”

"……그렇구나."

시도는 머리를 긁적이더니, 「응?」 하고 말하며 고개를 갸웃거렸다.

"오리가미는 거기까지 알고 있으면서도, 엘렌을 신용하지 않는 거구나……."

"그녀가 작위적으로 자신의 기억을 지웠을 가능성이 있는 만큼, 일정기간 후에 기억이 되살아 놔도록 손을 써뒀을 가능성 또한 부정 못해. 만일의 사태에 대비해, 엘렌의 송신장치에 보험을 들어둘 걸 제안했어."

"보, 보험……."

시도는 그 불온한 말을 듣고 식은땀을 삐질삐질 흘렸다.

하지만 오리가미는 고개를 저었다.

"딱히 폭탄이나 독 같은 걸 쓰자고 한 건 아냐. 그저 엘렌이 적대적인 행동을 취했다고 판단될 경우, 송신장치의 기능이 정지되도록 프로그램해달라고 했어. 리얼라이저가 없는 엘렌이라면, 딱히 위협이 되지 않거든."

"아…… 아하……."

시도는 오리가미의 말을 듣더니, 납득한 것 같은 표정을 지으며 팔짱을 꼈다.

하지만 그것은 꼭 필요한 조치일지도 모른다. 엘렌이 지닌 위저드로서의 힘은 말 그대로 세계 최강이다. 정령의 힘을 잃은 지금 상황에서 엘렌이 적의를 품는다면, 그녀를 제압할 방법은 없다.

하지만, 엘렌은 적어도 이 1년 동안 수상한 행동을 취하지 않았다. 시도는 아이, 마이, 미이에게 휘둘리고 있는 엘렌을 쳐다보며 또 쓴웃음을 흘렸다.

엘렌의 처우에 관해 이런저런 말이 오간 것 같지만, 결국은 우드먼의 뜻에 따라 〈라타토스크〉의 기관원으로 활동하게 됐다고 한다.

그리고 당시에 〈라타토스크〉에서 결원이 발생한 자리는— 레이네가 맡고 있던, 정령들의 서포트 역할이었던 것이다.

그리하여, 엘렌은 시도의 반 부담임으로 활동하게 됐다. 옛날에 수행 카메라맨으로서 시도 일행의 수학여행에 잠입한 적이 있기 때문에 엘렌의 얼굴을 기억하는 일부 학생들이 놀라기는 했지만, 다들 호의적으로 그녀를 맞아줬다.

"이야~, 엘렌 씨도 슬슬 신경 쓰이는 나이일 것 같아서 말이야. 실은 어때? 신경 쓰이는 사람 있어? 응? 자아, 이 아이 님한테 말해보는 게 어때? 절대, 십중팔구, 아마, 분명, 아무한테도 말 안 할 테니까 걱정하지 마."

"엘렌 씨는 미인이니까 애인도 금방 만들 수 있을 것 같은데, 그런 소문은 들은 적이 없네~. 잘 숨기고 있는 거야? 아니면 무슨 문제가 있어서 남자들에게 툭하면 차이는 거야?"

"어…… 설마, 남자한테 딱히 흥미가 없는 타입이야? 그건 좀 곤란하네……. 엘렌 씨의 마음은 기쁘지만, 나는 동성애에는 딱히 관심이 없거든……."

"그러니까 왜 제 이야기를 하는 거죠?! 아니, 멋대로 이야기를 비약시키지 말아주세요!"

아이, 마이, 미이가 다가가자, 엘렌은 비명에 가까운 목소리로 그렇게 외쳤다. 하지만 아이, 마이, 미이는 개의치 않으면서 엘렌의 몸 곳곳을 만지기 시작했다.

"역시 정장이 촌스러운 거야~. 이번 주말에 같이 쇼핑하러 가자, 엘렌 씨. 미인이니까 조금만 꾸며줘도 이성한테 인기 있을 거야~."

"아, 좋은 생각이야~. 엘렌 씨에게 입혀보고 싶은 옷이 있거든~. 자기가 입어봤자 어울리지 않을 것 같은 옷 있잖아? 엘렌 씨는 몸매도 좋으니까 분명 어울릴 거야~."

"맞아~ 맞아~. 피부도 새하얗고 머리카락도 윤기가 넘치니까…… 두근…… 이 마음은 뭘까……. 나, 동성애에는 관심이 없는데, 텐션이 치솟아. 역시 엘렌 씨는 제대로 꾸며주면 완전 무적일 거야. 최강 그 자체가 틀림없어."

"최, 최강……?"

엘렌은 뭔가가 생각난 것처럼 화들짝 놀라며 이마를 감싸 쥐었다.

"정말 감미로운 단어군요—. 윽, 머리가……."

하지만 아이, 마이, 미이 때문에 짜증이 치솟은 건지 머리를 내저으며 손발을 버둥거렸다.

하지만 슬프게도 리얼라이저가 없는 엘렌의 완력은 초등학생(저학년)과 팔씨름을 해도 긴장감 넘치는 명승부를 펼칠 수준이다. 결국 그녀들을 떨쳐내지 못한 채, 이리저리 휘둘리고 있었다.

평소 같으면 말렸을 타마 선생님도 마음이 딴 곳에 간 눈치였으며, 「우후후, 사이가 참 좋네요~」 하고 말하며 싱글벙글 웃었다.

"하하하……."

평소보다 더 시끌벅적한 조례였다. 시도는 쓴웃음을 머금다가, 문뜩 창가 쪽을 쳐다보았다.

—그러자, 1년 동안 비어 있던 창가 자리가 시도의 눈에 들어왔다.

"…………."

시도는 작게 한숨을 내쉰 후, 시선을 슬며시 들어 올리면서 창문 너머의 푸른 하늘을 올려다보았다.

"…………."

교실 안이 시끌벅적한 가운데, 오리가미는 아무 말 없이 시도의 얼굴을 응시했다.

시도의 시선은— 교탁 쪽을 향하고 있지 않았다. 아무도 앉지 않은 창가 자리를 향하더니, 이윽고 창밖의 하늘로 향했다.

그 시선은 어딘가 쓸쓸해 보였으며, 그리고 어딘가 상냥했다.

신이 아닌 오리가미는 시도가 무슨 생각을 하는지 명확하게 알 수 없다.

하지만 지금 이 순간만큼은 오리가미도 확신을 가질 수 있었다.

—시도가, 오리가미와 같은 생각을 하고 있다는 확신을…….

“………….”

하지만, 아니, 그렇기 때문에 오리가미는 행동했다.

선생님의 눈을 피해 스마트폰을 꺼내더니, 시도에게 메시지를 보냈다.

“……응?”

몇 초 후, 뭔가를 눈치챈 것처럼 시도의 눈썹이 희미하게 떨리더니, 그는 호주머니에서 스마트폰을 꺼내서 화면을 보았다.

그리고 오리가미가 보낸 메시지를 확인한 시도는 눈을 동그랗게 뜨며 그녀를 쳐다보았다.

“오리가미?”

“………….”

오리가미는 살며시 고개를 끄덕이기며 시도의 눈을 응시한 후— 곧, 그의 어깨 너머에 존재하는 창가의 빈자리를 응시했다.

—1년.

DEM과의 최종결전으로부터.

시원의 정령과 싸운 날로부터.

그 소녀가, 사라진 날로부터.

벌써, 1년가량이 흘렀다.

◇

"1년……. 벌써 그렇게 됐네."

밤. 텐구 시 상공 15000미터에 떠있는 공중함 〈프락시너스〉의 함장석에서, 코토리는 입에 문 막대사탕의 막대부분을 희미하게 까딱이며 그렇게 말했다.

현재 코토리는 낮에 입고 있던 흰색 세일러 교복이 아니라, 진홍색을 띤 군복을 입고 있었다. 머리카락을 묶은 리본 또한 흰색에서 검은색으로 변모했다. 〈프락시너스〉 함장, 이츠카 코토리는 현재 사령관 모드인 것이다.

하지만 1년 전부터는 이 모드가 되는 빈도도, 〈프락시너스〉에 오는 횟수도, 서서히 줄고 있었다.

하지만 그것도 당연하다면 당연했다. 1년 전의 그 싸움을 통해 시원의 정령인 미오가 소멸하는 것과 동시에, 정령들에게서 영력이 사라진 것이다.

게다가 같은 시기에 〈라타토스크〉의 철천지원수인 DEM인더스트리의 우두머리, 아이작 웨스트코트도 이 세상을 떠났다. 웨스트코트의 강대한 구심력과 영향력을 잃은 DEM에서는 반(反) 웨스트코트 파가 모반을 일으켰고, 1년이 지난 지금도 한창 내부 분열 중이라고 한다. 물론 적을 얕볼 생각은 없지만, 대대적인 약체화를 피할 수는 없으리라.

즉, 정령의 힘을 봉인하고, 그녀들이 평온한 생활을 하게 해준다는 〈라타토스크〉의 최대 목적이 얼추 달성된 것이다.

물론 앞으로도 그녀들을 계속 지원해야 하니 직장을 잃지는 않겠지만, 새로운 정령의 등장이나 영력 역류의 위험이 사라진 만큼, 긴급한 안건 자체가 전무하다 해도 과언이 아니다.

"—흐음, 코토리도 과거를 추억할 나이가 된 건가요."

함장석의 오른편에서 그런 목소리가 들렸다.

〈라타토스크〉의 제복을 입은 소녀가 긴 머리카락을 희미하게 흔들면서 코토리를 바라보았다.

"내가 언제까지나 어린애라고 생각하면 곤란해, 마리아. 인간은 성장하는 존재거든. 게다가 다음 달부터는 고등학생이잖아. 과거를 추억하기도 하고, 어깨 결림을 걱정하기도 해."

"어깨 결림 문제는 꽤 예전부터 호소했던 것 같은 느낌이 드는군요."

코토리가 농담 투로 그렇게 말하며 어깨를 으쓱하자, 그 소녀— 마리아는 빙그레 웃었다.

"뭐, 그래. 때로는 네가 부러워. 마리아의 몸에는 그런 문제가 안 생기잖아?"

"정확하게는 임의적으로 조절이 가능해요. 저는 기본적으로 켜두는 편이죠. 인간의 신체기능을 재현하기 위해서는 부정적인 정보도 꼭 필요하니까요."

마리아는 그렇게 말하며 자신의 어깨를 매만졌다.

그렇다. 현재 코토리의 옆에 서있는 이 소녀는 인간이 아니다. 〈프락시너스〉의 관리AI가 대인(對人) 커뮤니케이션용 보디를 이용해 대화를 나누고 있는 것이다.

리얼라이저를 이용해 만들어진 이 의체(義體)는 인간의 피부 질감을 완전히 재현했고, 땀과 타액 등의 체액도 분비 가능하다고 한다. 솔직히 코토리도 마리아의 정체를 몰랐다면, 저 육체가 가짜라고는 생각조차 못할 것이다.

"흐음…… 그래?"

"뭐, 그건 제 기호예요. 뭐든 철저하게 하자는 주의거든요."

마리아는 그렇게 말하며 의기양양하게 가슴을 폈다. 코토리는 그 인간 느낌 물씬 나는 말을 듣더니, 무심코 웃음을 터뜨렸다.

"그런데—."

바로 그때, 마리아는 의아하다는 표정으로 함장석 왼편을 쳐다보았다.

"칸나즈키는 아까부터 뭘 하고 있는 거죠?"

그곳에는 바닥에 손을 댄 채 몸을 부들부들 떨고 있는 장신의 남성이 있었다. —〈라타토스크〉의 부사령관인 칸나즈키 쿄헤이다.

"사령관님이…… 사령관님이, 다음 달부터 고등학생…… 알고는 있었지만, 이렇게 들으니 폐부가 도려내지는 듯한 느낌이 든다고나 할까요……."

칸나즈키는 주먹을 말아 쥐며 오열하듯 그렇게 말했다. 함교 바닥에는 눈물이 방울져서 떨어지고 있었다. 공중함의 내부가 더러워졌기 때문인지, 마리아는 질색하는 표정을 지었다.

"너는 또 영문 모를 소리를 늘어놓고 있네……."

"아뇨, 아뇨……. 고등학생이 된다고 해서, 사령관님의 매력이 손상될 리는 없죠. 그저, 그저……!! 『여중생 상사』와 『여고생 상사』 사이에는 넘을 수 없는 벽이 존재합니다……!! 돌이킬 수 없는 시간의 잔혹함을 알았다고나 할까요. 『언젠가 부풀 것』이라고 여겨졌던 것이 『결국 부풀지 않았다』는 결말을 맞이하는 것이 슬픕니다—."

"…………."

코토리는 아무 말 없이 발을 들더니, 그대로 칸나즈키의 숨골에 발꿈치를 날렸다.

"꺄응!"

칸나즈키는 짓밟힌 개구리처럼 그대로 함교 바닥에 널브러졌다. 그 모습을 본 마리아가 더욱 인상을 썼다.

"아, 아아…… 이 묵직한 발꿈치 찍기…… 이것이…… 성장……? 그, 그래……. 잃어버린 것이 있다면, 새롭게 얻은 것도 있는 건가……. 세상은 이렇게, 아름다워……."

칸나즈키는 황홀한 표정으로 그런 말을 중얼거렸다. 그런 여전한 모습을 본 코토리는 땅이 꺼져라 한숨을 내쉬었다.

"하아, 자중 좀 해. 너, 얼마 전에 약혼했지? 이러다간 상대방 여성한테 차일지도 몰라."

"그건 걱정할 필요 없습니다. 사령관님과는 명백하게 구분하고 있으니까요. 마이 허니 또한 진심으로 사랑하고 있어요."

"……아, 그래? 그러고 보니 자세한 건 못 들었네. 그 상대는 어떤 사람이야?"

"성인인데, 중학생처럼 보이는 여성입니다."

"…………."

역시 칸나즈키는 여전했다.

코토리는 체념한 것처럼 한숨을 내쉬더니, 함장석에서 벗어났다.

"코토리, 귀가하려는 건가요?"

"응. 정기보고는 끝났잖아."

"그렇군요. ―아, 전송장치는 저쪽입니다만?"

코토리가 걸어가는 방향을 본 마리아는 의아하다는 듯이 고개를 갸웃거렸다.

"아― 다른 볼일을 마치고 갈 거야."

코토리는 애매하게 말끝을 흐리더니, 손을 흔들며 함교를 나섰다.

그리고 그대로 통로를 나아가더니, 〈프락시너스〉 후방에 위치한 자료실에 도착했다. 코토리가 문 옆에 설치된 카메라를 쳐다보자, 자동적으로 안면 인증이 되면서 삐삣 하는 소리와 함께 문이 열렸다.

자료실이라는 이름이 붙어 있지만, 딱히 책이나 서류가 줄지어 놓여있지는 않았다. 이곳에는 〈라타토스크〉의 데이터베이스에 액세스할 수 있는 전용 단말이 설치되어 있는 것이다.

물론 기본적인 데이터라면 코토리의 단말로도 열람할 수 있다. 하지만 전문성이 높은 정보와 외부 유출이 금지된 극비자

료 등은 이렇게 인증을 한 후에만 열람이 가능하다.

바로 그때—.

"……어머?"

자료실 안에 들어온 코토리의 눈썹이 희미하게 흔들렸다.

이유는 단순했다. 이 방 안에 먼저 온 이가 있었던 것이다.

"시도, 뭘 조사하고 있는 거야?"

"……윽!"

코토리가 말을 걸자, 단말 앞에 앉아있던 시도가 어깨를 부르르 떨며 그녀를 돌아보았다.

"아, 응……. 그래."

시도는 식은땀을 흘리면서 억지 미소를 지었다. 그리고 코토리가 단말의 화면을 보지 못하도록 몸으로 가린 듯한 느낌이 들었다.

"흐음……."

코토리는 눈을 약간 가늘게 뜨더니—.

"앗!"

……하고 큰 목소리로 말하며, 엉뚱한 방향을 손가락으로 가리켰다.

"윽?! 왜, 왜 그래?"

시도도 덩달아 고개를 들었다. 코토리는 그 틈을 노리며 바닥을 박차더니, 시도의 어깨 너머로 단말의 화면을 봤다.

"앗!"

"……어디어디? 정령의 조성과 술식에 관해…… 그리고 〈각

자프키엘
각제(刻刻帝)〉에 관해? 어머, 화들짝 놀라는 걸 보고 다른 애들의 메디컬 체크 때 사진이라도 보나 했어."

"그, 그런 짓을 내가 왜 하냐고!"

코토리가 눈을 게슴츠레하게 뜨며 그렇게 말하자, 시도는 볼을 붉히며 고함을 질렀다. 뭐, 애초에 그런 사진은 남성 기관원의 인증으로는 볼 수 없도록 프로텍트가 걸려 있지만 말이다.

"그럼 대체 뭐가 알고 싶은 건데?"

"그게……."

시도는 고개를 돌리며 말끝을 흐렸다.

몇 초 동안 침묵이 이어진 후, 코토리는 한숨을 내쉬었다.

"……토카구나?"

"…………윽."

코토리가 중얼거리듯 그렇게 말하자, 시도는 숨을 삼키며 알기 쉬운 반응을 보였다. 그러자 코토리는 또 한숨을 내쉬었다.

―야토가미 토카.

그 이름은, 코토리와 다른 이들에게 있어서도 특별했다.

코토리라는 예외를 제외하면, 시도가 처음으로 힘을 봉인했던 정령.

시원의 정령과 마찬가지로, 인간을 소체로 삼지 않고 조성된 순수한 정령.

그리고― 1년 전, 그들의 눈앞에서 사라지고 만 정령.

모두가 구원받고 평온한 생활을 손에 넣은 이 세상에서, 유일하게 구원받지 못한 정령. 그 사람이 바로― 토카라는 소녀다.

토카는 상냥하고, 활기차며, 다른 이들에게 기운을 불어넣어주는 긍정적인 소녀였다. 그렇기에 코토리의 마음속에는 토카와의 추억이 진하게 남아 있으며, 시도 또한 마찬가지일 것이다. 하지만, 이건—.

"……토카를 추억하는 건 상관없어. 잊으라는 것도 아냐. —하지만, 시도."

코토리가 시도의 눈을 응시하며 그렇게 말하자, 그는 체념한 것처럼 고개를 약간 숙였다.

"……알아. 정령술식을 시도하거나 〈자프키엘〉을 재현할 생각은 아냐. 그저— 정령에 대해 더 알고 싶을 뿐이야."

—정령에 대해 알게 되어서, 뭔가가 달라질 가능성이 조금이라도 존재한다면—.

그 말은 시도의 입에서 나온 것은 아니지만, 코토리는 거기까지 생각이 미쳤다. 결국 코토리는 또 한숨을 내쉬며 머리를 긁적였다.

"……딱히 막으려는 건 아냐. 진짜로 위험한 정보에는 프로텍트가 걸려 있거든. 네 직성이 풀릴 만큼 조사해보고, 생각해봐. 하지만— 괴로울 거야."

"…………아무 것도 하지 않는 게, 더 괴롭거든. ……왠지, 토카가 사라졌다는 걸, 내가 받아들이고 말 것 같아."

"…………."

코토리는 그 말에 답하지 않으며 고개를 숙였다.

그런 코토리의 모습을 봤기 때문인지, 시도는 거북한 표정으로 볼을 긁적였다.

"……그래도, 오늘은 이쯤에서 끝낼게. 내일은 볼일이 있거든."

"……응. 그편이 좋을 거야. 안 그래도 아침에 잘 못 일어나잖아. 또 늦잠 자면, 시도의 배 위에서 탭댄스를 출 거야."

"그건 참아줬으면 좋겠는데……."

시도는 어깨를 으쓱하면서 단말에 표시된 화면을 끄며 자리에서 일어났다.

하지만 마치 코토리와 교대하듯 자료실을 나서려던 시도는 갑자기 걸음을 멈추며 뒤를 돌아보았다.

"그런데 코토리."

"왜?"

"코토리는 이 시간에 뭘 조사하러 온 거야?"

"…………아……."

시도가 그렇게 묻자, 코토리의 눈빛이 흔들렸다.

이유는 단순했다. 결국 코토리도— 시도에게 으스대며 충고를 할 인간이 못 되는 것이다.

"……하하."

시도는 왠지 안도한 것처럼 쓴웃음을 흘리더니, 손을 흔들며 자료실을 나섰다.

◇

"그건 그렇고, 요즘 들어 공간진이 완전히 멎었네."

텐구 시 외곽에 있는 카페.

그곳의 명물인 로열 밀크티를 한 모금 홀짝인 후에 그렇게 말한 이는 육상자위대 대정령부대(AST) 대장인 쿠사카베 료코였다.

하나로 모아 묶은 머리카락과 눈초리가 찢어진 눈, 그리고 탄력적인 근육을 갖춘 장신의 여성이다. 지금은 AST 장비와 작업복 차림이 아니라 러프한 셔츠와 청바지를 입고 있었다.

"예……. 약 1년 정도 전이었나요? 거대한 반응이 관측된 이후로는 확인되지 않네요."

"아~, 벌써 그렇게 됐나요~. 뭐, 31년 전에 공간진이 빈발한 후에도 한동안 관측되지 않았던 시기가 있었다는 기록도 있잖아요. 어쩌면 주기 같은 게 있는 것 아닐까요?"

료코의 말에 답한 이는 새끼 고양이 같은 분위기가 인상적인 소녀와 테가 가는 안경을 쓴 소녀였다. 료코의 부하인 오카미네 미키에, 그리고 AST의 메커닉인 밀드레드 F 후지무라다. 두 사람 다 홍차와 세트로 주문한 케이크를 먹으면서 의아하다는 듯이 고개를 갸웃거렸다.

"…………."

그런 그녀들을 바라보던 토비이치 오리가미는 김이 나는 찻잔을 들더니, 그 안의 홍차를 한 모금 마셨다. 찻잎의 선명한 향기가 코 안에 퍼져나가더니, 그 뒤를 이어 상냥한 단맛이 입안에 감돌았다.

그러고 보니 이 멤버가 한 자리에 모이는 것도 참 오래간만이었다. 오리가미가 AST에 속해 있던 시절에는 자주 얼굴을 마주했지만, 그녀가 정령이 되면서 〈라타토스크〉의 보호를 받게 된 후로는 만날 기회가 좀처럼 없었다.

하지만 편하게 대화를 나누는 그녀들의 분위기는 예전과 전혀 달라지지 않았다. 오리가미는 불가사의한 감회에 젖으면서 아무 말 없이 가는 숨을 내쉬었다.

하지만, 당시와 다른 점도 물론 있었다. 가장 큰 차이점은—.

"—어? 공간진은 이제 안 일어나는 것 아니었어? 시원의 정령이 사라지면서 정령이 전부 없어졌다고 들었는데……."

어리둥절한 표정으로 기밀정보를 늘어놓는 한 소녀가 이 자리에 있다는 사실이다.

햇빛을 모아 만든 듯한 선명한 금발, 그리고 잔잔한 바다를 담아둔 듯한 벽안, 그리고 표정에는 온화함을 넘어 어딘가 어벙한 듯한 분위기가 감돌고 있었다.

아르테미시아 벨 애시크로프트. 전직 영국 대정령부대 SSS의 에이스이자, DEM인더스트리 제2집행부의 위저드다.

뭐, 지금은 DEM을 퇴사했으며, 지금은 심리학을 배우기 위해 대학에 다니고 있지만 말이다.

"…………뭐?"

"정령이…… 사라졌, 다고요?"

"어라? 우리 지금 엄청 위험한 정보를 들은 거 아니에요?"

아르테미시아의 말을 들은 료코 일행이 눈을 치켜뜨며 입을 쩍 벌렸다. 그런 와중에 오리가미는 아르테미시아의 옆구리를 살짝 찔렀다.

"—아르테미시아."

"어? 아……. 혹시 방금 그거, 말하면 안 되는 거였어? 아…… 으음, 미안해. 내 착각이었던 것 같아."

"되게 어설프게 얼버무리네!"

아르테미시아가 혀를 내밀며 고개를 갸웃거리자, 료코는 참다못한 것처럼 고함을 질렀다.

하지만 료코는 곧 질렸다는 듯이 한숨을 내쉬더니, 머리를 긁적였다.

"그러고 보니, 1년 전까지는 DEM에 있었지? 그때 들었던 정보를 함부로 흘리고 다니지 마. ……그건 그렇고, 너는 그 회사와 엮여서 그 고생을 했으면서 용케 거기에 들어갈 생각을 했네."

그렇게 말한 료코는 눈을 가늘게 뜨며 턱을 괬다. 그러자 밀리는 그 말에 동의한다는 듯이 고개를 끄덕였다.

"맞아요~. 그런 악덕기업에 들어가는 사람들을 이해할 수가 없다니까요."

"그러는 너도 전에는 DEM에서 우리한테로 파견된 사원이었잖아."

료코가 그렇게 말하자, 밀리는 「아~, 그랬죠? 깜빡했네요~」 하고 말하며 웃음을 터뜨렸다.

한편, 아르테미시아는 방금 그 말을 듣고 표정을 굳혔다. 그리고 팔짱을 끼더니, 으음 하고 신음을 흘렸다.

"으음…… 실은, 기억이 안나."

"기억이…… 안 난다요?"

"응. 왜 DEM에 들어간 건지, 어떤 활동을 했는지…… 머릿속에 안개가 낀 듯한 느낌이야. 입사 전의 일과 퇴직 후의 일은 똑똑히 생각나는데, 그 부분만 묘하게 흐릿해……."

아르테미시아가 이마에 손을 대며 그렇게 말하자, 료코, 미키에, 밀리의 얼굴이 새파랗게 질렸다.

"우와, 무시무시하네……. 저기, 괜찮아? 그 자식들이 네 머릿속을 헤집어놓은 거 아냐?"

"DEM이라면 그러고도 남죠……."

"맞아요. 그 회사는 악당 천지거든요."

밀리가 팔짱을 끼며 그렇게 말하자, 료코가 또 딴죽을 날렸다.

바로 그때, 아르테미시아는 뭔가가 생각난 것처럼 손가락 끝으로 이마를 두드리며 다른 손으로 복부를 매만졌다.

"으음…… 그래도 어렴풋이 기억이 남아있는 것도 같은데…… 아, 맞아. 오리가미와 우주에서 싸웠던 것 같은 기억이……."

"그때는 정말 고생했어."

"너희는 대체 뭘 하고 다닌 거야?!"

료코가 또 새된 목소리로 고함을 질렀다. 하지만 이곳이 카페 안이라는 걸 떠올렸는지, 어험 하고 헛기침을 하며 마음을 진정시켰다.

"……그건 그렇고, 공간진이 이제 일어나지 않는다니…… 그게 사실이라면 큰일이네. 우리는 실직자가 될지도 몰라."

"아하하. 뭐, 재해의 근절 자체는 기뻐할 일이겠지만요……."

료코가 그렇게 말하자, 미키에는 쓴웃음을 흘렸다. 료코는 「그건 그렇지만……」 하고 말하며 머리를 긁적였다.

"그런 걱정은 안 해도 돼."

"응?"

"리얼라이저는 원래 이 세상에 존재할 리 없는 오버 테크놀로지야. 전투 이외의 목적으로도 무궁무진한 유용성을 지녔어. 만약 공간진이 두 번 다시 일어나지 않는다는 것이 증명되더라도, 리얼라이저를 다룰 수 있는 특수기능 보유자— 위저드를 해고한다는 건, 정부가 미치지 않고서야 있을 수 없는 일이야."

게다가, 하고 오리가미는 덧붙였다.

"다른 나라의 군대와 경찰에도 위저드가 비밀리에 배치되어 있어. 다른 나라에 대한 억지력으로서의 가치는 상상을 초월해."

"뭐…… 그건 그래. 그런 목적으로 우리의 힘이 쓰이지 않기를 빌지만 말이야."

"어쩌면 저희는 꽤 중요한 포지션인 걸지도 모르겠네요. ……왠지 긴장돼요."

"그렇다면 그만큼 급료 좀 올려주면 좋겠는데 말이죠~."

밀리가 아하하 하고 쾌활하게 웃었다. 료코는 힘없이 고개를 푹 숙이더니, 「동감이야……」 하고 중얼거렸다.

그러자 아르테미시아는 턱에 손가락 하나를 대면서 말했다.

"예외가 있다면, 그건 모든 나라에서 일제히 리얼라이저를 포기해야 할 경우 정도일 거야. 요즘 DEM이 내부 분열로 난리잖아? 만약 회사가 조각나서 리얼라이저의 공급과 유지보수를 못하게 됐습니다, 같은 상황이 벌어진다면……."

"아……."

료코는 표정을 굳히며 팔짱을 꼈다.

리얼라이저는 DEM인더스트리만 제조할 수 있는 특수한 장치다. 만일 그 장치의 제조처가 망하기라도 한다면, 더는 공급을 받을 수 없는 것이다.

물론 〈라타토스크〉의 모체인 아스가르드 일렉트로닉스사라는 예외가 있지만…… 물론 오리가미는 그 말을 입에 담지 않았다.

"만약 그렇게 된다면, 원래 소속처였던 회계과로 돌아가게 되려나. 아…… 이참에 괜찮은 남자를 찾아서 영구 취직할 생각을 해야 할지도 모르겠네……."

료코는 밀크티를 홀짝이면서 땅이 꺼져라 한숨을 내쉬었다. 그러자 미키에의 볼을 타고 땀이 흘러내렸다.

"대장님은 아직 젊으니까 괜찮을 것 같은데요……."

"네가 아직 젊으니까 그렇게 생각하는 거야. 20대 후반은 총알 같은 속도로 흘러가버리니까, 방심하면 안 돼. ―그것보다 이렇게 한창 때인 여자가 모여 있는데, 연애 중인 애가 한 명도 없는 거야?"

료코가 그렇게 말하면서 같은 테이블에 앉아있는 이들을

차례차례 둘러보자, 다들 아하하 하고 쓴웃음을 흘렸다.

"유감이지만……."

"나도 딱히 없어……."

"밀리한테 걸맞은 남자가 없어서 그런 거예요!"

료코는 그녀들의 대답을 듣더니, 어이없음과 안도가 뒤섞인 표정을 지으며 한숨을 내쉬었다.

"뭐야. 다들 꽤나 여유 넘치네. ―오리가미는 어때? 남친이 있다고 말했었잖아?"

"나는―."

오리가미가 대답하려던 순간, 어딘가에서 희미한 진동음과 경쾌한 착신음이 들렸다.

"아, 나야."

그렇게 말한 아르테미시아는 가방 안에서 스마트폰을 꺼내더니, 착신 버튼을 터치하고 귀에 댔다.

"여보세요, 애슐리? ―아, 응. 알고 있다니깐 그러네. 그래, 그래."

그리고 짤막한 대화를 나눈 후에 통화를 끊더니, 스마트폰을 다시 가방에 넣었다.

"미안한데, 나는 슬슬 가볼게. 약속이 있거든. 으음, 찻값은―."

"아, 괜찮아. 때로는 연장자다운 일 좀 하게 해줘."

아르테미시아가 그렇게 말하자, 료코는 손을 내저었다. 그러자 아르테미시아는 뜻밖이라는 듯이 눈을 동그랗게 떴다.

"어, 하지만……."

"그 대신, 근시일 내에 또 얼굴을 비출 것. 어때?"

"……후후, 알았어. 그럼 잘 먹었어. 오늘 오래간만에 만나서 즐거웠어. —또 봐."

아르테미시아는 그렇게 말하며 미소를 남긴 후, 카페를 나섰다.

료코 일행은 그런 아르테미시아를 향해 손을 흔들어준 후, 작게 한숨을 내쉬었다.

"아르테미시아는 건강해 보이네. 여전히 순진한 구석이 있는 것 같지만……."

"예. DEM에 관한 이야기가 좀 불온하긴 했지만, 딱히 별일 없는 것 같아 다행이에요."

미키에가 그렇게 말하자, 료코는 동의한다는 듯이 고개를 끄덕였다.

"자아…… 우리는 가볍게 점심을 먹으러 갈 건데, 오리가미는 어떻게 할 거야?"

"미안하지만, 나는 볼일이 있어."

"볼일……인가요?"

미키에는 고개를 갸웃거렸다. 그러자 오리가미는 고개를 살며시 끄덕이며 말을 이었다.

"—결혼식."

그 말을 들은 료코 일행은 눈을 치켜떴다.

◇

역 앞 광장의 분수, 그리고 그 인근에 있는 정체불명의 견공 동상, 일명 파치공은 텐구 역의 2대 만남의 장소다.

양쪽 다 역 개찰구를 빠져나오면 바로 눈에 들어오는 위치에 있는 인상적인 설비다. 처음 텐구 역을 방문한 이도 위치를 알기 쉬운 데다 간단한 설명만으로 어떤 것인지 바로 파악할 수 있는 만큼, 만남의 장소로 이용되는 것은 필연적이라 할 수 있다.

하지만 그것은 사람들이 많이 모인다는 의미와 동일했다. 휴일이 되면 이 역 앞 광장은 정확한 숫자를 알 수 없을 만큼 많은 이들로 붐빈다.

길을 가는 사람, 누군가를 기다리는 사람, 거리의 음악가와 그들을 구경하는 손님……. 그리고 「엘렌 씨, 이쪽이야!」, 「저 가게에 가보자!」, 「우선 속옷부터 장만하는 거야!」, 「놔~주~세~요~!」 하고 시끌벅적하게 떠들어대는 집단—.

만남의 장소지만 만나기로 한 상대를 찾기 어렵다는, 주객전도 같은 상황이 펼쳐지기도 한다.

하지만—.

"—아, 저기 있네."

역 앞 광장에 도착한 시도는 자신이 찾던 인물을 금방 발견해서, 그 상대를 향해 걸어갔다.

분수의 정면에는 마치 그림으로 그린 듯한 완벽한 차렷 자세를 한 오리가미가 서있었다.

그렇다. 시도는 어제, 학교에서 그녀에게 데이트 신청을 받았다.

예전에도 오리가미와 여기서 만나기로 한 적이 있으며, 그녀는 항상 약속 시간보다 일찍 도착해서 매번 같은 장소에서 시도를 기다렸다. 그래서 이곳이 아무리 사람들로 붐비더라도, 시도는 항상 그녀를 쉽게 찾을 수 있었다.

뭐, 오리가미의 당당한 존재감이 주위의 분위기에서 격리되는 듯한 느낌을 자아내고 있다는 점도 영향이 있겠지만 말이다.

"안녕, 오리가미. 오늘도 일찍 왔네. 오래 기다렸어?"

"방금 왔어."

시도가 그렇게 말하자, 오리가미는 목 윗부분만 시도를 향해 돌리며 그렇게 말했다.

이 대화 또한 평소와 별반 다르지 않았다. 시도는 불가사의한 안도감을 느끼며 표정을 풀었다.

"그런데 오늘은 어디에 갈 거야? 뭔가 하고 싶은 게 있다고 했잖아—."

"따라와."

오리가미는 그렇게 말하더니, 시도의 손을 잡고 걷기 시작했다. 그녀는 수많은 사람들 사이를 가로지르며, 절제된 발걸음으로 성큼성큼 나아갔다.

"어, 잠깐만 있어봐. 어디 가는지는 알려줘도 되잖아."

"곧 알 수 있어."

오리가미는 담담한 어조로 그렇게 말한 후, 곧장 길을 따라 나아갔다.

그리고 몇 분 후, 거대한 건조물 앞에서 걸음을 멈췄다.

"여기야."

"여기는……."

시도는 눈을 껌뻑이면서 그 건물을 올려다보았다. 언뜻 보기에는 몇 층으로 되어 있는지 알 수 없는 고층 빌딩이었다. 직선으로 구성된 호화로운 건물의 유리로 된 벽면은 햇살을 받아 찬란히 빛나고 있었다.

그리고 커다란 입구의 상단에는『임페리얼 호텔 동(東) 텐구』라고 적혀 있었다.

"……여, 여기서 뭘 하려는 거야, 오리가미?!"

시도는 새된 목소리로 그렇게 외치며 뒷걸음질을 쳤다. 하지만 오리가미에게 손목을 잡힌 탓에 꼼짝도 할 수 없었다. 오리가미는 호리호리한 체구만 봐서는 상상도 안 될 정도로 악력이 엄청났다.

"오해하지 마. 딱히 여기서 숙박하자는 건 아냐."

"그, 그래……?"

시도는 오리가미의 말을 듣고 미간을 찌푸리며 대꾸했다.

확실히 이곳은 오리가미가 시도를 끌고 올 법한 휴식이 가능한 호텔이 아니라, 다양한 시설이 갖춰진 럭셔리 호텔이다. 다양한 장르의 레스토랑이 줄지어 있고, 지하에는 쇼핑 에어리어가 펼쳐져 있다. 데이트 코스로서 이용할 만한 곳이기도 했다.

“저기…… 미안해. 오리가미+호텔=위험이라는 구도가 내 몸에 배어있나 봐.”

“칭찬으로 받아들일게.”

오리가미는 딱히 기분 나빠 하지 않으며 그렇게 말하더니, 시도의 손을 잡아끌며 호텔 안으로 걸어갔다.

샹들리에가 높은 천장을 꾸며주듯 달려 있었다. 또한 아까까지 딱딱한 소리를 내던 신발 바닥은 카펫 위에서는 아무런 소리도 내지 않았다. 그리고 근대 건축물 느낌이 물씬 나는 외관만 봐서는 상상도 되지 않을 만큼 호화로운 입구가 시도와 오리가미를 맞이했다.

“와아…….”

고급 호텔에 빈번히 드나드는 편이 아닌 시도는 눈을 껌뻑이며 주위를 둘러보았다. 하지만 오리가미는 딱히 개의치 않으면서 입구를 통과했다.

그리고 그대로 호텔 안쪽으로 가더니— 어느 에어리어에서 걸음을 멈췄다.

“……어?”

주위를 둘러본 시도는 불가사의하다는 듯이 고개를 갸웃거렸다.

하지만 그것도 무리는 아니었다. 왜냐하면 이곳에는 **다양한 디자인의 순백색 드레스**가 장식되어 있었던 것이다.

“—어서 오세요. 예약하신 손님이신가요?”

"응. 이츠카란 이름으로 예약했어."

"이츠카 님이시군요. 기다리고 있었습니다. 오늘 두 분을 담당하게 된 쿠리타라고 합니다. 잘 부탁드립니다. —그럼 이쪽으로 오시죠."

호텔 종업원으로 보이는 여성이 정중하게 응대했다.

어리둥절한 표정을 지은 채 오리가미에게 끌려간 시도는 폭신해 보이는 소파에 걸터앉았다.

"…………어어?"

이 상황을 이해하지 못한 시도가 고개를 갸웃거리고 있을 때, 쿠리타란 이름의 여성이 시도와 오리가미에게 차를 내줬다. 그리고 팸플릿 같은 것을 펼쳤다.

"결혼 축하드립니다, 이츠카 님. —예약하신 브라이덜 코스에서는 여기 실린 드레스 중에서 하나를 고를 수 있답니다. 혹시 마음에 드는 것이 있으신가요?"

"시도, 어때?"

"…………으으으으으응……?!"

오리가미는 볼을 살며시 붉히며 시도의 어깨에 몸을 기댔다. 그러자 시도는 당혹스러운 표정을 짓더니, 오리가미와 팸플릿을 번갈아 쳐다보았다.

"……저기, 으음, 잘 이해가 안 되는데 말이야. 나는 지금 뭘 골라야 하는 거야?"

"내가 입을 웨딩드레스야."

"……오리가미, 결혼해?"

"정확하게는 이미 혼인신고를 마쳤어."

"…………상대는 누구인데?"

시도가 묻자, 오리가미는 약간 부끄러운 듯한 표정을 지으며 시도를 손으로 가리켰다.

"—뭐어어어어어어어어어어어어어어어어어어어어어어어어엇?!"

그제야 상황이 이해된 시도는 무심코 고함을 질렀다. 맞은편에 앉아있던 쿠리타는 놀란 건지 어깨를 부르르 떨었다.

"자, 잠깐만 있어봐. 혼인신고…… 대체 언제 한 거야?!"

"지난 주 월요일. 대길일(大吉日). 상서로운 날."

"아니, 나는 한 적이 없거든?!"

"혼인신고서는 내가 제출했어."

"그건 멋대로 제출해도 되는 게 아니거든요?!"

시도가 그렇게 외치자, 오리가미는 「진정해」 하고 말하며 시도의 어깨에 손을 얹었다.

"시도, 냉정하게 생각해봐. 너는 지금 몇 살이야?"

"뭐……? 그, 그야 열여덟 살인데……."

"그래. 나도 마찬가지야."

"그, 그래서……?"

"문제될 건 없어."

"차고 넘치거든?!"

오히려 문제밖에 없다 해도 과언이 아니다. 시도는 머리를 감싸 쥐며 절규했다.

그런 시도를 본 오리가미는 고개를 갸웃거렸다.

"나와 결혼하는 게, 싫어?"

"아니, 싫고 좋고를 떠나서…… 그런 건 서로의 합의 하에 비로소……."

"나, 싫어해?"

"아니, 그러니까……."

시도가 대답을 못하자, 이윽고 오리가미는 못 참겠다는 듯이 웃음을 터뜨렸다.

"오리가미……?"

"—농담이야."

"……뭐?"

"센스 넘치는 오리링 조크에 놀랐어?"

오리가미는 그렇게 말하며 시도의 눈을 응시했다.

시도는 몇 초 동안 숨을 참은 후, 겨우 한숨을 토했다.

"……오리가미, 너……. 진짜로 심장이 멎을 뻔 했다고……."

"설마 인감도장이 들어있는 선반에 함정이 설치되어 있을 줄은 몰랐어. 코토리는 정말 무서운 애야."

"그럼 미수로 끝난 거야?!"

시도는 또 비명에 가까운 목소리로 고함을 쳤다. 그러자 오리가미는 재미있다는 듯이 웃음을 흘렸다. ……아무래도 방금 그 말도 농담이었던 것 같았다. 시도는 두 손 두 발 다 들었다는 듯이 한숨을 내쉬었다.

오리가미는 잠시 동안 웃음을 흘린 후, 곧 눈을 내리깔며 혼잣말을 하듯 말했다.

"—시도의 고함 소리를 참 오래간만에 들었어."

"아니, 고함을 지를 수밖에 없는 상황이잖아……."

시도가 볼을 긁적이며 그렇게 말하자, 오리가미는 차분히 말을 이었다.

"이 1년 동안, 아무리 밝게 행동할 때도 왠지 기운이 없는 것처럼 보였어."

"…………윽."

시도는 오리가미의 말을 듣고 숨을 삼켰다. —마치, 그녀가 모든 것을 꿰뚫어보고 있는 듯한 느낌이 들었던 것이다.

"…………."

오리가미는 상냥히, 그러면서도 어딘가 쓸쓸한 미소를 머금더니, 테이블 위에 펼쳐진 팸플릿을 손에 쥐었다.

"시도, 나한테는 어느 게 어울릴 것 같아?"

"뭐—."

"이 코스는 원래 드레스 차림의 기념사진만 찍는 플랜이야. —그 정도는, 같이 해줄 수 있지?"

"으, 응……."

시도는 압도당한 것처럼 고개를 끄덕인 후, 오리가미에게 잘 어울릴 듯한 순백의 드레스를 손가락으로 가리켰다.

그로부터 약 한 시간 후…….

시도는 호텔 안에 있는 대기실의 의자에 앉은 채, 멍하니

허공을 쳐다보고 있었다.

그는 현재 고급스러운 흰색 턱시도를 입고 있었다. 그렇다. 오리가미가 웨딩드레스 차림으로 사진을 찍는다면, 그 옆에서는 시도 또한 그에 걸맞은 복장을 해야만 하는 것이다.

……엄밀히 말해 시도는 예전에도 비슷한 옷차림을 한 적이 있지만, 그렇다고 해서 이런 옷에 익숙하지는 않았다. 시도는 갑갑한지, 어깨를 가볍게 돌렸다.

하지만 지금 시도가 느끼고 있는 거북한 느낌은 이 옷차림에서만 비롯된 것이 아니리라. 그는 누구에게도 들리지 않도록 작은 목소리로 혼잣말을 중얼거렸다.

"……기운이 없는 것처럼 느껴졌다, 라……."

아까 오리가미가 했던 말이 시도의 머릿속을 맴돌고 있었다.

―토카가 사라지고 1년이 흘렀다. 시도의 마음속에는 여전히 후회가 남아있는 것이다.

물론 머리로는 이해하고 있다. 토카가 순수한 정령인 이상, 그 결말은 피할 수 없다.

다른 이들은 무사하며, 미오는 소멸했다고는 해도 자신의 소망을 이뤘다. 토카 또한, 텐카 덕분에 최후의 한때를 다른 이들과 함께 보낼 수 있었다. 만약 그때로 되돌아가더라도, 그 이상의 결과를 얻을 수 없으리라.

하지만, 문뜩 이런 생각이 들었다.

그때 자신이 내린 선택은 정말 옳았을까. 할 수 있는 일이 더 있지 않았을까― 같은 생각이 말이다.

"으음……."

다른 이들에게 걱정을 끼치지 않기 위해 최대한 아무렇지 않은 척 했지만, 아무래도 오리가미는 위화감을 눈치챈 것 같았다. ……아니, 다들 말은 안 할 뿐이지 그렇게 생각하고 있는 걸지도 모른다.

걱정을 끼치지 않으려다 거꾸로 걱정을 끼치다니, 정말 어이없는 이야기다. 시도는 팔짱을 끼면서 한숨을 내쉬었다.

"—신랑님, 신부님의 준비가 끝났습니다."

바로 그때, 대기실의 문이 열리면서 아까 만났던 쿠리타란 종업원이 얼굴을 내밀었다. 시도는 허둥지둥 팔짱을 푼 후, 의자에서 일어나며 문 쪽을 쳐다보았다.

"아, 예. ……엄밀하게 말하자면 신랑은 아니지만요."

"아, 그랬죠. 실례했습니다."

그렇게 말한 쿠리타는 손을 입가에 대며 후후 하고 웃었다. ……뭐랄까, 젊음의 폭주 중인 커플에게 일부러 맞춰주고 있는 어른의 여유 같은 것이 느껴졌다.

"자아, 이쪽으로 오시죠."

"예."

쿠리타의 뒤를 따르며 복도를 나아간 시도는 오리가미가 기다리고 있는 방에 도착했다.

"실례하겠습니다."

몇 번 노크를 한 후, 쿠리타가 문을 열었다. 그리고 시도는 방 안으로 걸음을 옮겼다.

그리고—.

"——."

한순간, 말문이 막혔다.

하지만 그것도 무리는 아니었다. 순백의 웨딩드레스 차림인 오리가미는 말 그대로 숨이 막힐 정도로 아름다웠던 것이다.

그녀의 색소가 옅은 머리카락을 상냥히 감싸주고 있는 옅은 비단으로 된 면사포, 창문을 통해 스며들어오는 빛을 받아 밤하늘을 수놓는 별처럼 반짝이고 있는 스팽글……. 그리고 의상에 맞춰 화장도 한 것 같았다. 새하얀 얼굴에 존재하는 연한 루주는 미세하지만, 그래도 확연하게 미소의 형태를 그리고 있었다.

마치 정령이었던 시절의 오리가미를 연상케 하는 모습이었다. —그 정도로 지금의 오리가미는 신비로운 아름다움을 온몸에 두르고 있었다.

"응……. 잘 어울려. 솔직히 말해, 깜짝 놀랐어."

"그래. 시도도, 잘 어울려."

"하하하……."

이렇게 얼굴을 마주하고 칭찬을 들으니, 왠지 멋쩍었다. 시도는 부끄러운지 미소를 흘렸다.

바로 그때, 훈훈하다는 듯이 두 사람을 바라보고 있던 쿠리타가 재촉하듯 말했다.

"후후. 그럼 두 분, 이제부터 촬영을 하겠습니다. 호텔 뒤편에 결혼식용 예배당이 있으니, 그쪽으로 가시죠."

"아, 예. 가자, 오리가미."

"—응."

오리가미는 살며시 고개를 끄덕이더니, 시도의 손 위에 자신의 손을 얹었다. —호텔에 들어올 때와는 다르게, 그 손길은 상냥했다.

그 극명한 차이를 느끼고 쓴웃음을 흘린 시도는 오리가미를 에스코트하듯 복도를 나아갔다.

그 도중에 오리가미가 불쑥 입을 열었다.

"—시도. 처음 만났을 때의 일을 기억해?"

"응? 아— 물론 기억해. 양쪽 다 말이야."

시도는 작게 어깨를 으쓱하며 그렇게 대답했다.

그렇다. 기묘하게도, 시도와 오리가미는 첫 만남을 두 번 가졌다.

오리가미에게 있어서는 6년 전의 대화재 때, 그리고 시도에게 있어서는 고등학교 2학년이 된 직후가 서로에게 있어 주관적인 첫 만남이라 할 수 있는 것이다.

오리가미는 고개를 살며시 끄덕이더니, 말을 이었다.

"고등학교 2학년이 되면서 같은 반이 된 직후, 시도는 나에게 고백을 했어."

"푸읍……!"

시도는 오리가미의 그 말을 듣자마자 사래가 들렸다.

시도도 그 일은 똑똑히 기억하고 있었다. —시도가 정령 공략을 맡게 된 직후, 여자애를 헌팅하는 훈련의 상대로서 클래스메이트인 오리가미를 골랐던 것이다. ……물론 오리가미가 〈라타토스크〉의 보호를 받게 된 직후, 자초지종을 설명했지만…….

"저, 저기 말이야, 오리가미. 그때 내가 그런 말을 하긴 했지만, 실은……."

"고백은 고백이야. 자기가 한 발언에 책임을 져."

"……지당한 말씀이시옵니다."

지극히 옳은 말이었다. 시도는 어깨를 움크리며 가는 목소리로 그렇게 말했다.

따지고 보면, 무단으로 클래스메이트를 연습 대상으로 삼은 〈라타토스크〉 측에 문제가 있다. 그 점에 관해서는 오리가미에게 아무런 잘못도 없다.

하지만 오리가미는 「그래도」 하고 말을 이었다.

"전에도 말했다시피, 당시의 내가 시도에게 품고 있었던 감정은 분명 의존심이었어. 나에게 부족한 것을, 너를 통해 메우려했을 뿐이야. 그런 의미에서 본다면, 당시의 나에게는 너의 고백을 받아들일 자격이 없었어."

"오리가미……."

시도는 희미하게 미간을 모으면서 고개를 저었다.

"네가 나에게 기대줘서 영광이야."

"—후후."

오리가미는 기쁜 듯이 미소 짓더니, 고개를 들었다.

"고마워, 시도. 하지만 이제 괜찮아."

바로 그때, 마치 타이밍을 재고 있었던 것처럼 전방에 있는 문이 열리더니, 빛이 두 사람을 비췄다.

호텔 뒤편에 펼쳐져 있는 넓은 공간이 모습을 드러냈다. 석조 지면 끝에는 새하얀 예배당이 존재했다.

눈부신 빛에 휩싸인 오리가미가 시도의 눈을 응시하며 입을 열었다.

"—이제는, 확신을 가지고 말할 수 있어.

지금 내 가슴 속에 존재하는 이 감정은, 틀림없는— 사랑이라고 말이야."

"——."

시도는 무심코 눈을 치켜뜨더니, 오리가미에게 시선이 못 박혔다.

빛으로 된 베일을 쓴 그 모습이…….

그리고 오랫동안 이어진 싸움과 고뇌를 극복하고 도달한 저 표정이 너무나도 아름다워서—.

마치, 진짜 천사처럼 보인 것이다.

"—자아, 두 분. 우선 예배당 앞에 서주세요!"

"……아!"

쿠리타의 말을 듣고서야, 시도는 마치 석화에서 풀려난 것처럼 어깨를 부르르 떨었다.

"자아, 시도."

"아, 응."

오리가미는 상냥한 목소리로 시도를 재촉했다. 시도는 고개를 끄덕인 후, 오리가미와 함께 예배당 앞으로 걸어갔다.

그러자, 쿠리타의 옆에서 대기하고 있던 카메라맨이 파인더를 열면서 세세한 지시를 내렸다. 시도와 오리가미는 그 지시에 따라 위치와 자세를 고친 후, 렌즈를 향해 미소 지었다.

"그럼 찍겠습니다. 자아, 치즈—."

—그 순간…….

"…………읍!"

시도는 눈을 동그랗게 뜨며 경악했다.

하지만 그것도 무리는 아니었다. 카메라맨이 셔터를 누르려던 순간, 오리가미는 시도의 손을 잡아당기며 그의 볼에 상냥히 입맞춤을 한 것이다.

찰칵, 하는 셔터 소리가 들렸다. 면사포가 바람에 흩날렸다. 쿠리타는 어머나 하고 말하며 손으로 입가를 가렸다.

마치 셔터 소리에 맞춘 것처럼, 예배당의 주위에 있던 새하얀 비둘기들이 일제히 날아올랐다.

"—오늘은 고마웠어. 정말 즐거웠어."

노도와도 같은 촬영이 끝난 후…….

옷을 갈아입은 오리가미가 만나기로 한 장소인 분수 앞에서 그렇게 말했다.

"응……. 나도 즐거웠어. ……예상 밖의 일이 꽤 있었지만 말이야."

시도는 볼을 약간 붉히며 머리를 긁적였다. 그런 시도를 본

오리가미는 표정을 누그러뜨렸다.

"……아, 그래도 아까 찍은 사진이 나오면 다른 애들한테 보여주지는 마. 수습 못할 상황이 벌어질 것 같거든……."

"알아. —나와 시도의 진짜 결혼식 때까지는 아무한테도 안 보여줄 거야."

"어이어이……."

시도가 쓴웃음을 짓자, 오리가미는 눈을 살며시 내리깔았다.

"—오늘 촬영은 일종의 결의 표명 같은 거야."

"결의 표명……?"

시도가 묻자, 오리가미는 고개를 끄덕인 후에 말을 이었다.

"이 세계에서 정령의 힘은 사라졌어. 원래 정령이었던 이들의 정신상태가 흐트러져도 영력은 역류하지 않고, 재해가 일어나지도 않아. 그건 즉— 시도, 네가 누구 한 사람을 선택해도 아무 문제없다는 걸 뜻해."

"그, 그런 거야……?"

시도는 그 말을 듣고 식은땀을 흘렸다. 오리가미의 말을 이해 못한 건 아니지만…… 이렇게 듣고 보니 당혹스러웠다.

"하지만 시도. 네 눈에는— 분명 토카가 비치고 있을 거야. 그 후로 1년이 지났지만, 여전히 말이야. ……아니, 1년 전보다 더 선명해졌을지도 몰라."

"그건……."

"—그게 사랑이란 감정인지는 나도 몰라. 하지만 그 감정이 존재하는 한, 시도는 누군가를 선택할 수 없어. 토카가 사라져버렸는데, 자신이 행복해져도 될 것인가— 너는 마음 한편으로 그런 생각을 하고 있는 거야. ……네가 그런 사람이라서, 나는 좋아하게 됐지만 말이야."

"…………."

오리가미가 그렇게 말하자, 시도는 입을 다물었다.

그러자 오리가미는 천천히 고개를 들더니, 시도의 눈을 응시했다.

"내가 토카를 잊게 만들어주겠어— 과거의 나라면 그렇게 말했을지도 몰라."

하지만, 하고 오리가미는 이어서 말했다.

"지금의 나는 그렇게 생각하지 않아. —토카를 잊는다면, 용서하지 않을 거야. 그런 시도는, 내 사랑을 받을 가치가 없어."

"……아!"

오리가미는 시도를 똑바로 응시하며 그렇게 선언했다. 그녀의 두 눈에 어린 강렬한 의지의 빛을 본 시도는 무심코 숨을 삼켰다.

하지만, 시도가 느낀 감정은 전율이나 공포와 달랐다.

굳이 따지자면— 믿음직한 동료를 얻은 듯한, 안도감에 가까운 것 같은 느낌이 들었다.

"응……. 나도, 그렇게 생각해."

"맞아. 그러니까 나는— 토카를 뛰어넘겠어. 최고의 여자가 되고 말 거야. 네가 토카를 마음에 품고 있으면서도, 내 사랑을 받아들이고 싶어질 만큼 말이야."

오리가미의 손가락이 시도의 가슴에 톡 닿았다.

마치, 시도의 심장에 총을 쏘려는 것처럼…….

"——."

시도는 한순간 눈을 치켜뜬 후—.

"……응. 고대하고 있을게."

미소를 머금으며, 그렇게 대답했다.

◇

—석양이 저물려 하는 이 순간을 황혼녘이라 부르는 건, 타소가레[#2], 라는 말에서 따왔다고 한다.

타소가레, 그 의미는— 너는 누구냐. 즉, 멀찍이서 걸어오는 사람의 얼굴조차 보이지 않을 만큼 어둑어둑한 시간을 말한다.

그림자는 보인다. 하지만 누구인지는 알 수 없다. 자신의 지기인가. 알지도 못하는 타인인가. 혹은 마성(魔性)의 존재인가—.

어둠은 인간의 근원적인 공포를 불러일으킨다. 그것은 인간이 전기라는 문명을 얻은 지금도 변함없다.

그렇기 때문일까.

이 황혼녘이, 마의 존재와 마주치는 시간대[#3]라 불리는 것

#2 타소가레(誰そ彼) 황혼녘의 일본말인 타소가레도키(黄昏時)의 일본식 표기에는 '誰そ彼'도 쓰인다.

#3 마의 존재와 마주치는 시간대 원문은 오우마가토키(逢魔が時). 황혼녘을 일컫는 또 다른 표현.

은…….

"——윽."

등 뒤에서 기척이 느껴지자, 오리가미는 온몸을 긴장시켰다.

오리가미는 뒤를 돌아보는 것과 동시에 자세를 낮추며 빈틈없이 주위를 살폈다.

바로 그때였다. 기척을 숨기거나 발소리를 감추지도 않으며, 그 존재는 지극히 태연히 모습을 드러냈다.

"—누구야?"

오리가미가 물었지만, 그 존재는 답하지 않았다.

그 존재는 꽤 떨어진 곳에 있었다. 얼굴은 보이지 않았다. 하지만 적의와도, 살의와도 다른 부정적인 감정만이 소용돌이치고 있다는 것은 명확하게 느껴졌다.

"아, 아, 아, 아—."

간헐적으로, 쉰 듯한 목소리가 들려왔다.

그것은 사람이라기보다, 흉포한 짐승에 가깝게 느껴졌다.

"아아아아아아아아아아—!!"

"……윽!"

그 존재는 포효를 지르며 오리가미를 향해 도약했다. 오리가미는 인상을 찡그리더니, 반격을 준비했다.

하지만—.

"……윽! 너는—."

그리고 그 존재가 알아볼 수 있을 만큼 다가온 순간, 오리가미는 보고 말았다.

절망으로 물든, 그 얼굴을…….

"————."

다음 순간.

짐승의 손톱이, 오리가미의 가슴을 찢었다.

제2장 혼죠 니아

내가 정령이 된 건, 으음, 언제였더라? 아, 맞다. 그때야. 『차원기사 그란가』가 방송되던 시절이야. ……응? 몰라? 그 명작을 말이야? 진짜야? 그럼 볼래? 우리 집에 있어. 비디오 테이프지만 말이야.

……뭐, 그 이야기는 일단 제쳐두자. 그럼 정령 이야기를 계속할게.

으음…… 레이냥을 원망하냐고? 그야 이런저런 일이 있기는 했거든. 인간을 못 믿게 되기도 했고, DEM가 생포한 나의 머릿속을 헤집어놓은 적도 했어. 원래 F컵은 되었던 내 찌찌도 지금은 이렇게 절벽이…… 뭐? 그건 원래 이랬어? 아무튼, 아무리 고성능 천사를 받았어도 손해라는 말이야.

하지만 말이야. 정령이 되지 않았다면 다른 애들, 그리고 소년과는 만나지 못했을 거잖아.

평범하게 만화나 그리고, 평범하게 연재를 하고, 평범하게 인기를 구가하다가…… 아, 멋들어진 말을 하려고 했는데, 원래 생활이 의외로 순조로워서 곤란해졌네.

으음, 뭐, 그러니까 말이야. 익숙하지 않은 짓은 할 게 못돼. 만화가는 종이 위에서만 성실하면 되거든.

아무튼 내가 하고 싶은 말은 말이야. 다른 애들과 함께 노는 건 즐겁고, 소년이 만들어주는 밥은 참 맛있다는 거야.

하지만 그것보다 중요한 건, 인생을 전부 둘러봐도 그렇게 많지는 않을걸?

◇

코토리가 그 통신을 받은 건, 같은 중학교에 다니는 요시노, 무쿠로, 나츠미, 마나와 함께 카페 『라 퓌셀』에 들렀을 때였다.

코토리 일행이 주문한 것은 계절 한정 추천 케이크 세트다. 봄 메뉴는 보석 같은 딸기가 듬뿍 들어간 스트로베리 쇼트케이크다. 코토리는 요시노, 무쿠로와 함께 눈을 반짝이며 스마트폰으로 사진을 찍었다. 그리고 「잘 먹겠습니다」 하고 말하며 합장을 한 후, 포크로 케이크를 찍으며 입을 벌렸다.

그 순간, 촬영이란 막중한 임무에서 해방되고 테이블 위에 안치되어 있던 스마트폰이 경쾌한 착신음을 내기 시작했다.

"……응?"

코토리는 입을 벌린 채 스마트폰을 쳐다보았다.

화면에는 『대지에 핀 한 송이 꽃 MARIA』라는 이름이 표시되어 있었다. 즉, 마리아에게서 온 통신이다. ……참고로 코토리가 마리아를 이 이름으로 등록한 것은 아니다. 참고로 지난주에는 『건드려선 안 되는 자 MARIA』였으며, 지지난주에는 『아름다운 마투가(魔鬪家) MARIA』였다. 기분에 따라 바꾸는 것 같았다.

"냐암."

하지만 이제 와서 손을 멈출 수는 없다. 코토리는 케이크를 그대로 입에 넣었다. 그리고 착신음이 울리는 상황에서 입안의 케이크를 씹었다.

"어, 전화 안 받을 거예요?"

대각선 맞은편에 앉아있던 마나가 눈을 동그랗게 뜨며 그렇게 말했다. 코토리는 제철 딸기의 단맛과 신맛을 즐기면서 숨을 내쉬었다.

"아~, 받을 거야. 하지만 케이크가 꽂힌 포크를 접시에 내려놓는 건, 케이크한테 실례 같거든."

"그, 그런가요."

마나는 그렇게 말하며 볼을 긁적였다.

뭐, 긴급 사태일 가능성은 없다. 진짜로 급한 용무가 있다면 긴급 회선을 사용할 것이며, 무엇보다 심각한 이야기를 할 때는 착신 시의 등록명이 『MARIA』로 표기되는 것이다. 지금처럼 장난스러운 등록명으로 연락을 하는 건 칸나즈키가 함교에서 괴성을 지르고 있다거나, 니아가 금주하기로 한 날을 어긴다거나 같은 푸념이나 잡담을 늘어놓을 때였다.

케이크는 금방 맛이 떨어진다. 방치해 뒀다간 표면이 말라서 풍미가 나빠지는 것이다. 전화가 길어질 것 같으면 끊은 후에 나중에 다시 걸어야겠다—.

코토리가 그런 생각을 하면서 통화 버튼을 누른 순간, 착신음이 끊겼다.

한순간, 통화를 포기한 거라고 생각했지만— 그렇지 않았다. 스마트폰의 화면에 마리아의 얼굴이 표시되더니, 스피커에서 귀에 익은 목소리가 흘러나왔다.

『어머, 역시 폰 근처에 있었군요. 빨리 받으세요, 코토리.』

"어엇?!"

그 갑작스러운 상황에 놀란 코토리가 어깨를 부르르 떨었다. 그리고 그녀와 같은 테이블에 둘러앉아있던 요시노와 나츠미도 놀랐는지 눈을 동그랗게 떴다.

"저, 저기, 마리아? 뭐하는 거야?"

『뭐하긴 뭐해요. 상의드릴 용건이 있어서 전화를 걸었을 뿐이에요.』

"아니, 그 이야기를 하는 게 아니거든?! 왜 통화 버튼을 누르지도 않았는데 통화 상태가 된 거야?!"

코토리가 그렇게 말하자, 화면 안의 마리아가 의기양양한 미소를 지었다.

『저한테 스마트폰을 원격 조작하는 것 정도는 루빅 큐브의 모든 면을 같은 색깔로 맞추는 거나 다름없어요.』

"……아니, 그것도 꽤 어려운 거 아냐?"

나츠미가 눈을 가늘게 뜨며 그렇게 말했지만, 마리아는 태연하게 눈을 깜빡이며 대꾸했다.

『그런가요? 매우 간단한 비유였다고 생각하는데 말이죠. —참, 안심하세요. 미리 원격 조작 어플리케이션 같은 걸 깔아 둔 건 아니에요.』

"깔아두지도 않았는데 조작하는 쪽이 더 무시무시하거든?!"

코토리는 「정말……」 하고 중얼거리며 머리를 긁적이더니, 스마트폰을 들어서 화면 속의 마리아와 시선을 맞추며 말을 이었다.

"그런데 상의할 일이 뭐야? 칸나즈키가 또 사고를 친 거야?"

『아뇨. 과민반응일지도 모르지만— 약간, 신경 쓰이는 반응이 관측됐어요.』

"……신경 쓰이는 반응?"

마리아가 그렇게 말하자, 코토리의 눈썹 끝이 희미하게 떨렸다.

"그 이야기는 밖에서 하기엔 좀 그런 거야?"

『예, 가능하면 이쪽으로 와주시면 감사하겠어요.』

"으음…… 그렇구나. 알았어."

코토리는 그렇게 말하더니, 스마트폰의 화면을 터치해서 통화를 끊었다.

그리고 남은 케이크를 입에 우겨넣고, 홍차를 들이킨 후, 한

숨 돌렸다.

"—다들, 미안해. 나 먼저 가봐야 할 것 같아."

"그건 괜찮은데…… 무슨 일 있는 거면, 우리도 동행할게요."

"으음, 괜찮아. 아마 별일 아닐 거야. 그러니까 너희는 느긋하게 케이크를 즐겨. 아, 그리고 돈은 여기 있어."

코토리는 마나에게 케이크 값을 건네주고, 「그럼 안녕~」 하고 손을 흔들며 말한 후에 가게를 나섰다.

"……."

빠르게 걸음을 옮기면서 흰색 리본을 푼 코토리는 호주머니에서 꺼낸 검은색 리본으로 머리카락을 묶었다.

그리고 그대로 인적 없는 뒷골목으로 들어서자, 곧 몸이 떠오르는 듯한 감각에 휩싸였고— 다음 순간, 코토리는 〈프락시너스〉의 함교에 와있었다.

"기다리고 있었습니다, 사령관님. 쉬시는 데 방해해서 죄송해요."

〈라타토스크〉의 제복을 입은 여성이 경례를 하며 그렇게 말했다. 〈프락시너스〉의 승무원 중 한 명인 〈짚인형(네일 노커)〉 시이자키다. 정령이 사라진 후로 〈프락시너스〉의 업무는 줄었지만, 최소한의 승무원은 교대제로 함교에 배치됐다.

"괜찮아. 그것보다……."

"예. 함장석으로 가시죠."

코토리는 시이자키에게 가방을 맡긴 후, 함장석으로 향했다. 그 옆에는 이미 마리아가 서있었다.

"—자아, 마리아. 그 신경 쓰이는 반응이라는 게 대체 뭐야?"
"이걸 봐주세요."

마리아는 짤막하게 대답한 후, 함교의 메인 모니터를 쳐다보았다.

그러자 마치 미리 짜기라도 한 것처럼— 이 배는 마리아가 제어하고 있으니, 실은 일부러 맞췄을 것이다— 모니터에 숫자와 그래프가 표시되었다.

"흐음……."

코토리는 함장석에 앉아서 눈을 가늘게 떴다.

그것은 관측기가 포착한 공간의 흔들림을 가리키는 수치와 표였다. 원래 공간진의 예측에 쓰이는 것이다. 시원의 정령이 사라져서 공간진이 발생하지 않게 된 지금은 그다지 볼 기회가 없는 화면이지만, 마리아는 지금도 상시 관측을 계속하고 있는 것 같았다.

그리고 위쪽부터 차례차례 숫자를 확인하던 코토리의 눈썹 끝이 희미하게 떨렸다.

아주 미세하지만— 공간에 흔들림 같은 것이 관측된 것이다.

"이건……."

"예. 최근 몇 주 동안, 수치에 변화가 보였어요. 하지만 잔물결 수준이라 기기의 오차로 생각했죠. 그런데—."

"그런데?"

코토리가 되묻자, 마리아는 모니터를 향해 손을 뻗었다.

그 움직임에 맞춰, 모니터에 표시된 화면이 다른 것으로 바꿔었다. ……원래 이런 동작은 필요 없겠지만, 마리아 본인은 이런 부분 하나하나에도 구애되는 것 같았다.

새롭게 표시된 것은 지도였다. 게다가 텐구 시 근교를 표시한 것이 아니라, 일본을 중심으로 한 세계지도였다.

그리고 그 지도와 포개지듯, 거대한 붉은색 파문 같은 것이 그려졌다.

코토리는 한순간 어리둥절했지만, 곧 눈치챘다. ―세계를 삼키는 저 붉은 파문이, 아까 그 흔들림의 관측 범위라는 사실을 말이다.

"윽! 설마, 이렇게 광범위하게 발생하고 있는 거야?"

"예. 마치― 세계 그 자체가 맥박 치고 있는 것만 같아요."

"……."

마리아가 그렇게 말하자, 코토리는 표정을 굳혔다.

확실히 오차라고 해도 될 미약한 반응이다. 아마 AST 측의 관측기로는 측정조차 어려울 것이다.

하지만, 일본은 물론이고 유라시아 대륙, 태평양, 오스트레일리아와 미국 서해안까지 뒤덮는 이 관측 범위를 확인한 이상, 방치해둘 수는 없었다.

"……마리아, 관측을 계속해줘. 혹시 모르니 공간의 흔들림만이 아니라 영파반응과 마력반응도 관측해."

"예. ―2호기부터 5호기도 아르바이트를 마치고 돌아오면 바로 작업에 참여시키겠어요."

"응. 부탁할― 어, 으응?"

코토리는 그 기묘한 말을 듣더니, 끄덕이려던 고개를 갸웃거렸다.

“마리아, 방금 뭐라고 했어?”

“예? 아, 2호기에서 5호기예요. 저의 인터페이스 보디가 다수 존재한다는 건 알고 계시잖아요?”

“그건 아는데…….”

“아, 혹시 같은 AI로 통괄되는 다수의 개체를 동시에 가동시킨 의미에 관해 의문을 가진 건가요? 확실히 모든 보디는 제가 관리하고 있지만, 각 보디에는 보조용 연산 장치가 탑재되어 있어요. 물론 〈프락시너스〉와는 비교도 안 되지만, 병렬 운용을 한다면 어느 정도의 효과는 기대할 수 있죠. 아무리 제가 형식미를 중시하는 타입이라고 해도, 딱히 일을 하고 있다는 어필만을 위해 다수의 개체를 가동하지는 않아요.”

“아니, 그게 아니라 아르바이트가 대체 무슨 소리야?”

코토리가 식은땀을 흘리며 묻자, 마리아는 슬며시 고개를 돌렸다.

“시원의 정령이 사라지고 1년이 흘렀어요. 공간진과 영력의 역류라는 위험이 사라지면서, 예전처럼 대충 신청을 해선 예산이 나오지 않게 됐죠. 하지만 저도 AI라고는 해도 한창 때의 소녀랍니다. 가지고 싶은 게 많죠. 옷, 액세서리, 화장품. 그리고 외장용 왁스, 연산용 슈퍼컴퓨터, 여차할 때에 대비한 연료기화 폭탄…… 그러니, 제가 직접 벌 수밖에 없는 거예요.”

“후반부가 좀 이상하지 않아?! 그리고 기밀 덩어리나 마찬가지인 보디로 아르바이트를 하는 건 위험하지 않아?!"

"아, 그 점이라면 걱정하지 마세요. 〈라타토스크〉에 결코 폐를 끼치지 않는 장소에서 아르바이트를 하고 있으니까요. 개인 정보를 캐는 일은 전혀 없고, 신체에 다소 부담이 가기는 하지만, 일만 열심히 하면 고수입이 약속되죠. 뭐, 심정적으로는 일하고 싶지 않은 장소이기는 하지만……."

"대체 어디서 일하고 있는 거야?!?

그 수상하기 그지없는 말을 들은 코토리가 무심코 비명에 가까운 목소리로 고함을 질렀다.

◇

"—으음, 분명 1801호실이었지?"

시도는 자신의 기억을 뒤지며 혼잣말을 중얼거리더니, 그 숫자를 단말에 입력했다.

그러자 딩동……, 하는 소리가 들리더니, 곧 스피커에서 귀에 익은 목소리가 흘러나왔다.

『빨~리~와~…….』

그와 동시에 맨션 입구의 문이 열렸다. 시도는 손에 쥔 시장바구니를 고쳐 쥐며 안으로 들어갔다.

그리고 그대로 엘리베이터에 탄 후, 목적지로 향했다.

시도가 현재 방문한 곳은 그의 집 옆에 있는 맨션이 아니라, 시내에 있는 타워 맨션이다. —원래 정령이었던 만화가,

혼죠 니아의 자택 겸 작업장인 것이다.

아까 시도의 핸드폰으로 전화를 한 니아는 원고 진행 상황이 사상 최악의 위험 영역에 도달했다면서, 우는 시늉을 해댔다.

시도는 그 어설픈 연기에 쓴웃음을 지었지만, 특별히 바쁜 것도 아니기에 니아의 요청에 따라 이렇게 도와주러 온 것이다.

"그건 그렇고, 정말 많은걸. 어시스턴트는 고용하지 않았던 걸로 아는데……."

시도는 이곳에 오는 길에 사온 식량을 힐끔 쳐다보면서 혼잣말을 하듯 중얼거렸다.

니아가 최근 며칠 동안 컵라면만 먹었으니 좀 제대로 된 식사를 하고 싶다는 호소를 했기에 오는 길에 재료를 사온 건데, 그녀가 너무 대량으로 주문을 한 것이다. ……음식을 잔뜩 만들어서 언제든 데워 먹을 수 있게 보존해둘 생각인 걸까.

그런 생각을 하며 목적지에 도착한 시도는 벨을 누르기 위해 문 옆을 향해 손을 뻗었다.

하지만 그 순간, 마치 시도가 도착한 것을 알고 있었다는 듯이 쿵~! 하면서 문이 활짝 열렸다.

"우왓?!"

"왔구나, 소년! 기다리고 있었어어어어……!"

그렇게 말한 니아는 힘없는 미소를 머금었다.

시도의 눈앞에 스무 살 가량의 안경 쓴 여성이 나타났다. 기능성 이외에는 전부 내버린 듯한 운동복 차림이며, 그 위에 솜이 들어간 방한용 겉옷을 걸쳤다. 주로 쓰는 손에는 얇은 장갑을 꼈지만, 검지와 중지, 엄지 부분은 잘라내서 맨손이 드러나 있으며, 손의 측면은 거무튀튀했다. 또한 헤어밴드로 앞머리를 제압했으며, 이마는 냉각 시트에 유린당하고 있었다. 그 모든 것이 혼연일체가 되면서, 그녀를 결사의 각오를 다진 귀기 어린 병사처럼 보이게 했다.

"으, 응…… 정말 고생이 많나 보네……."

"큰일 났어~. 나도 연재를 꽤 오래했지만, 이 정도 지옥은—으음, 두 달 만일 거야."

"꽤 빈도가 상당한 거 아냐?!"

시도가 새된 목소리로 그렇게 외치자, 니아는 에헤헤…… 하고 웃으면서 어깨를 으쓱했다.

"뭐, 아무튼 와줘서 고마워. 요즘 인스턴트만 먹어댔더니 파워가 안 나……. 일단 배고파 죽겠으니까 아침 좀 만들어줄래?"

"으, 응."

현재 시각은 오후 한 시다. 아침을 먹을 시간이 한참 지났지만, 시도는 별말 하지 않았다. 니아는 아침부터 아무 것도 안 먹은 것이리라.

"재료는 사왔으니까, 부엌을 빌릴게. 간단한 조리도구 같은 건 있지?"

"응. 있어. 새거나 다름없이 삐까뻔쩍한 것들이야."

"좀 쓰라고……."

이마에 땀이 맺힌 시도는 종이 상자와 책이 산더미처럼 쌓여 있는 복도를 지나며 복도로 걸어갔다.

"응……?"

그러던 시도가 갑자기 걸음을 멈췄다. 이유는 단순했다. 니아의 작업장인 거실 공간에서 인기척이 느껴졌기 때문이다.

"—5페이지, 배경 완성됐어요."

"이쪽도 톤 작업을 완료했어요."

"그럼 양쪽의 데이터를 이쪽으로 보내주세요. 통합한 후, 확인하겠어요."

—같은 목소리가 들리더니…….

작업장에 줄지어 놓인 책상 앞에 똑같은 얼굴을 지닌 소녀들이 줄지어 앉아서, 태블릿을 이용해 작업을 하고 있었다.

"마리아? 여기서 뭘 하고 있는 거야?"

뜻밖의 광경을 본 시도는 눈을 치켜떴다. 그렇다. 그 소녀들은 바로 〈프락시너스〉 AI 마리아의 인터페이스 보디였다.

작업을 하던 마리아들이 일제히 시도를 돌아보았다.

"안녕하세요. 니아가 시도도 불렀군요."

"임시 아르바이트예요. 저도 이런 열악한 환경에서 일하는 건 본의가 아니지만, 자유롭게 쓸 돈이 필요해서요."

"참고로 특별 시급은 한 사람당 2만 엔이에요. 니아는 상황이 열악해질수록 돈 씀씀이가 헤퍼지니, 시도도 이참에 덤터기를 씌우도록 하세요."

마리아들은 담담한 목소리로 그렇게 말한 후, 다시 작업에 착수했다. 니아는 질렸다는 듯이 어깨를 으쓱했다.

"진짜로 일손이 부족하거든~……. 낫층도 중학교에 다니기 시작한 후로는 부려먹기 힘들어졌고……. 뭐, 얘들은 입은 거칠어도 작업 하나는 정확해. 그래서 마무리 때 도움을 받고 있어."

"그, 그렇구나……."

거기까지 생각이 미친 시도는 문뜩 어떤 사실을 눈치챘다.

마리아들이 줄지어 앉아있는 책상의 구석자리에 마리아 이외의 인물이 한 명 있었던 것이다.

검은색 운동복 차림에 옅은 색 금발을 대충 묶은 그녀는— 틀림없다. 과거에는 DEM의 위저드였고, 현재는 〈라타토스크〉의 기관원인 엘렌이다.

"하아…… 하아…… 이건 어떤가요?"

엘렌은 숨을 헐떡이면서 종이 한 장을 내밀었다. 어찌된 건지 그녀 혼자만 아날로그 방식으로 작업을 하고 있었다.

그 말을 듣고 「음~?」 하고 신음을 흘린 니아는 턱을 매만지며 엘렌이 내민 종이를 보더니— 옆에 있던 쥘부채로 엘렌의 정수리를 때렸다.

"완전 꽝이야~!"

"윽……! 뭐, 뭐하는 거죠?!"

"뭐하는 건지 몰라서 묻는 거야~?! 먹칠도 제대로 못하고, 톤도 못 붙이는데다, 기계도 못 다뤄서 어쩔 수 없이 지우개질을 맡긴 건데, 왜 그것도 제대로 못하는 건데~! 선이 남아 있잖아! 엘레찌는 대체 완력이 얼마나 없는 건데!? 이래서 프로 만화가가 될 수 있겠어?!"

"저는 프로가 되고 싶다고 말한 적이……."
"셧업! 아무튼 다시 해! 체중과 힘과 사랑을 담아서 하란 말이야!"
"으으으으윽……."
엘렌은 분하다는 듯이 신음을 흘리며 작업을 다시 시작했다.
니아는 「정말……」 하고 중얼거리며 쥘부채를 어깨에 걸쳤다.
"에, 엘렌도 있구나……."
"응? 아, 일손이 부족하다고 했더니 여기로 파견해줬는데, 보다시피 아무 짝에도 쓸모없어~. 처음에는 옛날에 당했던 걸 앙갚음해줄 겸 스파르타하게 부려먹어야지! 하고 생각했는데, 예상했던 것보다 훨씬 쓸모가 없어서 오히려 내 마음이 꺾일 것 같아."
니아가 하아 하고 한숨을 내쉬자, 마리아는 보충 설명을 하듯 이렇게 말했다.
"참고로 엘렌은 〈라타토스크〉 기관원이라서 고정급이에요."
"하, 하하……."
시도가 힘없이 쓴웃음을 흘리고 있을 때, 니아의 뒤편에 누군가가 불쑥 나타났다. 그리고 그 누군가가 쥘부채를 빼앗더니, 그대로 니아의 뒤통수를 찰싹~! 소리가 나게 때렸다.
"아얏~?! 뭐, 뭐하는 거야~?!"
니아가 머리를 감싸 쥐며 몸을 웅크리자, 그녀의 뒤편에 나타난 누군가― 또 한 명의 마리아(어찌된 영문인지 검은 테 안경을 썼으며, 『제작 진행 감독 역』이라 쓰인 완장을 차고 있다)가 어이없다는 듯이 한숨을 내쉬었다.

“그건 제가 할 말이에요. 니아는 엘렌한테 한 소리할 처지가 아닐 텐데요? 빨리 메인 캐릭터의 펜선 작업을 다시 시작해주세요.”

“예~…….”

니아는 머리를 매만지면서 잉크병과 펜이 놓인 자신의 작업용 책상으로 향했다. 아무래도 니아도 아날로그 방식으로 작업을 하는 것 같았다. 그러고 보니 마무리는 디지털 작업으로 바뀠지만, 밑그림과 펜선 작업은 아직 익숙하지 않아서 아날로그 방식으로 한다는 말을 전에 들었던 것 같았다.

“자아, 시도. 식사 준비를 부탁해요. 니아, 엘렌, 시도. 그리고 저희가 네 명 있으니, 총 7인분을 부탁드릴게요.”

“알았어. 잠시만 기다려.”

인원이 이 정도나 된다면 대량의 식재료가 필요한 것도 납득이 된다. 고개를 끄덕인 시도는 부엌을 향해 걸어갔다.

“좋아—. 그럼 빨리 만들어볼까.”

그리고 손을 씻은 후, 요리를 시작했다.

마감 지옥이란 이야기는 미리 들었기에, 메뉴는 샌드위치로 정했다. 샌드위치라면 작업을 하면서도 먹을 수 있을 테고, 안에 넣는 재료를 바꾸기만 해도 다양한 맛을 즐길 수 있을 거라고 생각했다.

시도는 이곳으로 오는 도중에 빵집에서 산 갓 구운 빵을 자른 후, 빵 사이에 다양한 재료를 넣었다. 햄 달걀 치즈 샌드위치와 참치 샌드위치, 로스트비프를 잔뜩 넣고 호스래디시 소스를 뿌린 샌드위치, 겨자를 넣어 알싸한 돈까스 샌드위치와 생크림 및 딸기를 곁들인 과일 샌드위치도 준비했다.

약 30분 후, 새하얀 접시라는 평원에는 먹기 좋은 크기로 자른 다양한 색깔의 샌드위치란 꽃이 피었다.

"자아, 다 됐어."

""""……!""""

그 말에 반응하듯, 작업실 곳곳에서 환한 눈빛이 시도를 향했다. 바로 니아와 엘렌이었다.

시도는 쓴웃음을 지으며 작업실에 들어서더니, 샌드위치가 놓인 접시를 여러 곳에 두었다.

"야호~, 잘 먹겠습니다!"

"여, 열두 시간 만에 제대로 된 걸 먹는군요……."

니아와 엘렌은 그렇게 말하면서 샌드위치를 향해 손을 뻗었다. 니아는 「맛~있~어~!」 하고 말하며 입으로 빛을 뿜었고(이미지), 엘렌은 「흑, 흑……」 하며 눈물을 흘렸다.

"두 사람 다 정말 한심하네요."

"아무리 굶주려도 그렇지, 식사는 우아하게 하세요."

그렇게 말한 마리아들 또한 물티슈로 손을 닦은 후에 샌드위치를 먹기 시작했다. 마리아의 내연기관은 유기물을 연료로 삼을 수 있으며, 인간과 똑같은 식사를 하는 것이 가능하다고 한다.

"하하…… 그래도 좋아해주니 나도 기쁘네."

시도는 로스트비프 샌드위치를 쥐더니, 한 입 깨물었다. 고기의 풍부한 감칠맛이 호스래디시의 매운 맛과 절묘한 하모니를 자아내고 있었다. 자화자찬이지만, 꽤 맛이 괜찮았다.

“휴우…… 이제 살겠네……. 당연한 거지만, 역시 밥은 챙겨 먹어야 해. 인간은 일을 하기 위해 사는 게 아니라, 살기 위해 일을 하는 거잖아. 그걸 헷갈리면 문제가 생기는 거야.”

포만감 덕분에 마음이 진정된 듯한 니아는 깨달음을 얻은 것처럼 그런 말을 늘어놓았다. 하지만 제작 진행을 담당하는 마리아가 허리 회전이 가미된 죌부채 스윙을 시작하자, 바로 자세를 고쳤다.

니아는 펜 끝을 잉크병에 담그더니, 익숙한 손놀림으로 선을 그으며 말을 이었다.

“이야~, 진짜로 살았어. 언제나 맛있는 소년의 밥이 신께서 베푸신 것처럼 느껴졌다니깐.”

“하하, 과장이 너무 심하네.”

“진심으로 하는 말이거든? ……저기~, 소년~. 진짜로 내 밑으로 들어오지 않을래? 식사 담당 어시스턴트 전임으로도 괜찮아~.”

“말도 안 되는 소리 하지 마. 나는 몇 달 뒤면 대학생이란 말이야.”

시도가 그렇게 말하자, 니아는 과장스러운 동작으로 선을 그은 후에 「그거야, 그거」 하고 말하며 펜 끝으로 시도를 가리켰다.

"대학에 가는 건 좋지만, 소년은 장래에 하고 싶은 거라던가 되고 싶은 게 있어?"

"뭐?"

시도는 그 갑작스러운 질문을 듣고 눈을 동그랗게 떴다.

니아는 안경 너머의 눈을 가늘게 뜨며 말을 이었다.

"4년 동안 대충 대학에 다니고, 대충 취직을 한 후에, 대충 출세를 한다……. 뭐, 그것도 충분히 행복한 인생이라고 할 수 있을지도 몰라. 하지만 별다른 목표가 없다면, 혹은 인생의 목표와 일이 이퀄 관계가 아니라면, 일은 하루하루를 살아갈 양식을 얻기 위한 것일 뿐이잖아? 그렇다면 내 밑에서 일하는 것도 괜찮지 않겠어?"

"그건……."

"나는 일단 세금 대책을 위해 프로덕션을 법인화했으니까, 정사원으로 고용해줄 수 있어. 급료는 시세의 두 배, 아니 세 배도 괜찮아. 물론 보너스&승진도 있어. —왠지 내가 제안을 하고 소년이 거절하는 것까지 어느새 패턴화된 느낌이지만, 한번 냉정하게 생각해봐. 급료도 잘 주고, 출퇴근도 쉬운데다, 스킬도 익힐 수 있어. 게다가 미인 상사도 있지. 우리는 꽤 조건이 괜찮은 일자리라고 생각하는데 말이야~."

"…………."

니아가 그렇게 말하자, 시도는 입을 다물었다.

그녀가 방금 말했다시피, 옳은 말이라고 생각한다.

그와 동시에 열여덟 살이라는 자신의 나이를 다시 실감했다. 열여덟 살. 시도는 대학에 진학하기로 결정했지만, 이 나이부터 일을 하는 사람도 적지 않다. 남성도 결혼을 할 수 있는 연령이며, 운전면허를 딸 수 있을 뿐만 아니라 선거권도 있다. 아직 미성년자이기는 하지만, 어른에 한 발 걸쳤다고 할 수 있으리라.

지금까지는 고등학생이었고, 니아도 항상 농담하는 투로 말했기에 대충 흘려 넘겼다. 하지만 시도가 대학을 졸업한 후에, 니아의 프로덕션보다 더 조건이 좋은 회사에 취직할 가능성은 낮다.

……아니, 중요한 점은 그것이 아니다. 시도의 마음을 사로잡은 것은 바로 니아가 그 전에 했던 발언이다.

—소년은 장래에 하고 싶은 거라던가 되고 싶은 게 있어?

그것은 시도가 마음 깊은 곳에서 스스로에게 계속 물어봤는데도, 결국 답을 찾지 못했던 질문이다.

"……흐음."

시도가 생각에 잠기자, 니아는 턱을 매만지며 숨을 내쉬었다. 마치 시도의 반응을 보고, 그의 머릿속에 존재하는 생각을 눈치챈 것처럼 말이다.

니아의 표정은 차분하면서도 약간 멋쩍었으며, 「너무 파고들었나~……?」 하고 생각하고 있는 게 얼굴에 드러나고 있었다.

"나는……."

시도는 약간 얼이 나간 듯한 어조로 그렇게 말했다. 하고 싶은 것. 되고 싶은 것. 어릴 적에 막연하게 그려왔던 꿈과 다른, 미래의 목표. 생애를 거는 한이 있더라도 해내고 싶은 것. 그것은—.

바로 그 순간, 쥘부채가 니아의 머리를 강타했다.

"아얏~!"

"—손을 멈추지 마세요, 니아. 잘난 척 하기 전에 열심히 일하세요. 마감까지 이제 여섯 시간밖에 남지 않았단 말이에요."

제작진행을 맡은 마리아가 날카로운 눈길로 쳐다보며 그렇게 말했다. 그리고 마리아는 시도를 향해 고개를 돌렸다.

"시도도 속지 말아요. 식사 담당 어시스턴트 전임이라고 말해놓고, 실은 별의별 잡무를 다 떠넘길 게 뻔하거든요. 확실히 보수는 괜찮을지도 모르지만, 근무 시간도 부정기적인데다 작업 휴일 출근도 밥 먹듯이 해야 할 거예요. 그리고 시도는 그냥 넘어갔지만, 미인 상사가 대체 누구죠?"

"에이~. 그냥 넘어가 줘~."

니아는 불만을 표시하듯 입술을 삐죽 내밀었다. 하지만 마리아의 쥘부채가 무서운 건지, 작업 중인 손은 계속 놀리고 있었다.

"아무튼, 그런 제안은 이 지옥에서 기어 나온 후에 하세요. —아, 그리고 엘렌은 언제까지 울고 있을 거죠? 빨리 작업을 다시 시작하세요. 지우개질이 끝나면, 그 다음에는 원고 스캔을 맡기겠어요."

마리아는 그렇게 척척 지시를 내린 후, 시도를 향해 고개를 돌렸다.

"시도는 수고했어요. 많은 도움이 되었어요. 보수는 나중에 드려도 될까요?"

"으, 응……."

마리아의 말을 듣고 고개를 끄덕인 시도는 작업실 안을 다시 둘러보더니, 볼을 긁적이며 입을 열었다.

"……뭐, 이렇게 됐으니 끝까지 도와줄게. 먹칠 작업 정도라면—."

"……오오! 소년, 정말이야?!"

시도의 말을 들은 니아가 고개를 퍼뜩 치켜들더니, 반짝이는 두 눈으로 쳐다보았다.

—그리고, 그로부터 여섯 시간 후…….

"끝나아아아아아아아아았—다아아아아아아아아아——!!!"

니아가 그렇게 외친 순간, 주위에서 잔잔한 박수 소리가 들려왔다.

"이야…… 이번에는 진짜로 큰일 났다고 생각했는데, 어떻게든 됐네~. ……다들, 정말 고마워……."

니아는 그렇게 말하며 이마에 붙인 냉각시트를 뗐다. 오랫동안 헤어밴드를 하고 있었던 탓에, 앞머리가 자다 일어난 것처럼 엉망이었다.

"일단은 수고했다고 말해드리죠. 하지만 이번에 어찌어찌 됐다고 다음번에도 이런 스케줄로 작업을 진행하지 않도록 주의해주세요. 작가는 자신의 최대치를 언제든 발휘할 수 있다고 툭하면 착각하니까요."

제작진행을 맡은 마리아가 안경과 완장을 벗으며 휴우 하고 숨을 내쉬었다. 니아는 과장스럽게 바닥에 넙죽 엎드리며 「예입~!」 하고 말했다. ……그 모습을 본 시도는 머지않아 이런 일이 또 벌어질 것 같다는 생각이 들었다.

마리아도 마찬가지인지 어깨를 으쓱했다. 하지만 방금 탈고를 마쳐서 텐션이 상승한 니아에게 무슨 말을 한들 효과가 없을 거라고 판단한 건지, 더는 아무 말도 하지 않으며 돌아갈 준비를 하기 시작했다.

"그럼 저희는 이만 실례하겠어요. 다음 업무가 기다리고 있으니까요."

마리아가 그렇게 말하자, 니아는 깜짝 놀란 듯이 눈을 치켜떴다.

"어, 이번에는 누구의 어시스턴트를 하러 가는 거야? 나보다도 원고가 위기 상황인 녀석이 있는 거야?!"

"농담인진 진담인지 모르겠지만, 저는 딱히 프로 어시스턴트가 아니에요. 평범하게 〈라타토스크〉의 일을 하러 가는 거예요."

제작진행을 맡은 마리아가 도끼눈을 뜨며 그렇게 말했다. 그러자 니아는 「아하, 그렇구나」 하고 말하더니, 한쪽 눈을 감으며 혀를 쏙 내미는 한물 간 리액션을 취했다.

"그럼 먼저 실례하겠어요."

"인터페이스 보디 네 대, 구속시간 총 29시간이니 보수는 합계 232만 엔이에요."

"이달 말까지 계좌로 입금해주세요."

"어, 금액이 그렇게 큰 거야?!"

니아는 눈을 치켜뜨더니, 손가락을 꼽으며 계산했다. 그리고 계산이 정확하다는 걸 확인한 건지, 볼에 경련이 일어난 상태에서 미소를 지었다. ……아무래도 진짜로 마감 직전의 급박한 텐션인 상태에서 시급을 정했던 것 같았다.

"……뭐, 뭐어, 어쩔 수 없지. 원고료만 보면 완전히 적자지만, 덕분에 연재를 펑크 내지 않았으니까……."

니아가 자기 자신을 설득하듯 그렇게 말하고 있을 때, 마리아들은 『그럼 이만 실례하겠어요』 하고 말하며 인사를 한 후에 돌아갔다.

그 뒤를 이어, 이번에는 엘렌이 유령 같은 표정으로 비틀거리며 자리에서 일어났다.

"침대…… 저의 침대는 어디 있죠……?"

그리고 중얼거리면서 작업실을 나선 그녀는 그대로 수면실로 향하나 했더니, 그대로 털썩 쓰러지며 그대로 쿨쿨 곯아떨어졌다. ……아무래도, 한참 전에 한계에 도달했던 것 같았다.

"아~아~……. 한동안은 못 일어나겠네."

니아는 머리를 긁적이더니, 엎드린 채 잠든 엘렌에게 모포를 덮어준 후에 작업실로 돌아왔다.

"로봇걸 귀환에 엘레찌 다운…… 흐음……."

그리고 생각에 잠긴 것처럼 끙끙거리며 앞머리를 쓸어 넘기더니, 시도를 향해 고개를 돌렸다.

"—저기, 소년. 혹시 시간 있어?"

"뭐? 아, 괜찮아. 할 일이 더 있는 거야?"

"응~? 아, 모처럼 일이 끝났으니까 가볍게 뒤풀이라도 할까 해서 말이야."

그렇게 말한 니아는 가볍게 어깨를 으쓱했다. 확실히 이 상황에서 시도가 돌아가 버린다면, 니아는 혼자서 술이나 퍼마실 것이다.

"하하……. 그럼 어울려 줄게. 하지만 뒤풀이를 하려고 해도, 식재료는 얼추 다 썼어. 니아의 집 냉장고에는 술밖에 없으니까, 또 시장을 보러 가야겠네."

"아~. 으음, 그렇구나……."

니아는 또 생각에 잠기듯 턱에 손을 대더니, 곧 좋은 생각이 났다는 것처럼 시도를 쳐다보았다.

"소년, 미안하지만 맨션 밖에서 기다려줄래? 나도 금방 나갈게."

"뭐? 괜찮기는 한데, 이유가 뭐야?"

"정말! 이 누님이 옷 갈아입는 모습이 보고 싶은 거야? 소년은 색골이라니깐~!"

그렇게 말한 니아는 자신의 어깨를 양손으로 감싸 안으며 몸을 배배 꼬았다.

"아……."

그러고 보니 니아는 잉크가 곳곳에 묻은 운동복 차림이었다. 너무 잘 어울려서 위화감을 느끼지 못했지만, 확실히 저 옷차림으로 집밖에 나가려면 용기가 필요할 것이다.

"알았어. 그럼 먼저 밖에 나가있을게."

"응~. 잠시만 기다려~."

니아는 손을 흔들었다. 시도가 가볍게 손을 들어 보인 후, 신발을 신고 니아의 집을 나섰다. 그리고 엘리베이터를 타고 1층에 내려간 후, 맨션 밖으로 나갔다.

그곳에서 한동안 기다렸을 즈음이었다.

"……어?"

어딘가에서 낮은 구동음 같은 것이 들려와서, 시도는 고개를 들었다.

그 소리의 정체는 금세 눈치챘다. 맨션의 지하 주차장에서 새빨간 색상의 오픈카가 나오더니, 시도 앞에 정차한 것이다.

전체적으로 곡선을 그리고 있으면서도 샤프한 느낌의 차체, 그리고 일반적으로 핸들이 오른쪽에 있는 일본 차량과 달리 왼쪽에 있는 핸들, 그리고 평범한 승용차와 명백하게 차이나는 엔진음……. 차에 대해 잘 알지 못하는 시도도 이것이 고급차라는 것을 바로 눈치챌 정도의 위용이었다.

하지만 시도가 가장 놀란 점은 그런 요소들이 아니다.

그 차의 운전석에 아는 이가 앉아있었던 것이다.

"안녕~, 소년. 오래 기다렸지~?"

"니, 니아?!"

그렇다. 핸들에 한손을 걸친 채 다른 손으로 손 키스를 날린 이는 바로 아까까지만 해도 너저분한 운동복을 입고 있던 혼죠 니아였다.

지금은 캐주얼하면서도 고급스러운 나이트 드레스를 입었으며, 커다란 선글라스로 눈가를 가렸다. 아까까지 시도와 얼굴을 마주하고 있던 만화가와 동일 인물이라는 게 믿겨지지 않을 만큼 완벽한 변신이었다.

"니, 니아, 뭐가 어떻게 된 거야? 그 옷…… 아니, 그 차는……."

시도가 묻자, 니아는 시니컬한 미소를 지었다.

"소년, 이런 이야기를 들어본 적 있어?"

"응?"

"출판사는 만화가가 히트작을 내면, 마구 추켜세워서 집이나 차처럼 비싼 걸 사게 해."

"흐음, 왜야?"

"만화를 계속 그리지 않았다간 다음해 세금을 못 내니까, 일을 계속 하게 되거든."

"그, 그렇구나……."

왠지 알고 싶지 않은 정보였다. 볼에 희미하게 경련이 일어난 시도는 쓴웃음을 지었다.

"뭐, 그래도 이럴 때는 쓸모가 있어. 소년, 타. 이참에 한밤중의 드라이브를 즐기자."

니아는 요염한 손길로 손짓을 했다. 그러자 시도는 약간 당혹스러워하면서도, 이 분위기에 삼켜진 것처럼 차의 조수석에 앉았다.

"좋아. 그럼 가자, 소년."

니아는 만족한 것처럼 고개를 끄덕이더니, 씨익 웃으며 정면을 쳐다보았다. 내용물이 바뀐 것도 아닌데, 왠지 니아가 멋있어진 것처럼 느껴졌다.

하지만…….

"어……라? 클러치는 어떻게 조작하는 거더라? 요즘에는 오토만 몰았더니 헷갈리네……."

마법은 순식간에 풀렸다. 니아는 머리를 긁적이면서 자신의 손 언저리와 발 언저리를 쳐다보았다. ……조수석에 탄 시도는 그 모습을 보며 불안을 느낄 수밖에 없었다.

하지만, 곧 운전 방법이 생각난 모양이다. 니아는 다시 분위기를 잡듯 어험 하고 헛기침을 하더니, 다시 앞을 바라보았다.

"좋아, 그럼 이번에야말로 출발할게. 안전벨트는 찼어?"

"응. 당연하지."

"참, 소년. 좋은 걸 알려줄게."

"좋은 거?"

"밤에 선글라스를 끼면, 앞이 잘 안 보여."

"지금 바로 벗어!"

시도는 무심코 그렇게 외치며 니아의 선글라스를 벗겼다. 운전에 익숙하지 않은데 선글라스까지 끼는 건 자살행위나 다름없는 것이다.

"아앗, 내 샐럽 포인트가~!"

"뭐 그딴 포인트가 다 있어?! 안전제일!"

시도가 그렇게 말하자, 니아는 체념한 듯이 어깨를 으쓱했다.

"예이예이⋯⋯ 그래도 일단 줘 봐."

그리고 시도에게서 선글라스를 탈환하더니, 접어서 드레스 앞섶에 끼웠다. 그 어른스러운 모습을 본 시도는 반사적으로 가슴이 뛰었다.

"⋯⋯어?! 소년, 방금 가슴이 뛰었지? 맞지?"

니아는 평소처럼 희죽거리며 그렇게 말했다. 왠지 순식간에 평소의 니아로 되돌아온 듯한 느낌이 든 시도는 땅이 꺼져라 한숨을 내쉬었다.

"⋯⋯항상 마지막에 초를 친다니깐."

"냐하하, 미안해. 그럼 이제부터 만회해볼까요. 간다~."

니아는 그렇게 말하며 과장스러운 동작으로 탁! 탁탁! 하며 기어를 바꾸더니, 액셀을 밟았다. 그러자 큰 배기음이 나면서 타이어가 끼이익 하고 비명을 지르더니, 차가 급발진을 했다.

"우오⋯⋯!! 소, 속도 너무 내지 마, 니아⋯⋯!"

"알았으니까 걱정하지 마~!"

시도의 말을 전혀 이해 못한 말투로 대꾸한 니아가 핸들을 돌렸다. 실제 운전보다는 오락실에서 익힌 듯한 느낌이 물씬 나는 움직임이었다.

이윽고 차가 주택가를 빠져나가더니, 그대로 대로로 나갔다. 하지만 니아는 차를 세우지도, 가게를 찾지도 않았다. 그

러자 시도는 미심쩍다는 듯이 미간을 찌푸렸다.

"저기, 니아. 어디까지 가려는 거야? 시장을 볼 거면 근처 슈퍼마켓에 가면 되는데……."

"응~? 나는 시장 보러 간다고 말한 적 없거든?"

"뭐?"

시도가 얼이 나간 듯한 반응을 보이는 사이, 니아가 모는 차량은 그대로 대로를 빠져나가더니 인터체인지를 통과하며 고속 도로로 들어섰다.

"어, 어이, 니아?"

"끼얏호~! 굿바이 규정 속도!"

니아는 진심으로 기뻐하는 듯한 어조로 그렇게 외치더니, 아까보다 더욱 세게 액셀을 밟았다. 그러자 엔진이 환희에 찬 울부짖음을 토했고, 차 뒤편이 희미하게 흔들리면서 차량은 급가속을 했다.

"냐~하하하하핫! 소년, 어때~? 기분 좋지?!"

"어……?! 바보, 너……!!"

한밤의 고속 도로를 폭주하는 그 모습은 붉은 탄환을 연상케 했다. 지붕 없는 차체에 바람이 사정없이 몰아쳐 들어오며, 니아와 시도의 머리카락을 휘감았다. 동일한 간격으로 설치된 가로등이 빛의 선이 되며 시도의 시야 좌우에서 흘러 지나가고 있었다.

"……그런데……."

그리고 약 30분 후…….

시도는 머리를 감싸 쥔 채, 맞은편에 앉은 니아에게 말을 건넸다.

"왜 또 일이 이렇게 된 거야……?"

그렇게 말한 시도는 다시 주위를 둘러보았다.

시도와 니아는 어느 프렌치 레스토랑에 와있었다.

그것도 평범한 레스토랑이 아니었다. 조명은 어두운 편이며, 유리로 된 벽에서는 별하늘 같은 야경이 펼쳐져 있었다. 식사에 방해가 되지 않도록 잔잔히 들려오는 BGM 또한 연주자가 직접 연주하고 있었다.

즉, 이곳은 시도 같은 고등학생과는 거리가 먼 고급스러운 레스토랑인 것이다.

"응~? 모처럼 소년과 단둘이니까 좀 호화롭게 뒤풀이를 할까 해서 말이야~."

"아니, 이게 무슨 좀 호화로운 거냐고! 아까 주문한 코스의 가격은 내 한 달 식비보다 비쌌단 말이야……!!"

"아, 돈은 신경 쓰지 마. 내가 한, 턱, 쏠, 게♡ 물론 오늘 수당에서 빼겠다는 소리도 아니니까 안심해."

"그런 문제가 아니라……!"

주위에 있는 손님들도 어딘가 여유로워 보였으며, 정장을 입고 있었다. 시도는 자신의 옷차림을 살펴보고, 식은땀을 삐질삐질 흘렸다.

"……나, 평소 옷차림 그대로 왔는데 괜찮은 거야?"

"괜찮아~ 괜찮아~. 드레스 코드가 있기는 하지만, 샌들을 신었거나 반바지 차림이 아니면 거절당하지는 않아."

자기만 드레스로 갈아입은 니아가 깔깔 웃으며 그렇게 말했다. ……시도는 영 납득이 되지 않았지만, 아까 전의 그 구질구질한 운동복 차림으로는 입점 거부를 당했을 것이다.

시도가 그런 생각을 하고 있을 때, 온화한 미소를 머금은 웨이터가 두 사람의 테이블 쪽으로 왔다.

"―크뤼그 클로 뒤 메스니입니다."

그리고 웨이터는 그렇게 말하며 테이블 위에 잔을 두더니, 거품이 나는 백금색 액체를 잔에 따랐다. 아까 니아가 주문할 때는 뭘 시킨 건지 알 수 없었지만, 아무래도 샴페인을 시킨 것 같았다.

"진저에일입니다."

웨이터는 그 뒤를 이어 시도 앞에 잔을 뒀다. 그 잔에는 미리 액체가 담겨 있었다.

"그럼 소년. 건배하자."

니아는 잔을 들었다.

"그래……. 건배."

시도는 그 말을 듣고 진저에일이 든 잔을 들더니, 잔의 가장자리를 가볍게 맞댔다.

니아는 미소를 머금더니, 잔을 기울였다. 그리고 간접 조명을 받아 빛나고 있는 액체를 한 모금 마시더니, 휴우 하고 숨을 토했다.

"—으음, 맛이 좋네. 향도 화려한 게 딱 좋아."

"…………."

의외로 우아한 그 모습을 본 시도는 잠시 동안 얼이 나간 채 니아를 응시했다.

뭐랄까, 불가사의한 느낌이 들었다. 평소의 게으름뱅이 인간 말종과, 지금 눈앞에 있는 숙녀가 동일 인물이라는 것이 영 믿기지 않았다. —덧붙여 한 마디 하자면, 아까 차를 몰던 니아도 포함해서 말이다.

당연한 이야기지만, 니아에게는 시도가 모르는 일면이 있었다. 그 사실을 다시 인식한 시도는 입을 다물었다.

그런 시도를 본 니아는 입가를 말아 올렸다.

"소년, 왜 그래? 이 누님의 매력에 빠져버린 거야?"

"그, 그런 건 아냐……."

시도는 얼버무리듯 가볍게 헛기침을 했다.

그러자 니아는 「에헤헤」 하고 평소처럼 웃었다.

"저기 말이야~. 소년은 지금 여러모로 생각이 많은 시기겠지만, 어른이 된다는 건 꽤 즐거워. 싫은 일이 있으면 술 마시면 되고, 즐거운 일이 있을 때도 술 마시면 돼."

"결국 항상 술인 거잖아……."

니아가 그렇게 말하자, 시도는 쓴웃음을 지었다.

하지만 곧 시도의 미간이 흔들렸다. —시도가 진로를 고민하는 듯한 모습을 보였기 때문에, 니아는 상담 상대가 되어주려고 그를 이런 곳까지 데려온 걸지도 모른다는 생각이 들었던 것이다.

니아가 시도에게 자기 어시스턴트가 되라는 제안을 했을 때, 그가 우물쭈물한 것을 기억하고 있는 것이다. 그때는 마리아의 일격 때문에 애매하게 넘어갔지만, 니아는 시도의 망설임을 꿰뚫어본 것 같았다.

물론, 아무리 그래도 너무 엉뚱한 행동이기는 했다. 하지만 묘한 방향으로 폭주하는 이런 면이 니아답다는 생각이 든 시도는 또 쓴웃음을 흘렸다.

"……저기, 니아."

몇 초 후…….

시도는 고개를 살며시 들면서 입을 열었다.

"응? 소년, 왜 그래?"

"아, 별건 아닌데……. 니아는 언제부터 만화가가 되고 싶다는 생각을 했어?"

"만화가를 꿈꾼 나이……. 으음, 몇 살이었더라? 옛날부터 만화만 읽었거든. 그래서 그대로 자연스럽게 만화가를 꿈꾸게 됐어~. 처음으로 공책에 연필로 만화 같은 걸 그린 건 초등학교에 들어갔을 때 즈음일 거야. 그 후로 장래의 꿈은 만화가였던 걸로 기억해. 그리고 처음으로 상을 받은 게 고등학교 1학년 때일걸?"

"꽤, 꽤 일렀네……."

시도는 놀란 표정을 지으며 그렇게 말했다. 설마 지금의 자신보다 두 살 어렸을 적에 프로 데뷔를 했을 줄이야.

항상 장난스러운 모습만 본 탓에 깜빡할 때도 있지만, 그러고 보니 니아의 펜네임인 혼죠 소지는 업계 안에서 모르는 사람이 없을 정도의 유명인이다.

“니아는 대단하네…….”

“응~……?”

니아는 시도의 표정을 보더니, 뭔가 눈치챈 것처럼 상냥한 눈길을 머금으며 턱을 괬다.

“뭐야. ―소년은 이미 장래의 목표를 정한 거야? 아니면, 마음속으로 결심한 걸, 입에 담을 마음이 들기라도 했어?”

“―윽!”

니아가 그렇게 말한 순간, 시도의 심장이 화들짝 놀라듯 뛰었다. 그리고 시도는 숙이고 있던 고개를 들더니, 니아의 눈을 응시했다.

“어라라. 빙고야~?”

“……왜, 그렇게 생각한 거야?”

“으음, 글쎄~. 감이야, 감. 뉘앙스 적으로는 『그렇게 어린 시절에 목표를 정하다니 대단하다』보다는 『그렇게 일찍 목표를 달성하다니 대단하다』 같은 느낌이었거든. 게다가, 뭐랄까―.”

니아는 약간 멋쩍은 듯이 웃으면서 말을 이었다.

“꿈은 있지만 입에 담는 게 부끄럽다. 하지만 누군가에게 선언을 해서, 그 말에 책임을 져야한다고 마음속으로 생각하게 되는 편이 나을지도― 같은 느낌이랄까? 굳이 따지자면 결의

나 각오의 냄새가 풍겼다고나 할까? 나도 한 번 지나갔던 길이거든."

"——."

니아는 눈을 내리깔며 작게 숨을 내쉬었다. 시도는 또 가슴이 뛰는 것을 느꼈다. —마치, 보이지 않는 무언가가 자신의 등을 밀어주는 것만 같았다.

니아는 그 말을 끝으로, 잠시 동안 침묵에 잠겼다.

그저, 상냥한 시선으로 시도를 지켜보고 있을 뿐이었다.

아마, 기다리고 있으리라. 시도가 결심을 하기를…….

시도는 크게 숨을 들이마시고, 토하더니, 니아의 눈을 똑바로 응시했다.

"……아직은 내 바람에 불과하지만……."

"응."

"나, 대학을 졸업하고 나면 아스가르드 일렉트로닉스에 들어갈 생각이야. 정확하게는 〈라타토스크〉에 들어가고 싶어. —지금 이 세계에서 정령에 대해 연구할 수 있는 건 그곳뿐이라고 생각하거든."

"흐음—."

결심을 한 시도가 그렇게 말하자, 니아는 웃지도 놀라지도 않으며 조용히 그렇게 대꾸했다.

마치, 시도의 말을 통해 그 안에 담긴 의도를 전부 눈치챈 것처럼 말이다.

"그건— **다시 한번 만나기 위해서야**?"

니아는 시도를 똑바로 쳐다보며 그렇게 물었다.

정령은 존재 자체가 은폐되고 있으며, 이미 이 세상에는 존재하지 않는다. 시도는 그런 존재를 연구하겠다고 말한 것이다. 당연히 그 목적에도 생각이 미칠 것이다.

물론 그것은 위험한 생각이다. 일전에 코토리가 말렸던 것처럼, 최악의 경우에는 얼기설기 짜 맞춘 퍼즐 조각을, 다시 헝클어뜨릴지도 모른다.

그래서 시도는 고개를 끄덕이는 것을 주저했다. 하지만, 자신을 응시하고 있는 니아에게 거짓말을 할 수는— 없었다.

"…………, ……그래."

잠시 동안 망설인 후, 시도는 그렇게 대답했다.

"그렇구나."

그러자 니아는 짤막하게 대답했다.

"그것도 괜찮을 것 같아. 아마 그게 가장 소년다운 행동이야. 나로서는 우수한 식사 담당 어시스턴트 후보에게 차여서 아쉽지만 말이야."

"하하……."

시도가 쓴웃음을 짓자, 니아는 입가에 미소를 머금으며 잔을 가볍게 흔들었다.

"뭐, 장래라든가 자신에 대해 생각해봐야 하는 시기겠지만, 성가심과 즐거움은 표리일체거든.

—실컷 고민하는 거야, 소년. 혹독한 환경 속에서 열린 과일일수록 달콤한 법이거든."

"니아—."

시도는 그 말을 듣고 가늘게 숨을 내쉬었다.

"…………역시, 너는 정말 멋져."

"응? 뭐? 다시 말해봐. 니아 님한테 안 들렸거든."

니아는 몸을 쑥 내밀며 그렇게 말했다. 똑똑히 들었으니 이런 반응을 보이는 것이다. 시도는 또 쓴웃음을 머금으며 「싫어」 하고 대꾸했다.

"에이~, 한 번 더 말해준다고 덧나는 것도 아니잖아~."

니아는 불만을 표시하듯 입술을 삐죽 내밀더니, 잔을 기울여서 안에 담긴 샴페인을 마셨다.

"하아~, 맛있어! 소년이 2년 후에 스무 살이 되면, 같이 한 잔 하자. 처음으로 술 마실 때는 나와 같이 마시는 거야! 최고의 한 잔을 대접해주겠다고 약속할게~."

"하하…… 처음으로 술 마시는 건데, 너무 좋은 술을 마시는 건 아깝지 않을까?"

"무슨 소리를 하는 거야. 그런 건 처음이 중요하단 말이야. 맛없는 걸 마시고 술을 싫어하게 된다면, 내 술 상대가 되어주지 않을 거 아냐. 그러니까 그 정도는 이 누님~한테 맡겨."

니아는 빈 잔을 시도에게 내밀며 그렇게 말했다. 그러자 시도는 체념한 것처럼 두 손을 들어올렸다.

"알았다, 알았어. 니아와 같이 마실게."

"좋았어! 소년의 첫 체험 예약! 같은 서클 여자애한테 빼앗기지나 마~."

"말 좀 가려서 해……."

시도는 질렸다는 듯이 웃음을 흘리더니— 곧 어떤 사실을 눈치챘다.

"……저기, 니아. 우리는 오늘 여기에 차로 왔지……?"

"응? 그래. 내 애마인 스칼렛 피닉스로 말이야."

시도가 묻자, 니아는 고개를 끄덕이며 그렇게 답했다. ……그 명칭도 신경이 쓰이지만, 지금은 더 중요한 사항이 존재했다. 시도는 테이블을 내려치며 언성을 높였다.

"너, 왜 술을 마시는 거야?! 너무 자연스러워서 나도 말리는 걸 깜빡했어! 돌아갈 때는 대체 어떻게 할 거냐고!"

시도가 그렇게 외치자, 「아」 하고 말하며 눈을 동그랗게 뜬 니아가 얼버무리듯 웃었다.

"……자고, 갈까?"

"싫어!"

몇 십 초 전까지만 해도 니아는 정말 멋졌는데, 지금은 또 이 모양이다. 시도는 땅이 꺼져라 한숨을 내쉰 후, 〈라타토스크〉에 운전사 파견을 요청하기로 결심했다.

◇

—밤.

"—, —, ——."

어둠에 뒤덮인 대지에 드러누운 채, 혼쵸 니아는 간헐적으로 거친 숨을 내쉬었다.
눈에 비친 것은 칠흑빛 어둠, 그리고 그 한가운데에 존재하는 달빛뿐이다.
아니— 정확하게는…….
그 달빛에 비친 『짐승』의 그림자 또한, 니아의 눈에 어렴풋이 들어왔다.
"이거…… 큰일 났네……."
니아는 쥐어짜낸 듯한 목소리로 겨우겨우 그렇게 말했다. 그와 동시에 복부와 가슴에서 고통이 느껴지자, 그녀는 신음을 토했다. 젖은 목소리, 목 깊은 곳에서 열기와 함께 구역질이 치밀어 오르더니, 입가를 타고 무언가가 흘러내렸다.
색깔이 단절된 어둠 속이기는 하지만, 그것이 피라는 것은 충분히 알 수 있었다.
시야가 흐릿해졌다. 손발이 저렸다. 겨우겨우 의식을 유지시켜주는 고통조차도 서서히 옅어져 갔다.
—아아, 죽음이란 이런 건가. 쳇, 일찍 알았다면 19권의 그 장면은 더 인상적으로 그렸을 텐데—.
안개가 낀 듯한 머릿속에서는 그런 생각만이 맴돌고 있었다. 하지만 마지막 순간에 이런 것을 생각한다는 것 자체가 자기답다고 생각한 니아는 무심코 웃음을 터뜨렸다.
"——아, 아—."
—『짐승』이…….
방금 니아에게 치명상을 입힌 광기어린 짐승이, 낮은 신음을 흘리며 다가왔다.

불가사의하게도, 공포는 느껴지지 않았다. 분노마저도, 느끼지 않았다. 니아가 느끼고 있는 건 후회와 의문— 그리고, 안타까운 연민뿐이었다.

"……나를…… 끝으로…… 이런 짓…… 그만둬……."

그 말을 끝으로, 니아는 의식을 잃었다.

제3장 토키사키 쿠루미

—강렬한 맛을 계속 느끼다보면, 언젠가 그 맛에 익숙해지듯…….

—격렬한 고통을 계속 느끼다보면, 어느새 그것을 느끼지 못하게 되듯…….

인간의 마음 또한, 환경에 따라 내성을 지니게 되죠.

강한 절망도, 격렬한 슬픔도, 몸을 태우는 듯한 분노도, 이윽고 서서히 잦아들어가요.

좋게 말하면 적응, 나쁘게 말하면 마모. 분명 그것은 인간이 인간으로서 살아가기 위한 기능이죠. 너무나도 강렬한 감정은 마음을 도려내고, 짓이긴 후, 태워버린답니다. 마치, 생존 그 자체를 방해하는 것처럼…….

그리고 이윽고, 사람은 잊고 말아요. 괴로운 과거를, 슬픈 기억을, 고통에 찬 여정을…….

마음을 가득 채운 절망은 언젠가 실체를 잃고, 단순한 정보가 되어 기억돼요. 새로운 일에 덧칠되죠. 시간은 그 무엇보다 상냥하게, 그 상처에 뚜껑을 덮어요—.

하지만. 아아, 하지만…….

그 절망을, 슬픔을, 분노를, 온갖 부정적인 감정을 잊어버리는 것을 고통으로 여기는 자는 어쩌면 좋을까요.

그 답은 명쾌하죠. —절망을, 새롭게 새겨 나갈 수밖에 없어요.

생명을, 인생을, 자신의 존재 그 자체를 걸고 해내야만 하는 사명을 위해, 부정적인 감정을 끊임없이 불태우는 거랍니다.

오랜 시간 동안, 저는 그래왔어요.

제가 저의 길을 걷기 위해서는, 그렇게 할 수밖에 없었어요.

하지만 지금의 평온을 얻고, 저는 문뜩 생각하고 말았어요.

평범한 이는 견뎌낼 수 없는 절망을, 마음속의 화로에서 활활 태우던 정령이, 정령의 힘을 잃는다면…….

—그 존재는 과연, 인간이라 부를 수 있을까요.

◇

3월 하순이 되자, 겨울의 추위가 잦아들며 점점 봄의 온기가 세상을 채워갔다.

땅에는 잎이, 나무에는 봉오리가, 그리고 바람에는 꽃가루가 섞이기 시작하더니, 길을 가는 사람들의 옷차림 또한 몇 주 전보다 훨씬 가벼워졌다. 계절이 계절인 만큼, 안경이나 마스크를 쓰며 겨울 때보다 더 중무장을 한 사람도 드문드문 보이지만 말이다.

"으음……."

시도는 따뜻한 햇볕을 온몸으로 쬐듯, 크게 기지개를 켰다.

시도는 현재 자신의 집에서 걸어서 10분 거리에 있는 길 위에 있었다. 주택가와 교외의 경계선에 위치하는, 한산한 곳이다.

걸음을 내디딜수록 집의 숫자가 줄어들더니, 그것을 대신하듯 초목과 꽃이 늘어났다. 산책을 하기에 딱 좋은 장소였다.

하지만, 시도는 봄의 온기에 이끌려 이곳에 온 것도, 평소의 운동 부족을 해소하기 위해 걷고 있는 것도 아니었다.

시도가 이곳에 온 것은 단순한 이유 때문이었다. 그는 이 근처에 사는 인물을 찾아온 것이다.

"아…… 여기구나."

시도는 혼잣말을 중얼거린 후, 어느 집 앞에서 걸음을 멈췄다.

높은 담에 둘러싸인, 고풍스러운 서양식 주택 느낌의 집이다. 철제문은 흉흉해 보였고, 벽은 담쟁이덩굴에 뒤덮여 있었다. 좋게 말하면 장엄한, 나쁘게 말하면 따뜻한 봄 햇살 속에서 귀신의 집 같은 으스스한 분위기가 감도는 건물이었다.

문 옆에는 『TOKISAKI』라 쓰인 금속제 문패가 걸려 있었다. 그것은 비교적 최근에 만들어진 것 같지만 이 집 주인의 취향인지, 아니면 1년 동안 꽤나 혹독한 환경에 있었던 건지, 자잘한 흠집과 녹을 통해 이 집의 분위기에 어울리게 꾸며져 있었다.

—그렇다. 토키사키 쿠루미. 과거 『최악의 정령』이라 불린 그 소녀가 바로 이 집의 주인이다.

1년 전의 싸움이 끝난 후, 쿠루미의 주거지를 정하게 된 〈라타토스크〉는 그녀를 위해 시도의 집 옆에 있는 맨션의 방을 준비했다. 하지만 쿠루미는 그것을 거절하더니, 이 저택에서 살기 시작했다. 아무래도 쿠루미가 예전부터 보유하고 있던 거점 중 하나 같았다.

〈라타토스크〉로서는 쿠루미가 조직의 관리 하에 있는 건물에서 주거해줬으면 했지만, 정령의 희망을 최우선으로 하기에 순순히 그녀의 뜻에 따라 주거지가 결정되었다. —뭐, 만약 지금도 그녀에게 정령의 힘이 남아있다면 좀 더 말썽이 벌어졌을 가능성이 있겠지만 말이다.

아무튼, 쿠루미는 1년 전부터 이 집에서 혼자 살고 있다.

학교에는 다니고 있으며, 시도의 집도 걸어서 갈 수 있는 거리에 있기에 때때로 다른 이들과 함께 저녁을 먹으러 오기도 했다. 하지만 그것은 쿠루미가 자기 기분에 따라 정하는 것이며, 다른 정령들에 비해 그 빈도는 낮았다.

그래서 시도는 때때로 과하게 만든 반찬을 나눠줄 겸, 쿠루미가 어떻게 지내는지 보러갔다.

그리고 오늘 반찬은 시도 특제 고기감자조림과 시금치 깨소금 무침이다. 뭐, 쿠루미는 요리도 잘하니, 니아처럼 굶고 있을 가능성은 없지만 말이다.

"자아……."

시도는 혼잣말을 중얼거리듯 그렇게 말한 후, 담에 달린 초인종을 눌렀다.

◇

"…………"

토키사키 쿠루미는 자택의 서재에서 아무 말 없이 책을 읽고 있었다.

방의 넓이는 약 열 평 정도지만, 벽을 따라 빈틈없이 존재하는 책장, 그리고 그 앞에 쌓여 있는 책과 서류 때문에 꽤나 좁아 보였다. 이 방의 동쪽에 존재하는 창문 앞에도 책이 산더미처럼 쌓여 있기 때문에, 아직 낮인데도 전등 불빛이 책의 지면을 비추고 있었다.

안구를 운동시키며 책을 읽은 후, 중요한 사항을 따로 기록했다. 그와 동시에 머릿속으로 수많은 식과 문언을 떠올렸다.

—대체 얼마동안 그렇게 보냈을까. 손 언저리에 있던 스마트폰에서 알람이 울리자, 쿠루미는 어깨를 희미하게 떨었다.

스마트폰을 보니, 화면에 스케줄 통지가 표시되어 있었다. 아무래도 예정 시각이 다 된 것 같았다.

"……어머, 어머. 벌써 시간이 이렇게 됐군요."

그리고 작은 목소리로 그렇게 중얼거리더니, 책상을 물어뜯을 듯이 숙이고 있던 상반신을 폈다. 그리고 굳은 어깨와 목을 가볍게 풀어줬다.

집중력이 끊어진 순간, 지금까지 무시하고 있던 피로와 공복감이 얼굴에 드러났다. 쿠루미는 한숨을 내쉬더니, 어깨를 두드리며 의자에서 일어났다.

"—자아, 슬슬 준비를 해볼까요."

평소 같으면 책을 계속 읽었겠지만, 오늘은 외출을 할 예정이다. 쿠루미는 혼잣말을 중얼거리면서 서재의 출입구 쪽으로 향했다.

아무렇게나 책이 쌓여 있는 이 방의 문으로 이어지는 길은 미로를 연상케 했지만, 수도 없이 이 길을 통과했던 쿠루미는 이미 익숙했다. 가벼운 발걸음으로 나아간 쿠루미는 복도에 도착했다.

바로 그때, 쿠루미는 문뜩 얼굴을 들었다.

이유는 단순했다. 복도 창문에 비친 자신의 모습이 눈에 들어왔던 것이다.

창문에는 검은색 옷으로 온몸을 감싼 호리호리한 체구의 소녀가 비치고 있었다. 까마귀 깃털처럼 윤기 넘치는 머리카락과 도자기처럼 하얀 얼굴, 그리고 그 한가운데에 자리한 **좌우가 같은 색깔을 띤 두 눈**이 이쪽을 지그시 응시하고 있었다.

"…………."

그런 특징을 확인한 쿠루미는 창문을 향해 걸어갔다.

그리고 손을 뻗어서 자신의 왼눈에 해당하는 부분을 손가락으로 매만졌다.

"익숙해졌다고 생각했는데, 아직 위화감이 약간 느껴지는군요.

—불가사의해요. 예전에는 이 몸에 걸린 저주의 상징처럼 여겼던 시기도 있는데 말이에요."

눈을 살며시 내리깐 쿠루미는 감회에 젖으며 숨을 내쉬더니, 마음을 다잡으려는 듯이 유리에서 시선을 떼며 다시 걸음을 옮겼다.

복도를 나아가서 계단을 올라간 쿠루미는 침실에 도착했다. 그리고 그대로 인접한 붙박이 옷장으로 가더니, 줄지어 걸려 있는 옷 안에서 적당한 것을 골랐다.

"흠…… 뭐, 이거면 되겠죠."

쿠루미는 익숙한 손놀림으로 고딕 롤리타 스타일의 드레스를 입더니, 전신 거울 앞에서 몸을 빙글 돌렸다. 프릴로 꾸며진 치마가 하늘거리면서 아름다운 궤적을 그렸다.

바로 그때—.

"—어머나."

쿠루미의 눈썹이 희미하게 흔들렸다. 몸을 돌린 순간, 무언가가 시야 구석에 비쳤던 것이다.

이 방의 구석에 있는 화장대 위에는 선물용으로 주로 쓰이는 네모난 과자 양철통이 있었다.

하지만 그 안에 들어 있는 것은 쿠키가 비스킷이 아니다. 숙녀인 쿠루미는 침실에서 과자를 먹지 않는 것이다.

"후후. 반갑군요, 『저희들』."

쿠루미는 미소를 머금으며 그렇게 중얼거리더니, 그 캔의 뚜껑을 열었다.

—그 안에 든 것은 각각 다른 형태를 지닌 네 종류의 안대였다.

하나는 의료용 새하얀 안대, 하나는 피에 물든 붕대, 하나는 프릴로 꾸며진 하트 모양 아이패치, 그리고 하나는 칼의 날받침 형태를 한 안대다.

그런 안대의 아래편에는 장미 모양 머리장식과 십자가 액세서리, 레이스가 달린 리본, 방울이 달린 끈 등도 있었다.

그렇다. 그것들은 과거에 쿠루미가 정령의 힘을 지녔던 시절, 쿠루미의 분신들이 몸에 지녔던 것이다.

1년 전, 이 세상에서 정령의 힘이 사라지는 것과 동시에 천사 〈자프키엘〉의 권능에 의해 재현되어 있던 쿠루미의 분신들도 사라졌다.

즉, 이 안대와 액세서리는 그녀들의 유품 같은 것이다.

물론 영력으로 만든 옷— 영장(靈裝)은 그녀들과 함께 사라졌다. 하지만 특정 개체는 영장의 형태변화만으로는 부족한지, 마음에 드는 액세서리를 구입해서 몸에 차고 있었던 것 같았다.

오늘 쿠루미가 갈 곳은 그녀들과도 관련이 있는 곳이다. 쿠루미는 그 양철통 안에 손을 뻗더니, 의료용 안대를 꺼냈다.

"……『저희들』도 같이 갈 거죠?"

그리고 작게 중얼거리면서, 장난삼아 그 안대를 왼눈에 착용했다.

얼굴을 들어서 전신 거울을 보니, 과거의 자신을 재현한 분신이 이 자리에 되살아난 듯한 착각이 들었다.
"어머어머, 당연한 거겠지만 정말 판박이군요."
쿠루미는 왠지 우습다는 생각이 든 나머지, 웃음을 흘렸다.
"다른 안대는— 역시 착용할 수 없겠군요."
두 눈을 가리면 아무 것도 보이지 않을 것이다. 쿠루미는 붕대를 손에 감고, 하트 모양 아이 패치와 날받침 모양의 안대를 옷에 달았다.
"그래요……. 이건 여기에, 그리고……."
그러다 보니, 점점 즐거워졌다. 쿠루미는 남은 머리장식과 액세서리를 몸에 단 후, 겸사겸사 옷장 안쪽에 세워뒀던 프릴 달린 양산을 꺼내 쓰며 전신 거울 앞에서 포즈를 취했다.
"흠—."
—꽤 나쁘지 않았다.
쿠루미는 히죽거리려 하는 볼을 어찌어찌 진정시키며, 여러 포즈를 취했다.
치마를 양손으로 들면서 공손히 인사를 했다. 양산을 접고 지팡이처럼 눈앞에 세우며 신사적인 포즈를 취했다. 그리고 목덜미가 눈부시게 부각되는 뒤돌아보는 미인 포즈— 등, 다양한 각도에서 거울에 비친 자신의 모습을 보았다. 그 중에서 마음에 든 포즈는 스마트폰으로 촬영해뒀다.
"…………."
그리고 얼마나 시간이 흘렀을까.
자신이 촬영한 사진을 본 쿠루미는 갑자기 마음이 진정됐다.

마치 또 하나의 자신이 하늘 위에서 자신을 내려다보고 있는 듯한 느낌이 들었다. 가슴속 깊은 곳에서는 아까까지는 존재하지 않았던 감정이 자리하고 있었다.

—의료용 안대. 영력을 지녔던 시절에는 왼눈에 변화가 발생했기에 의미가 없지도 않았지만, 딱히 눈에 문제가 있는 것도 아닌데 왜 자신은 안대를 하고 있는 걸까.

다른 액세서리도 마찬가지다. 다친 것도 아닌데 왜 붕대를 손에 맸을까? 경건한 천주교 신도도 아닌데 왜 십자가를 지녔을까? 그리고 왜 해골 링을 하고 있을까? 방 안에서 양산을 쓰고 있는 것도 이상하며, 날받침에 이르러서는 아예 의미 자체가 없다.

즉, 자신의 이런 모습이 부끄럽게 여겨진 것이다.

"…………관두죠."

잠시 동안 거울 속의 자신과 시선을 마주한 후, 쿠루미는 그렇게 중얼거렸다.

몇 분 전까지만 해도 텐션이 하늘을 찌를 것 같았던 이유 자체를 모르겠다. 안대와 액세서리에 분신들의 사념이라도 깃들어 있는 걸까.

아무튼, 이곳이 자택이라 다행이다. 만약 이런 모습을 남이 보기라도 했다면, 쿠루미는 시체를 절대 들통 나지 않게 처리하는 방법을 조사해야만 했을 것이다.

쿠루미는 안도의 한숨을 내쉬며 양산을 접으려—.

"—어이~, 쿠루미. 있지?"

문이 열리는 소리가 들리면서 뒤편에서 그런 목소리가 들려오자, 쿠루미는 화들짝 놀라며 뒤를 돌아보았다.

"…………으?!"

"——어?!"

바로 그때, 문을 연 시도와 시선이 마주쳤다.

그리고 다음 순간…….

"—꺄아아아아아아아아아아아아아아아아아아아아아아아아아아아아아아아아아앗—?!

"우와아아아아아아아아아아아아아아아아아아아아아아아아아아아아아아아아아앗—?!"

두 개의 비명이, 이 저택에 메아리쳤다.

◇

"…………."

"…………."

토키사키 저택의 거실에는 거북한 침묵이 흐르고 있었다. 째깍, 째깍, 하는 시계 소리가 꽤나 크게 들렸다.

하지만 그것도 무리는 아닐 것이다. 시도는 아까 일어났던 비극을 떠올리더니, 작게 한숨을 내쉬었다.

……아니, 물론 시도도 일부러 그런 것은 아니다. 초인종을 눌러도 대답이 없는데 현관문이 잠겨 있지 않았기에, 무슨 일이 있는 건가 싶어 집 안에 들어왔을 뿐이다.

게다가, 비명을 지를 생각도 없었다. 아까는 쿠루미의 복장 때문이 아니라, 그녀의 비명에 놀라 덩달아 비명을 질렀던 것이다.

……하지만, 쿠루미는 그렇게 생각하지 않는 것 같았다.

"…………."

쿠루미는 현재, 아무 말 없이 시도의 맞은편에 앉아있었다. 이미 안대와 액세서리는 양철통 안에 넣었고 옷 또한 갈아입었지만, 아까부터 시도와 시선을 마주하지 않았다. 아무래도 쿠루미는 아까 모습을 남에게 보여주고 싶지 않았던 것 같았다.

"……으, 으음……."

더는 이 침묵을 견디지 못한 시도는 테이블 위에 놓인 컵을 향해 손을 뻗었다. 그리고 아까 쿠루미가 타준 홍차를 한 모금 마셨다.

"음…… 마, 맛있네. 찻잎도 좋고, 끓이는 솜씨도 대단한걸."

시도는 휴우 하고 숨을 내쉬며 감상을 말했다. 쿠루미의 기분을 풀어주려는 의도가 섞여 있기는 하지만, 이 감상 자체는 본심에서 우러난 것이었다.

그러자 쿠루미는 그제야 시도를 바라보았다.

"……그것 참 다행이군요. 그런데 시도 씨, 이런 말을 들어본 적 있나요?"

"으음, 뭐 말이야?"

"맹독인 스트리크닌은 쓴맛이 강하기 때문에, 독살에 쓸 때는 차나 커피에 섞는 게 정석이라고 해요."

"푸웁……?!"

시도는 쿠루미의 말을 듣자마자 그대로 사레가 들렸다. 하지만 쿠루미는 차분한 태도로 눈을 가늘게 떴다.

"어머나, 시도 씨. 왜 그렇게 기침을 하시는 거죠? 저는 그저 토막 지식을 이야기했을 뿐이랍니다."

"그, 그렇구나……."

시도가 가라앉은 목소리로 그렇게 말하자, 쿠루미는 「뭐—」하고 말을 이었다.

"정령의 힘을 잃어서 무력해진 제가 수다쟁이인 누군가의 입을 막아야만 하는 사태에 직면했다면, 분명 독을 쓴다는 결론에 도달했을 거라고 생각되는군요."

"…………."

쿠루미가 완곡한 것 같으면서도 직구에 가까운 협박을 입에 담자, 시도의 볼이 부르르 떨렸다.

"아무한테도 말하지 않을게……."

"……그게 무슨 소리죠? 시도 씨가 무슨 말씀을 하시는 건지 모르겠군요."

시도가 그렇게 말하자, 쿠루미는 고개를 휙 돌렸다. ……아무래도 쿠루미는 아까 일을 비밀로 해줬으면 하는 게 아니라, 아예 없었던 일로 여겨주기를 바라는 것 같았다.

하지만 시도가 그렇게 행동하더라도, 쿠루미의 불신감은 완전히 걷히지 않을 것이다. 시도는 낮은 신음을 흘리면서 생각에 잠겼다.

그리고 잠시 후, 어떤 방법을 찾아냈다.

"……으윽."

시도로서는 이 수단만큼은 쓰고 싶지 않지만…… 어쩔 수 없다. 시도는 각오를 다지며 고개를 들었다.

"저기, 쿠루미. 좀 봐줬으면 하는 게 있어."

"……그게 뭐죠?"

쿠루미는 퉁명한 어조로 그렇게 말했다. 그러자 시도는 스마트폰의 사진 폴더를 열어서 어떤 사진을 고른 후, 쿠루미에게 보여줬다.

"—어, 이건……."

그것을 본 쿠루미는 눈을 동그랗게 떴다.

그러는 것도 무리는 아니었다. 스마트폰에 표시된 것은—아까 전의 쿠루미처럼 안대와 붕대를 한 중학생 시절의 시도였던 것이다.

"……이제 와서 이런 이야기를 하려니 좀 부끄럽지만, 실은 나도 이런 모습이 멋지다고 생각하던 시기가 있었어. 다행히 집 안에서만 하는 걸로 만족했지만 말이야. ……아무한테도 말하지 말아줘."

시도가 얼굴을 붉히며 그렇게 말하자, 쿠루미는 잠시 동안 놀란 듯한 표정을 지은 후에 후훗 하고 웃음을 흘렸다.

"—예, 예. 알았어요. 인간은 누구나 자신만의 역사를 가지고 있다, 란 말이 떠오르는 군요."

그렇게 말한 쿠루미의 표정에서는 아까까지의 험악한 느낌이 깨끗하게 사라졌다. 아무래도 서로의 부끄러운 비밀을 공유하면서, 기묘한 연대감이 싹튼 것 같았다. —뭐, 시도의 과거라는 인질을 손에 넣은 덕분에 쿠루미는 안도한 거라고 표현할 수 있을지도 모르지만 말이다.

아무튼, 겨우겨우 거북한 분위기가 해소됐다. 시도는 안도의 한숨을 내쉬면서 테이블 위에 놓인 양철통을 쳐다보았다.

"이건…… 분신들이 지니고 있던 거지?"

그리고 머뭇거리면서 물었다. 아까 쿠루미가 착용하고 있던 의료용 안대는 5년 전— 아니, 정확하게는 6년 전인가—의 쿠루미가 착용하고 있던 것과 흡사했다.

"예—."

쿠루미는 차분한 표정으로 양철통을 열더니, 안에 들어있던 안대와 액세서리를 시도에게 보여줬다.

"분신 중에도 특히 성가셨던 4인방의 유품이랍니다. —시끌벅적하기 그지없던 개체였지만, 없어지고 나니 쓸쓸하군요."

쿠루미는 과거를 추억하는 듯한 눈빛을 머금더니, 가늘게 숨을 내쉬었다. 그런 그녀의 표정에서는 과거를 향한 그리움, 그리고 소중한 친구를 잃은 듯한 애수가 느껴졌다.

하지만 그것은 어쩔 수가 없는 일이다. 쿠루미의 분신은 천사의 권능에 의해 만들어진 유사생명체다. 정령의 힘이 없어진 지금은 그 형태를 유지할 수 있을 리가 없다.

"…………."

바로 그때, 시도의 눈썹 끝이 희미하게 떨렸다. 시도의 머릿속 한편에 오랫동안 존재했던 미세한 의문이 고개를 치켜든 것이다.

"저기, 쿠루미. 전부터 좀 신경 쓰였던 걸 물어도 될까?"

"우후후, 교제 중인 남성분은 없으니 안심하셔도 된답니다."

시도의 말을 들은 쿠루미가 농담 투로 그렇게 말하며 윙크를 했다. 그러자 시도는 볼을 긁적이며 쓴웃음을 지었다.

"그, 그런 걸 물으려는 게 아닌데……."

"어머, 그럼 뭐가 궁금하신 거죠?"

"그게—."

시도는 마음을 다잡으려는 듯이 가볍게 헛기침을 한 후, 말을 이었다.

"1년 전의 그 싸움 도중— 네 안에서 미오가 나왔잖아? 그리고 너는【여덟 번째 탄환(헤트)】으로 생성한 분신에게, 자신의 기억과 영결정(靈結晶)(세피라)을 넘겨줘서 목숨을 부지했어."

"예— 그런 일도, 있었죠."

시도가 그렇게 말하자, 쿠루미는 고개를 약간 숙이면서 홍차를 한 모금 홀짝인 후, 그렇게 대답했다.

그렇다. 지금 이 자리에 있는 쿠루미는 엄밀히 말하자면 1년 전의 쿠루미와 완전히 똑같은 존재는 아닌 것이다.

미오에 의해 운명 지어진 죽음을 회피하기 위해 자신의 모든 것을 다른 육체에 옮기면서 탄생한, 새로운 쿠루미다.

즉, 지금 쿠루미의 몸은 영력의 소실과 동시에 사라져버린 다른 분신과 동일한 것이다.

“그런데 왜 너는 정령의 힘이 사라졌는데도 계속 존재하는 거야? 다른 분신은 소멸했잖아.”

“어머나, 어머나. 시도 씨는 제가 사라지기를 바라셨던 건가요?”

쿠루미는 시도의 얼굴을 들여다보듯 쳐다보며 그렇게 말했다. 그러자 시도는 난처한 표정을 지으며 고개를 저었다.

“그, 그런 건 아냐. 네가 무사해서 진심으로 기뻐. 그저—.”

“—저와 토카 양 사이에 어떤 차이점이 있는지 알고 싶으신 거군요.”

“——윽.”

시도는 쿠루미의 말을 듣자마자 숨을 삼켰다.

딱히 거기까지 생각이 미쳤던 것은 아니다. 하지만 그 말을 쿠루미가 입에 담은 순간, 시도는 자신이 그것을 알고 싶어 했던 걸지도 모른다고 자각한 것이다.

쿠루미는 그런 시도를 재미있다는 듯이, 그리고 슬픈 듯한 눈길로 응시한 후, 어깨를 약간 으쓱했다.

“대답해 드릴 수는 있지만, 듣고 나면 실망하실지도 모를 정도로 간단하답니다.”

그리고 쿠루미는 오른손을 총 모양으로 만들더니, 검지를 자신의 관자놀이에 댔다.

“지금의 저는 분신의 육체가 아니기 때문이에요.”

“……그게 무슨, 소리야?”

“단순한 이야기랍니다. 기억과 세피라를 분신에게 옮긴 후,

미오 양에게 버려진 원래의 몸을 【네 번째 탄환(달렛)】으로 재생시킨 다음에 다시 기억과 세피라를 옮겼어요."

"뭐—."

시도는 눈을 치켜떴다. 설마 쿠루미가 그 싸움 도중에 몰래 그런 짓을 벌였을 줄이야.

"왜 그렇게 한 거야? 설마 정령의 힘이 사라질 걸 알고 있었던 거야?"

"아뇨, 거기까지는 몰랐답니다. 하지만 어찌어찌 목숨을 부지하기는 했어도 분신의 몸은 불안정할 뿐만 아니라 수명도 짧죠. 일시적인 피난처로 쓰는 게 한계였어요. —뭐, 원래의 제 육체가 티끌 하나 남지 않을 정도로 소멸됐다면 거기서 게임오버였겠지만 말이에요."

"그, 그랬구나……."

시도는 식은땀을 흘리며 고개를 끄덕였다. ……기억을 옮기니 몸을 재생시키니 같은 말을 들으니 왠지 살아있는 생물이 아니라 마리아 같은 기계의 이야기를 듣고 있는 느낌이 들지만, 확실히 그렇게 한 거라면 납득이 됐다.

중요한 것은 미오의 세피라가 소멸된 순간, 인간의 몸을 지니고 있었다는 사실이다. 그것이 생존의 열쇠였던 것이다. 만약 영력으로 만든 분신의 몸을 지니고 있었다면, 쿠루미 또한 토카와 마찬가지로 소멸되었을지도 모른다.

시도가 그런 생각을 하고 있을 때, 쿠루미는 눈을 가늘게 뜨며 혀로 입술을 핥았다.

"하~, 지~, 만~— 곤란한 문제가 하나 발생했답니다."

"곤란한 문제?"

시도가 되묻자, 「예」 하고 말하며 고개를 끄덕인 쿠루미는 시도의 옆자리에 앉았다.

그리고 쿠루미가 선정적인 자세로 시도에게 몸을 기대자, 시도는 어깨를 희미하게 떨었다.

"쿠, 쿠루미?"

"우후후……. 확실히 저는 분신의 몸을 경유한 덕분에 그 싸움에서 살아남았답니다. 하지만 분신의 몸에 기억을 옮기면서, 저의 의식과 그 분신에 원래 존재하던 의식이 뒤섞이고 말았죠."

"뭐……?"

시도는 눈을 동그랗게 떴다.

하지만 그 말 자체를 이해하지 못한 건 아니었다. 기억의 일시적인 대피처라고는 해도, 저 몸에는 분신의 의식이 존재했으리라. 즉, 만들어진 방식 자체는 다를지도 모르지만 오리가미와 비슷한 상태가 된 것이다.

그리고 한 번 뒤섞인 의식은 그렇게 간단히 분리될 리가 없다. 설령 분신의 몸에서 쿠루미의 원래 신체로 다시 기억이 옮겨졌더라도 말이다. 그리고 원래 쿠루미와 뒤섞이면서, 미오의 사후에도 분신의 의식이 남아있다면—.

"즉…… 지금의 쿠루미는 원래의 쿠루미와 그 분신의 융합체 같은 거……란 말이야?"

“예, 그렇답니다. 물론 양쪽 다 근원은 저이기 때문에, 위화감도 그렇게 뚜렷하게 느껴지지는 않지만—.”

쿠루미는 요염한 미소를 짓더니, 시도의 볼을 손가락으로 매만졌다.

“—저보다 젊고, 적극적이며, 호기심이 왕성한 개체가 저에게 섞이고 만 거죠.”

“뭐, 뭐, 뭐…….”

쿠루미가 귓가에서 속삭이듯 그렇게 말하자, 얼굴이 새빨개진 시도는 허둥지둥 소파에서 몸을 일으키며 그녀와 거리를 벌리려는 듯이 뒷걸음질 쳤다.

“어머어머. 시도 씨, 왜 그러시죠?”

“너, 너는 정말…….”

바로 그때, 시도는 테이블 위에 놓여있던 양철통을 바닥에 떨어뜨렸다. 두꺼운 융단이 깔려 있어서 시끄러운 소리가 나지는 않았지만, 그 안에 들어있던 안대가 쏟아지고 말았다.

“아…… 미안해…….”

시도는 안대를 주워서 통에 다시 넣으면서, 어떤 사실에 생각이 미쳤다. 그리고 무심코 이렇게 말했다.

“……혹시, 아까 안대를 착용한 것도 그 젊은 개체의 영향 때문인 거야……?”

“…………윽?!”

시도가 그 말을 입에 담은 순간, 얼굴에서 여유 넘치는 미소가 사라진 쿠루미가 얼이 나간 듯한 표정을 지었다.

그리고 곧 그녀의 이마에 식은땀이 맺히더니, 머리를 감싸 쥐었다.

"그건 말도 안 되는…… 아뇨. 확실히 있을 수 있는 일이에요……. 그렇지 않고서야, 아무리 잠시 동안이라고 해도 제가 그런 실수를 저지를 리가……."

얼굴이 새파랗게 질린 쿠루미가 몸을 일으키더니, 자신의 이마를 기둥에 찧어대기 시작했다.

"저의! 안에서! 나가세요! 악령이여 물렀거라! 악령이여 물렀거라, 예요!"

"지, 진정해, 쿠루미! 그건 악령이 아니라 너의 과거잖아?!"

"그래서 이렇게 질색하는 거란 말이에요오오오오!"

시도가 쿠루미가 자해를 못하게 뒤편에서 움켜잡으며 말리자, 그녀는 발을 버둥거리며 비명에 가까운 목소리로 그렇게 외쳤다.

하지만, 그래도 쿠루미는 쿠루미였다. 그녀는 어깨를 크게 들썩이면서도 곧 마음을 진정시켰다.

"……소란을 피워서 죄송해요. 이제 괜찮답니다."

"으, 응……."

시도에게서 풀려난 쿠루미는 비틀거리면서도 다시 소파에 앉더니, 잔에 남아있던 홍차를 단숨에 들이켰다. 알코올이 들어있지도 않은데, 왠지 홧술을 마시는 것처럼 보였다.

"쿠, 쿠루미, 괜찮아……?"

"……예. 꼴사나운 모습을 보여서 죄송해요. 뒤섞였다고는 해도, 어디까지나 분신이죠. 제가 그 의식을 제압하고 말겠어요. ―게다가, 그렇게라도 하지 않았다면 저는 살아남지 못했을 테죠. 이것도 하나의 성흔(聖痕)(스티그마타)로서 받아들일 수밖에 없을 거랍니다."

"…………."

왠지 말 한 마디 한 마디에서 젊은 쿠루미의 영향이 묻어나는 듯한 느낌이 들지만, 본인은 눈치채지 못한 것 같으니 그냥 입 다물고 있기로 했다.

바로 그때였다. 거실 벽 쪽에 놓인 벽시계가 둥, 둥…… 하고 낮은 소리를 내기 시작했다. 그 소리를 듣고 눈썹이 희미하게 흔들린 쿠루미는 벽시계를 향해 고개를 돌렸다.

"―어머나, 벌써 시간이 이렇게 됐나요. 시간이 꽤 많이 흐른 것 같군요."

"아, 미안해. 이곳에 이렇게 오래 머물 생각은 없었는데……."

"우후후, 시도 씨와 같이 있으니 시간이 빨리 흐르는 것처럼 느껴진 걸지도 모르겠군요."

"하하……."

쿠루미가 윙크를 하며 장난스러운 어조로 그렇게 말하자, 시도는 애매한 쓴웃음을 흘렸다.

"그것보다, 무슨 볼일이라도 있는 거야?"

"예, 그렇답니다. 엄밀하게 정해뒀던 것 아니지만―."

쿠루미는 그렇게 말하더니, 좋은 생각이 난 것처럼 고개를 살며시 끄덕였다.

"혹시 시간이 있으시다면, 시도 씨도 동행하시지 않겠어요?"

"시간은 있는데…… 대체 뭘 하려는 거야?"

시도가 묻자, 쿠루미는 복잡한 감정이 묻어나는 미소를 지으며 말을 이었다.

"—옛 친구에게 인사를 하러 갈까 해요."

◇

—짖는다. 으르렁거린다. 『짐승』이 포효한다.

비명처럼, 오열처럼, 통곡처럼…….

하늘을 찢고, 허공을 가르고, 땅을 부쉈다. 이제 그 어디에도 적은 없다.

온갖 것을 해치웠다. 모든 것을 먹어치웠다.

하지만 갈증이 가라앉지 않는다. 마음이 충족되지 않는다.

크르릉, 크르릉, 하고 『짐승』이 울부짖었다.

이제는 이 세상 그 어디에도, 『짐승』을 채워줄 것은 존재하지 않았다.

이제는 왜 울부짖는지, 『짐승』 스스로도 떠올릴 수 없었다.

하지만 울부짖을 수밖에 없었다. 그래도 울부짖지 않을 수 없었다.

『짐승』이 할 수 있는 거라고는, 그것뿐이니까—.

"아…… 아……, —."

하지만, 그 순간…….

『짐승』의 귀는, 무언가를 들었다.

그것은, 목소리다. 부르는 소리다. 무언가가 『짐승』을 부르고 있다.

소리라고 하기에는 덧없고, 떨림이라고 하기에는 너무나도 미약했다.

하지만, 목적과 의식을 망각의 저편에 버리고 만 『짐승』에게 있어서, 그것은 유일한 길잡이였다.

"아, 아, 아아아아아아아―."

『짐승』은 한층 더 큰 포효를 토한 후―.

그 손톱으로, 허공을 갈가리 찢었다.

◇

텐구 시에서 전철과 버스를 갈아타며 한 시간 가량 이동한 후…….

시도와 쿠루미는 교외에 있는 묘지를 찾았다.

광대한 부지를 자랑하는 그 묘원은 구석구석까지 잘 가꿔져 있었다. 시야를 가득 채울 듯한 광장에는 낮은 묘비가 규칙적으로 배치되어 있었다.

"―이쪽이에요."

쿠루미는 낮은 목소리로 그렇게 말하면서 묘지와 묘지 사이의 통로를 따라 걸음을 옮겼다. 분명 지금까지 몇 번이나 이곳을 찾았을 것이다. 그녀의 발걸음은 자연스럽기 그지없었다.

쿠루미는 아까와 마찬가지로 검은색 드레스를 입고 있었지만, 장소가 장소라 그런지 상복처럼 보였다. 뭐, 그녀가 쓴 검은색 양산과 손에 든 꽃다발 또한 그런 인상을 자아내는 데 한몫 하고 있을지도 모르지만 말이다.

그렇다. 쿠루미의 볼일이란 바로 성묘였다.

이십여 년 전에 목숨을 잃었다는 쿠루미의 절친한 친구—야마우치 사와의 묘를 찾아온 것이다.

일부러 분신의 유품을 꺼내봤던 것도 이 성묘 때문인 것 같았다. 분신은 쿠루미의 과거를 재현한 존재다. 즉, 그녀들도 사와란 인물과의 추억을 진하게 간직하고 있는 것이다.

그래서 쿠루미는 그녀들과 함께 사와의 성묘를 하려고 생각했으리라. 쿠루미가 어깨에 걸친 파우치 안에는 안대 네 개가 들어 있었다.

"…………."

시도는 쿠루미의 뒤를 따르면서 머리를 가볍게 긁적였다. —그렇게 소중한 친구를 성묘하러 가는 건데 자신이 동행해도 되는 걸까, 하는 생각이 들었던 것이다.

그런 시도의 마음을 눈치챈 듯한 쿠루미가 그를 돌아보았다.

"너무 부담가지지 마세요. 사와 양도 시끌벅적한 걸 좋아할 거랍니다. 매번 저 혼자 찾아오면 질릴지도 모르고요."

그렇게 말한 쿠루미는 웃음을 흘렸다. 물론 분위기를 환기시키기 위한 농담이겠지만, 시도는 동의할 수도 없기에 그저 쓴웃음만 머금었다.

곧 쿠루미가 걸음을 멈췄다. 고개를 들어보니, 눈앞에 있는 묘비에 새겨진 『SAWA YAMAUCHI』라는 이름이 눈에 들어왔다.

"여기가—."

"예. 사와 양의 무덤이에요. 묘비 아래에 유해가 묻혀 있지는 않지만 말이에요."

쿠루미는 약간 쓸쓸한 듯한 눈길을 머금으며 그렇게 말했다.

—야마우치 사와는 쿠루미가 정령이 되기 전부터 친하게 지낸 친구라고 한다.

하지만 시원의 정령이 그녀의 몸에 세피라를 심은 바람에 괴물이 되어서 폭주했고— 쿠루미의 손에 의해 그 생애를 마치고 말았다.

그래서 사체는 남지 않았으며, 정확히는 『사망』이 아니라 『행방불명』으로 처리되었다고 한다. 그 원인불명의 실종은 당시 미스터리한 초자연적 현상으로 여겨지며 세간을 시끄럽게 했다고 한다.

"……사와 양의 부모님은 계속 딸을 찾아다닌 것 같지만, 행방불명 후로 10년이 흘렀을 즈음에 마음을 정리하기 위해 이 무덤을 만들었다고 해요. —설마 딸을 죽인 여자가 이렇게 매년 꽃을 들고 성묘를 하러 온다고는 꿈에도 생각 못하겠지만 말이에요."

자조적인 어조로 그렇게 말한 쿠루미는 손에 든 꽃을 무덤에 바쳤다.

그리고 쿠루미는 양산을 내려두더니, 파우치에서 네 개의 안대를 꺼내 손에 두른 후, 기도하듯 깍지를 끼며 고개를 살며시 숙였다.

“………….”

시도 또한 쿠루미와 마찬가지로 깍지를 끼며 묵념을 올렸다. 바람이 초목을 매만지는 소리만이 잠시 동안 크게 느껴졌다.

“—후후.”

얼마나 그러고 있었을까. 쿠루미의 작은 목소리가 들리자, 시도는 눈을 떴다.

“사와 양도 분명 기뻐하고 있을 거랍니다. — 아, 제가 남성분을 데리고 와서 놀랐을지도 모르겠군요.”

“하하, 그럴지도 모르겠네.”

“저희의 관계를 설명할 때까지는 돌려보내지 않을 거예요. 우후후, 그렇게 되면 시도 씨는 뭐라고 대답할 건가요?”

쿠루미는 재미있다는 듯이 눈을 가늘게 뜨며 물었다. 시도는 그 갑작스러운 질문을 듣더니, 약간 허둥대며 대꾸했다.

“그, 그야…… 친구, 지. 아니, 동료에 가까울까?”

시도가 그렇게 대답하자, 쿠루미는 과장스럽게 어깨를 으쓱하며 「하아~」 하고 한숨을 내쉬었다.

“꽝이에요. 낙제점이랍니다. 분명 사와 양의 스페셜 심문 코스를 맛보게 되겠죠.”

“어, 그런 사람이야?!”

“예. 한 번 깨물면 절대 놓지 않기 때문에, 가물치 사와 혹은 자라 사와라고도 불렸을 정도랍니다.”

"여, 여자애한테 붙일 만한 별명이 아닌데 말이야……."

시도가 식은땀을 흘리며 그렇게 말하자, 쿠루미는 재미있다는 듯이 입가를 손으로 가리며 웃었다.

"만약 이 자리에 사와 양이 있다면, 왜 그딴 말을 믿는 거예요~! 하고 외치며 시도 씨의 어깨를 흔들어댔겠죠."

"역시 거짓말인 거야?!"

시도가 그렇게 외치자, 쿠루미는 재미있다는 듯이 웃음을 흘렸다.

쿠루미의 구김 없는 표정을 본 시도는 무심코 부드러운 눈빛을 머금었다.

"……사이가 좋았나 보네."

"……예. 정말 좋았답니다."

쿠루미는 그렇게 말하더니, 하늘을 올려다보듯 고개를 들었다.

"어른스럽고, 심지가 굳은— 고등학생인데도 꽤나 차분한 분이었어요. 정말— 저와는 딴판이었죠."

"그래? 쿠루미도 꽤 어른스럽다고 생각하는데……."

"우후후, 당시의 저와 지금의 저는 헤쳐 나온 지옥의 숫자가 다르니까요."

"으, 으음…… 그것도 그러네."

시도가 쓴웃음을 짓자, 쿠루미는 그제야 생각난 것처럼 「그러고 보니」 하고 말했다.

"시도 씨도 사와 양을 만난 적이 있잖아요. 잊으셨나요?"

"뭐?"

시도는 그 말을 듣고 고개를 갸웃거렸다.

사와가 목숨을 잃은 건, 지금으로부터 20년 이상 전의 일이다. 그리고 시도는 현재 열여덟 살이다. 사진으로 본 적이 있다면 몰라도, 평범하게 생각해보면 만났을 리가 없다.

설마 시도가 『타카미야 신지』였던 시절에 만났다……는 걸까. 시도는 신지로서의 기억도 가지고 있지만, 야마우치 사와란 이름의 소녀는 기억에 없다. 대체—.

시도가 고개를 갸웃거리고 있을 때, 쿠루미는 미소를 지으며 말을 이었다.

"미오 양의 세피라가 사라지기 전, 토카 양이 만든 세계에서 저와 함께 등교하던 여자애가 있었죠? 그 사람이 사와 양이랍니다."

"……! 아……!"

시도는 그 말을 듣고 손뼉을 쳤다. 그러고 보니 그때, 쿠루미와 자주 함께 있던 여자애를 본 듯한 느낌이 들었다. 아무래도 그 사람이 사와였던 것 같았다.

"그래. 그 사람이…… 미안해. 그런 줄은 꿈에도 몰랐어."

"우후후, 괜찮아요. 벌써 1년도 더 된 일이니까요. 무엇보다 그건— 환상 같은 것이었으니까요."

"쿠루미……."

시도가 안타까운 목소리로 이름을 부르자, 쿠루미는 「하지만」 하고 말하며 살며시 고개를 숙였다.

"그 한 달이 존재했기 때문에, 지금의 제가 존재하는 거랍니다. 물론 토카 양— 아니, 텐카 양은 저 같은 건 전혀 개의치 않았겠죠. 하지만 저에게 있어서 그 한 달은 그 무엇과도 바꿀 수 없는 시간이었어요. 정말—."

—바로 그때였다.

시도는 무심코 숨을 삼켰다.

과거를 추억하듯 그렇게 중얼거리고 있는 쿠루미의 눈에서 눈물 한 방울이 흘러내렸던 것이다.

"——."

쿠루미. 토키사키 쿠루미. 그녀는 언제나 여유가 넘쳤고, 시도를 자기 뜻대로 가지고 놀던, 무시무시한 정령이었다.

그런 그녀가 한순간 연약한 소녀 같은 표정을 보여주자, 시도는 심장이 옥죄어 드는 듯한 느낌을 받았다.

"……아아, 아아. 실례했어요. 너무 감상에 젖어들고 말았군요."

쿠루미는 그렇게 말하며 쓴웃음을 짓더니, 손등으로 눈물을 닦았다.

그러자, 쿠루미가 손목에 찬 안대에 눈물이 스며들었다. —마치 분신들이 쿠루미의 눈물을 닦아주는 것 같았다.

"아무튼, 토카 양과 텐카 양에게는 저도 감사하고 있답니다. —언젠가 이 은혜를 꼭 갚고 싶다는 생각을 가지고 있을 정도로 말이죠."

"…………."

쿠루미가 그렇게 말하자, 시도는 입술을 꼭 깨물었다.

그녀의 마음이 가슴 아플 정도로 이해되었던 것이다.

환상과도 같았던 한 달, 너무나도 짧은 시간.

하지만, 텐카가 마지막으로 준비해준 그 세계에서, 시도는 토카와 마지막으로 함께 시간을 보낼 수 있었다. 여러 추억을 새길 수 있었다. —토카의 마지막 말을, 들을 수 있었다.

만약 그 시간이 없었다면, 시도의 인생은 지금과 조금 달라졌을 것이다.

"……윽."

하지만 그것을 인식한 순간, 또 하나의 아픔이 시도의 가슴을 꿰뚫었다.

그것은 회환이자, 자책이다. 사와를 향한 쿠루미의 마음을, 그리고 자신의 죄에 대한 각오를 알면 알수록, 그런 감정들이 사슬이 되어 시도의 마음을 옥죄었다.

—토키사키 쿠루미. 〈나이트메어〉. 최악의 정령이라 불리던 존재.

그녀가 그런 별명으로 불리게 된 이유는 단순 명쾌했다. 다른 정령보다 훨씬 많은 인적 피해를 냈던 것이다.

하지만 그것은 〈자프키엘〉에 힘을 모아 【열두 번째(유드 베트) 탄환】으로 모든 것을 바로잡겠다는 목적을 위해 걸어온 길이었다.

과거로 돌아가, 시원의 정령을 탄생 자체를 『없었던 일』로 만들기 위해.

사와의 죽음을 부정하고, 자신의 죄업을 속죄하기 위해.

그 목표를 이루기 위해, 정의감이 넘치던 마음 착한 소녀는 자신의 두 손을 피로 더럽히는 길을 걸어왔다.

하지만, 그 길은 완전히 끊어지고 말았다.

―정령의 힘이, 소멸되었기 때문이다.

모든 것이 끝난 후에 이 세상에 남겨진 것은, 도저히 다 갚을 수도 없는 죄를 짊어진 인간 소녀뿐이었다.

"……미안해, 쿠루미. 나는―."

"……어머, 어머."

시도가 쥐어짜내듯 그렇게 말하자, 쿠루미는 난처하다는 듯이 미소를 머금었다.

"갑자기 묘한 말을 하시는 군요. 시도 씨가 저에게 사과할 일은 하나도 없는데 말이에요. 혹시 저 몰래 무슨 짓이라도 하신 건가요?"

그리고 쿠루미는 농담 투로 그렇게 말하며 어깨를 으쓱했다. ……물론 쿠루미가 눈치채지 못했을 리가 없다. 그렇기에 시도는 주먹을 말아 쥐며 말을 이었다.

"나는…… 너와의 약속을, 지키지 못했어."

그렇다. 시도와 쿠루미가 서로의 영력을 걸고 승부를 했을 때, 시도는 쿠루미에게 이렇게 말했다.

―자신이, 【유드 베트】로 모든 것을 되돌려놓겠다고…….

몇 번이든 역사를 되풀이해서, 모두가 행복해지는 세계를 만들겠다고 말했던 것이다.

쿠루미는 그 말을 듣고 어이없다는 듯이 웃음을 터뜨렸지만― 시도에게, 자신의 영력을 맡기기로 결단했다.

물론, 쿠루미 또한 시도의 말을 철석같이 믿지는 않았을 것이다.

하지만, 쿠루미는 조금이나마 시도를 믿어줬다. 시도에게, 자신의 꿈을 맡겼던 것이다.

하지만 시도는 그 마음에 부응하지 못했다.

그런 후회가, 1년이나 지난 지금도 시도의 마음을 짓누르고 있었다.

하지만 쿠루미는 고개를 숙인 채 고개를 저었다.

“시도 씨는 최선을 다했어요. 시원의 정령이란 압도적인 존재를 상대로, 바늘구멍을 통과하는 듯한 확률로 기적을 일으킨 끝에, 정령들의 목숨을 구했죠. 만약 눈곱만큼이라도 일이 틀어졌다면, 아마 저희 중 그 누구도 살아남지 못했을 거랍니다. 이것보다 나은 결과를 바라는 것은 무리겠죠. 부디 자신의 쟁취한 결과를 자랑스럽게 여겨주세요.”

“하지만—.”

시도는 말을 잇지 못했다.

시도가 입을 열려던 순간, 쿠루미가 시도의 말을 막으려는 것처럼 그의 입술에 검지를 댄 것이다.

“더 이상은 아무 말도 하지 마세요, 시도 씨. —그리고, 시도 씨는 아무래도 착각에 빠져계신 것 같군요.”

“착각……?”

시도가 당혹스럽다는 듯이 미간을 찌푸리며 그렇게 말하자, 쿠루미는 입술을 초승달 모양으로 일그러뜨렸다.

"—키히히, 히히."

"—윽."

—그 표정을 본 순간, 심장이 격렬하게 뛰었다.

그 미소는 최근의 쿠루미가 짓던 온화한 미소가 아니라—최악의 정령이라 불리던 시절에 짓던, 그 처절한 미소였다.

"제가, 이 토키사키 쿠루미가, 전부 포기했다고, 진심으로 생각하시는 건가요? 죽은 친구를 애도하고, 자신의 손으로 죽인 생명을 추모하며, 그저 신에게 용서를 비는 연약한 인간이 되었다고 생각하시나요?"

"뭐……."

쿠루미는 가늘게 뜬 눈으로 시도의 얼굴을 들여다보며 그렇게 말했다. 마치 돌변한 것만 같은 쿠루미를 본 시도는 무심코 멈칫했다.

하지만 쿠루미는 개의치 않으며 말을 이었다. 노래하듯, 읊조리듯…….

"이 정도 일로 무릎을 꿇을 거라면, 저는 애초부터 이 길을 선택하지 않았겠죠. 저는 체념하지 않았답니다. 아무 것도 포기하지 않았어요. 사와 양의 죽음, 저의 죄, 그 모든 것을 반드시 청산하고 말겠어요."

"대체…… 어떻게 말이야? 정령의 힘은 이미 이 세상에 없잖아……!"

시도가 그렇게 말하자, 쿠루미는 더욱 진한 미소를 머금었다.

"예, 예. 그렇답니다. 하지만 없다는 건 어떤 의미일까요? 완전한 소멸? 아무 것도 남기지 않는 소실? 진짜로 그런 일이 있을 수 있다고 생각하나요?"

쿠루미는 연극 배우처럼 과장스럽게 어깨를 으쓱하더니, 두 팔을 펼치며 말을 이었다.

"한번 생각해보세요. 애초에 정령이란 무엇인지를 말이에요. 정령은 어느 날 갑자기 우주에서 온 외계인도 아니고, 무에서 태어난 생명체도 아니랍니다. 마술사 아이작 웨스트코트가 정령술식을 사용해, 세상을 가득 채운 마나를 모아서 생성한 마도생명체죠.

—그렇다면, 정령의 소멸이 무엇을 의미할까요?"

"…………윽."

시도는 작게 숨을 삼켰다.

쿠루미가 하는 말이, 마치 물이 스며드는 것처럼 자연스레 이해되었기 때문이다.

건물을 부수면 파편이 생긴다. 책을 찢으면 종잇조각이 생긴다. 설령 원형이 남지 않을 정도로 산산조각이 날지라도 어디까지나 『건물』이나 『책』이라는 형태를 잃을 뿐이며, 그것을 구성하는 존재 자체가 사라진 것은 아니다.

—정령도, 마찬가지가 아닐까.

"형태를 잃은 정령은, 마나가 되어 세계로 돌아간다—."

시도가 떨리는 목소리로 대답하자, 쿠루미는 과장스럽게 고개를 끄덕였다.

"정답이에요. —마치, 예전부터 생각을 해온 것 같군요."

"…………."

쿠루미가 놀리듯 웃음을 흘렸다. 그러자 시도는 시선을 피하듯 고개를 슬며시 돌렸다.

"아무튼, 마나는 여전히 이 세상을 가득 채우고 있어요. 그렇다면 그것들을 다시 결집시키는 것도 불가능하지는 않을 텐데요? —게다가 지금은 당시와 달리, 리얼라이저도 존재하죠. 31년 전의 아이작 웨스트코트보다도 훨씬 정교하게, 이상적인 세피라를 생성하는 것이 가능할지도 모른답니다. 바로— 시도 씨가 말했던 황당무계한 꿈을 실현시켜줄 만한 것을 말이죠."

"—그, 그런, 일이……."

시도는 미간을 찌푸리며 목소리를 쥐어짜냈다.

확실히 그 생각 자체는 이해가 됐다. 하지만 그것은 어디까지나 탁상공론이다. 애초에 이 세상에서 정령술식에 도달한 이는 아이작 웨스트코트 뿐이며, 그 술식의 근간을 이루는 이론 또한 과거의 동지였던 우드먼과 카렌조차 알지 못한다고 한다.

즉, 정령술식이란 웨스트코트의 죽음과 함께 재현이 불가능해진 잃어버린 기술(로스트 테크놀로지)인 것이다.

물론 웨스트코트가 실제로 정령을 만들어내는 것에 성공했으니, 언젠가 다른 누군가가 그 술식에 도달할 가능성 또한 제로는 아니다. 하지만, 마술사도 아닌 쿠루미가 그 방법을 알아내는 건—.

"——아—."

바로 그때, 시도는 숨을 삼켰다.

떠올리고 만 것이다. —1년 전, 텐카가 만든 세계 속에서 일어났던 일을 말이다.

그렇다. 그때, 그 세계가 가짜라는 사실을 시도 일행에게 알려준 이는 다름 아닌 쿠루미였다.

책의 천사 〈섭고편질(囁告篇帙)〉(라지엘)을 지닌 쿠루미는 그 세계 안에서 가장 먼저 진실에 도달했다. 그것은 그 세계의 붕괴와 함께 정령의 힘이 사라진다는 사실을 알고 있었다는 것과 동일한 의미다.

그렇다면, 쿠루미는 무엇을 할까?

자신이 쿠루미라면, 그 세계에서 무엇을 할까?

세계의 진실을 눈치채고, 그 사실을 시도 일행에게 알려주기 전까지—.

전지(全知)의 천사를 지닌 소녀는, 과연 무엇을 조사할까—?

"—우후후."

시도가 반쯤 얼이 나간 채 눈을 치켜뜨고 있자, 쿠루미는 재미있다는 듯이 웃음을 흘렸다. —최악의 정령이 짓던 무시무시한 웃음이 아니라, 가련한 소녀의 미소를 말이다.

"시도 씨는 정말 재미있는 반응을 보여주시는 군요. —그렇게 놀라주시니, 저도 농담을 한 보람이 있어요."

"…………뭐?"

시도는 쿠루미의 말을 듣고 입을 쩍 벌렸다.

"노, 농담……? 방금 그게 말이야?"

"예, 예. 설마 진담인 줄 알았나요?"

"……아니, 쿠루미. 너……."

"꿈을 잃고, 남은 생애를 속죄에 바칠 수밖에 없는 가련한 여자의 한심한 농담이랍니다. 그 정도는 허락해줘도 괜찮지 않을까요?"

쿠루미는 그렇게 말하며 웃음을 흘렸다. —그녀의 두 눈에 어린 빛은 꿈을 잃은 이답지 않게 너무나도 눈부신 것처럼 느껴졌지만 말이다.

"…………."

시도는 식은땀을 흘리며 볼을 긁적였다.

단순히 얼버무린 건지, 〈라타토스크〉의 감시를 경계한 건지, 아니면 진짜로 전부 농담이었던 건지— 쿠루미의 진의는 알 수 없지만, 지금 이 자리에서 더 추궁해선 안 된다는 것만은 알 수 있었다.

그래서— 시도는 이렇게 말했다.

"……그렇구나. 뭐, 나라도 괜찮다면 어울려줄게. **만약 또 농담이 하고 싶어지면, 언제든 불러.**"

"우후후, 그렇군요. 그럼 호의를 받아들이기로 할게요. **—그때는 시도 씨의 농담도 꼭 들어보고 싶군요.**"

시도와 쿠루미는 잠시 동안 시선을 교환한 후, 누가 먼저랄 것 없이 미소를 머금었다.

"—슬슬, 갈까?"

"예, 그렇게 하죠."

서로를 향해 고개를 끄덕인 두 사람은 사와의 무덤을 향해 고개를 숙인 후, 걸음을 옮겼다.

쿠루미는 이 묘지의 광대한 부지를 횡단하면서 입을 열었다.

"시도 씨, 이 먼 곳까지 같이 와주셔서 정말 고마워요."

"아, 괜찮아. 나도 쿠루미와 이야기를 나누고 싶었거든. 덕분에 꽤나 자극적인 농담도 들었잖아."

"어머나, 어머나."

쿠루미는 입가에 손을 대며 웃음을 흘렸다.

"아까 그 말은 농담이었지만, 그 소망 자체는 거짓이 아니랍니다. 시도 씨도 이루고 싶은 일이 있다면, 입 밖으로 꺼내보는 편이 좋을 거예요. 남들이 듣는 게 부끄럽다면— 별에 소원을 빌어보기만 해도, 마음가짐이 달라질 테죠."

"별에, 소원을……."

시도는 별생각 없이 하늘을 올려다보았다. 해가 저물고 있지만 하늘은 아직 푸르렀으며, 별이 보이기에는 아직 이른 시간대였다.

"특히 칠석 때 종이에 소원을 적어서 조릿대에 거는 걸 추천할게요."

"아, 유성에 소원을 빌라는 건 줄 알았더니 칠석을 말하는 거였구나."

"예. 왜냐하면— 칠석 때 빈 소원은, 진짜로 이뤄지니까요."

"—뭐?"

쿠루미가 그렇게 말하자, 시도는 무심코 고개를 갸웃거렸다.

하지만 쿠루미는 더는 아무 말도 하지 않고, 미소를 머금은 채 묘원의 길을 따라 걸음을 옮겼다.

◇

묘지에서 나오고 쿠루미와 헤어진 시도는 조용한 교외의 길을 따라 홀로 천천히 걸었다.

하늘에 떠있던 해는 어느새 건물 뒤편으로 몸을 숨기기 시작했으며, 주위의 풍경 또한 붉게 물들었다. 슬슬 집으로 돌아가서 저녁 준비를 해야 할 시간이었다.

"…………."

하지만— 시도는 거기까지 생각이 미쳤는데도 걸음이 빨라지지 않았다.

이유는 단순했다. 쿠루미와 헤어지고 이야기 상대가 사라진 후, 시도의 머릿속에서는 어떤 생각이 소용돌이치고 있었다.

딱히 그것 자체는 이제 와서 시작된 것은 아니다. 적어도 최근 한 달 동안 시도는 쭉 생각을 해왔다. 자신이 무엇을 하고 싶은지를, 무엇을 할 수 있는지를…….

하지만 최근 며칠 동안 오리가미와 니아, 쿠루미와 이야기를 나눠보면서— 자신의 가슴 속에서 쭉 맺혀 있던 감정이, 마음이, 더욱 강렬해지고 있었다.

자신은 지금의 평온을 소중하게 여기고 있다. 그것은 거짓이 아니다. 모두가 협력해서 거머쥔 이 세계를 부정할 생각은 눈곱만큼도 없다.

하지만 이렇게 혼자가 되면, 평소에는 억누르고 있던 감정이 고개를 들고 만다.

기쁘거나 즐거운 일이 있으면, 토카는 어떤 식으로 기뻐할지 생각하고 만다.

슬프거나 괴로운 일이 있으면, 토카가 자신의 등을 두드려 줬으면 좋겠다는 생각을 하고 만다.

무엇을 할 때도— 토카의 미소가 눈앞에 어른거렸다.

애초에 시도는 자신의 마음을 감추는 게 능숙하지 않다. 자신은 숨기고 있지만, 다른 이들은 이미 꿰뚫어보고 있을지도 모른다.

아니— 어쩌면 다들 시도와 똑같은 생각을 하고 있는 것일지도 모른다.

아아, 그렇다. 더는 자기 자신을 속일 수 없다.

역시, 자신은—.

"—토카와, 다시 한 번…… 만나고 싶어."

시도는 하늘을 올려다보며, 읊조리듯 그렇게 중얼거렸다.

석양에 물든 하늘에는 조급한 일등성(一等星)이 어렴풋이 빛나고 있었다. 딱히 의도한 것은 아니지만 쿠루미가 말한 것처럼 별에 소원을 빈 느낌이 든 시도가 작게 웃음을 흘렸다.

그리고— 바로 그 순간이었다.

—위이이이이이이이이이이이이이이이이이이이이이이이이잉——.

텐구 시의 하늘에서 불온한 경보가 울려 퍼졌다.

"어—?"

갑작스러운 경보를 들은 시도는 경악과 전율을 느끼기도 전에, 아연실색한 표정부터 지었다.

이것은 공간진의 발생을 예측했을 때 울리는— 즉, 정령의 출현을 알리는 경보다. 그리고 시도는 과거 1년 동안 이 소리를 듣지 못했다.

하지만 그게 당연했다. 이 세상에는 공간진을 일으킬 정령이 존재하지 않는 것이다.

하지만 그것은 1년 전에 벌어진 그 싸움의 결말을 아는 자만이 아는 사실이다. 인근 주민들은 오래간만의 공간진 경보를 듣고 놀라면서도, 서둘러 셸터에 피난하기 시작했다. 사람들이 망연자실하게 서있는 시도의 옆을 지나치며 셸터로 뛰어갔다.

하지만 시도는 움직이지 않았다. 아니, 움직일 수 없었다.

뜻밖의 사태가 벌어진 탓에 머릿속이 혼란스러웠다. —대체 무슨 일이 벌어진 것일까.

"DEM의 짓……인가?"

시도는 미간을 찌푸리며 낮은 목소리로 중얼거렸다.

그렇다. 가능성이 있다면 그것뿐이다. 공간진 경보는 확실히 공간진 발생을 예측했을 때 울리지만, 과거에는 DEM인더스트리가 민간인들을 쫓기 위해 일부러 그 경보를 발령시킨 적이 몇 번 있었다.

하지만 웨스트코트를 잃은 DEM은 현재 내부 분열 상태라고 들었다. 무의미하게 이런 일을 벌여서 대립 세력에게 파고들 여지를 주는 짓을 벌일 거라고는 생각하기 어렵다. 무엇보다 정령이 존재하지 않는 상황에서 DEM이 어떤 목적으로 경보를 발령한 것인지 짐작조차 안 되었다.

그렇다면—.

"설마, 새로운 정령—?"

시도는 마른 침을 삼켰다.

물론 일이 일어날 리가 없다는 것은 이해하고 있다. 시원의 정령인 미오가 사라졌고, 그녀에게서 파생된 세피라 또한 소멸됐다. 정령을 창조하는 술식 또한 소실됐으니, 새로운 정령이 태어날 여지는 존재하지 않는다.

하지만…….

하지만, 말이다.

시도는 생각에 잠겼다.

—만약, 웨스트코트에게 비견되는 천재 마술사가, 정령술식에 도달했다면?

—만약, 아직 알려지지 않은 정령의 발생 원인이 존재한다면?

—만약, 세계에 녹아든 마나가 어떤 이유로 다시 결집됐다면?

"…………윽."

거기까지 생각이 미친 시도는 숨을 삼켰다.

만약 그런 일이 일어난 것이라면, 지금 현현되려 하는 존재는—.

바로 그때였다. 시도의 생각을 방해하듯, 호주머니에 넣어 둔 스마트폰이 울렸다.

"아! 코토리—."

시도는 착신화면을 확인하더니, 바로 통화버튼을 누르며 스마트폰을 귀에 댔다. 그러자, 귀에 익은 목소리가 들렸다.

『—시도! 무사해?!』

"응. 그런데 이 경보는 뭐야?"

『자세한 건 아직 몰라. 하지만— 〈프락시너스〉의 관측기가 아까부터 강력한 영파반응을 감지했어.』

"……읏! 정령이 나타난 거야……!?"

시도는 쥐어짜낸 듯한 목소리로 그렇게 말했다. 아까 머릿속을 스친 가능성이 다시 고개를 치켜든 것이다.

『아직 모른다고 말했잖아! 아무튼, 거기 있으면 위험해. 〈프락시너스〉에서 회수할 테니까—.』

"기다려!"

시도는 코토리의 말을 막듯 고함을 질렀다. —생각보다 큰 그 목소리는 코토리뿐만 아니라 시도 본인 또한 놀라게 했다. 시도는 작게 헛기침을 한 후, 말을 이었다.

"정령……이 나타난 걸지도 모르는 거지? 그렇다면 내가 나서야 하지 않아?"

『뭐—.』

시도가 그렇게 말하자, 코토리는 숨을 삼켰다.

『무슨 소리를 하는 거야?! 지금 너한테는 정령의 힘이 없어!

〈작란섬귀(灼爛殲鬼)(카마엘)〉의 가호도, 〈파군가희(破軍歌姬)(가브리엘)〉의 노래도! 1년 전과는 상황 자체가 다르단 말이야!』

"그건—."

시도는 코토리의 말을 듣고 머리를 거칠게 긁적였다. 코토리의 말이 전부 옳았다. 시도가 이곳에 더 있어봤자, 방해가 될 뿐이리라.

"……미안해. 오래간만이라 좀 조바심이 난 것 같아. 회수 부탁할게."

『응. 공간진 발생까지 10분 남았어. 지금 바로—.』

코토리가 그렇게 말한, 바로 그때였다.

"어—?"

시도는 눈을 치켜뜨며 하늘을 올려다보았다.

붉은색에서 검은색으로 변해가고 있는 노을 진 하늘에, 갑자기 『상처』가 생겼다.

"저건—."

『상처』. 저것은 그렇게 표현할 수밖에 없다.

마치 거대한 손톱으로 하늘을 찢은 것처럼, 몇 줄기의 상처가 하늘에 존재했다.

그리고 다음 순간—.

"…………윽?!"

그 『상처』를 기점으로 하며 하늘이 터져 나가더니— 엄청난 충격파가, 이 일대를 덮쳤다.

그 위력은 공간진을 연상하게 했다. 충격의 중심부에 있던 집이, 도로가, 나무가 소멸되더니, 눈에 보이지 않는 망치에 의해 이 일대가 박살나고 있는 것 같은 광경이었다.

그런 파괴의 향연 속에서, 무력한 인간이 서있을 수 있을 리가 없다. 헝겊조각처럼 그대로 튕겨져 날아간 시도는 한참 뒤편에 있는 벽에 내동댕이쳐져, 격렬하게 기침을 토했다.

"커억……, 쿨럭……."

온몸에서 통증이 느껴졌다. 갈비뼈 두세 대가 부러진 것일지도 모른다.

그래도 이건 그나마 다행인 편일 것이다. 만약 서있던 위치가 수십 미터만 달랐다면, 혹은 폭발의 중심이 공중이 아니었다면, 시도의 몸은 살점 몇 조각만 남기며 그대로 소멸됐을 것이다.

하지만, 이해가 안 됐다. 방금 코토리는 공간진이 10분 후에 발생한다고 말했다. 〈프락시너스〉의 AI가 이렇게 큰 오차를 내놨을 거라고는 생각하기 어려웠다.

마치 곧 터질 풍선에 바늘을 찔러 넣어서 일부러 폭발시킨 듯한 위화감이 느껴졌다. 시도는 당혹스럽다는 듯이 인상을 찡그렸다.

"큭……."

뭔가가 이상했다. 하지만 확인을 하고 싶어도, 아까 튕겨져 날아가면서 스마트폰을 잃어버린 바람에 코토리와 연락을 취할 수 없다. 시도는 격렬한 고통을 느끼면서도, 벽에 기대며 어찌어찌 몸을 일으켰다.

바로 그때였다—.

"——어?"

시도는, 말문이, 막혔다.

시도의 눈앞에는 방금까지 존재하지 않았던 이가 서있었던 것이다.

색깔을 잃은 듯한 긴 머리카락이 눈에 들어왔다. 그리고 고개를 숙이고 있었기에 표정은 보이지 않았지만, 머리카락 사이로 언뜻 보이는 피부 또한 유령처럼 창백했다.

그리고 넝마처럼 닳고 찢어진 외투 안에는, 곳곳에 금이 간 영장이 존재했다. 그 주위에 떠있는 다양한 크기의 검들은 그녀를 지키는 성벽 같았으며, 또한 그녀를 가두고 있는 감옥처럼 보였다.

하지만 가장 인상적인 것은, 바로 손이다.

시도를 위협하듯 내민 그 손 위에는 다섯 손가락에 연동되는 듯한 갈고리손톱이 떠있었으며, 호리호리해 보이는 그녀의 모습을 마치 한 마리 짐승처럼 보이게 했다.

언뜻 봐도, 범상치 않은 존재라는 것을 알 수 있었다.

—정령. 그 단어가 머릿속을 스쳤다.

시도는 자신에게 닥친 생명의 위기마저 잊은 채, 반쯤 얼이 나간 듯한 목소리로 말했다.

"—너, 넌……."

"——, 아—, —."

그러자 그 소녀는 희미하게 고개를 들더니— 겨우겨우 들릴 듯한 목소리로, 대답했다.

"……이름……. ……그런 건, 잊었다—."

제4장 히메카와 요시노

인간의 인격은 지니고 태어나는 것이 아니라, 환경을 통해 형성된다고 해요.

저는 그 말을 처음 듣고, 조금 기뻤어요.

그 말이 진짜라면, 지금의 저는 시도 씨 일행 덕분에 존재한다고 할 수 있으니까요.

그 분들은, 저에게 많은 것을 가르쳐줬어요. 많은 추억을 줬어요.

이 마을, 학교, 사회.

사람과 사람간의 유대의 소중함.

그리고— 누군가를 사랑한다는 것을…….

분명 그런 하루하루가 쌓여서, 저라는 존재는 만들어졌을 거예요. 그렇게 생각하니, 저는 저 자신이 자랑스럽다는 생각이 들었어요. 아직 모자란 구석이 많지만, 다른 분들 앞에서 부끄럽지 않은 인간이 되자고 생각하게 됐어요.

—미오 씨의 세피라가 사라진 후에도, 저는 사라지지 않았어요. 그건 제가 인간의 육체를 지녔기 때문이라고, 코토리 씨가 말했어요.

하지만, 저에게는 인간이었던 시절의 기억이 없어요.

딱히 그 점이 불만인 건, 아니에요.

하지만, 문뜩, 이런 생각이 들 때가 있어요.

—저는, 대체, 누구일까요.

그리고 만약 그것을 떠올린다면…….

저는, 저로서 존재할 수 있을까요?

◇

—텐구 시 상공에 떠있는 공중함 〈프락시너스〉에 요시노가 불려간 것은 지금으로부터 약 한 달 전의 일이다.

정령의 힘을 잃고, 공간진이 발생하지 않게 된 후로는 방문할 기회가 줄어든 장소지만, 함교를 중심으로 한 각종 시설과 거주 스페이스의 위치는 지금도 기억에 생생히 새겨져 있었다. 요시노는 익숙한 발걸음으로 지정된 브리핑 룸을 향해 걸어갔다.

"그런데…… 코토리 씨가 무슨 일로 부른 걸까?"

요시노는 걸음을 옮기면서 불쑥 그렇게 말했다.

딱히 요시노의 옆에 누군가가 있는 건 아니다. 하지만 그것은 혼잣말이라고 하는 것도 적절하지 않았다.

왜냐하면 그 말에 답하듯, 요시노가 왼손에 낀 토끼 모양 퍼핏 인형 『요시농』이 우스꽝스러운 동작을 취하며 입을 연 것이다.

『맞아~. 대체 무슨 일일까~? 헉……, 설마 사랑 고백……?! 코토리한테 공중함의 브리핑 룸은 체육관 뒤편과 마찬가지인 거 아냐……?!』

그렇게 말한 『요시농』은 정열적으로 몸을 배배 꼬았다. 그러자 요시노는 쓴웃음을 머금었다.

"아하하…… 그렇지는 않을 거야."

그런 이야기를 나누는 사이, 요시노는 목적지인 브리핑 룸에 도착했다. 요시노는 입구에서 간단히 인증을 마친 후, 방 안으로 들어갔다.

브리핑 룸에 들어선 요시노는 눈을 동그랗게 떴다.

이유는 단순했다. 방 안에 먼저 온 이가 있었던 것이다.

"아— 나츠미 씨. 그리고 카구야 씨, 유즈루 씨도 오셨군요."

그렇다. 브리핑 룸 안에는 세 소녀가 먼저 와있었다.

참고로 나츠미는 테이블 앞에 앉아서 스마트폰을 만지작거리고 있었지만, 야마이 카구야와 유즈루 자매는 벽 쪽에서 공기 의자 자세를 취한 채 발을 부들부들 떨고 있었다.

"훗…… 크큭. 유즈루여, 슬슬…… 힘들지 않느냐? 이제 그만 패배를 인정하는 게…… 어떻겠느냐?"

"태연. 유즈루는 아직 여유가 있어요. 그러는 카구야야말로 한계에 도달한 것 아닌가요? 무리하지 마세요."

두 사람은 그런 식으로 서로를 도발하고 있었다. 아무래도 둘 중 누가 더 공기 의자 자세를 오래 유지하느냐로 승부를 하고 있는 것 같았다.

두 사람은 판박이처럼 똑같이 생긴 쌍둥이 자매다. 평소에는 헤어스타일과 체형으로만 겨우 구분이 되지만, 지금은 얼굴이 땀으로 범벅이 된 채 이를 악물고 있는 이가 카구야, 발을 부들부들 떨면서도 포커페이스를 유지하고 있는 쪽이 유즈루다. 공기 의자 때문에 누가 누구인지 한눈에 알아볼 수 있었다.

"아, 코토리가 요시노도 부른 거야……?"

나츠미는 요시노를 보자마자 스마트폰을 테이블에 내려놓으며 그녀를 쳐다보았다. 요시노는 그 말에 답하듯 고개를 끄덕였다.

"예. 그럼 나츠미 씨도 그런가요?"

"……응. 솔직히 말해 〈라타토스크〉 측의 원조 중단 통보 혹은 맨션 퇴거 권고 같은 건 줄 알았는데, 요시노도 부른 걸 보면 그런 일은 아닌 것 같네……."

나츠미는 그렇게 말한 후, 안도의 한숨을 내쉬었다. 요시노는 여전히 매사에 부정적인 나츠미의 말을 듣더니, 허탈한 쓴웃음을 머금었다.

한편, 나츠미의 말을 들은 듯한 카구야가 불만을 표시하듯 입술을 삐죽 내밀었다.

"어, 어이, 나츠미. 방금 그 말은 대체 무슨 뜻이냐. 마치 이 몸도 그렇게 될 가능성이 있다는 말 같지 않느냐……!"

그 말에 답하듯, 카구야의 옆에 있는 유즈루가 웃음을 흘렸다.

"납득. 카구야가 평소에 하도 소음을 일으켜서 항의가 쇄도하고 있으니, 퇴거 권고를 받는 것도 충분히 납득이 되는 군요."

"뭐, 뭐어~?! 그건 유즈루도 마찬가지잖아! 그리고 대체 누가 그런 항의를 한 건데?!"

"소개. 『카구야의 코고는 소리 때문에 잠을 잘 수가 없어요. 어떻게 좀 해주세요. Y·Y.』"

"한방에 사는 녀석이 그딴 투서를 넣은 거야?! 그리고 이니셜을 보아하니 정체를 숨길 생각이 없는 거 아냐?!"

"……하아. 너희는 또 뭘 하고 있는 거야?"

야마이 자매의 말다툼에 질렸다는 듯한 목소리가 들렸다.

고개를 돌려보니, 어느새 이 자리에 나타난 군복 차림의 코토리가 커다란 봉투를 옆구리에 낀 채 도끼눈을 뜨고 있었다.

"코토리 씨."

"아, 요시노. 여기까지 와달라고 해서 미안해. 일단 자리에 앉아줄래?"

"아, 예."

요시노는 순순히 고개를 끄덕이더니, 나츠미의 옆자리에 앉았다. 그러자 볼을 붉힌 나츠미가 어깨를 부르르 떨면서 좀 거리를 벌리려 했지만, 곧 생각이 바뀌었는지 움직임을 멈추며 심호흡을 했다.

"자아, 너희도 자리에 앉아."

코토리는 그렇게 말하며 카구야와 유즈루의 다리를 톡톡 두드렸다.

"푸하……!"

"함락. 크으……."

두 사람 다 거의 한계에 도달했던 건지, 완전히 동시에 무너지듯 바닥에 주저앉았다.

"하아, 하아…… 콤마 1초 차이로 내 승리……인 건가."

"부정. 다리가 짧은 카구야가 먼저 엉덩이가 바닥에 닿았어요."

"허벅지 아래 부분의 길이라면 똑같거든?!"

"알았으니까 빨리 자리에 앉기나 해."

코토리는 한숨을 내쉬면서 어깨를 으쓱했다. 카구야와 유즈루는 알았다는 듯이 손을 들며 몸을 일으—키려 했지만, 다리가 뜻대로 움직이지 않는 것 같았다. 결국 바닥을 기다시피하며 겨우겨우 자리에 앉았다.

네 사람이 자리에 앉은 것을 확인한 코토리는 손에 든 봉투를 테이블 위에 뒀다.

"—자아, 오늘 모여 달라고 한 건 말이야. 이곳에 있는 이들에게 어떤 사항을 전달해주기 위해서야."

"어떤 사항……인가요?"

『어~, 그게 뭐야~? 헉, 설마 요시농이 토끼가 아니라는 게 들킨 거야……?』

"……묘하게 신경 쓰이는 커밍아웃으로 이야기의 흐름을 꺾지 마."

『요시농』이 농담을 하자, 코토리는 도끼눈을 떴다. 요시노는 「그러지 마」 하고 말하며 『요시농』의 볼을 꼬집었다.

"하던 이야기를 계속할게. 이건 어찌 보면 매우 중대한 안건이야. 뭐— 감이 좋은 애라면, 이번에 모인 멤버를 보고 어떤 이야기를 하려는 건지 어렴풋이 눈치챘을지도 모르겠네."

코토리는 테이블 앞에 앉은 이들을 둘러보며 그렇게 말했다.

하지만 요시노는 코토리가 무슨 말을 하는 건지 감도 오지 않았기에 고개를 갸웃거렸다. 야마이 자매 또한 비슷한 표정을 짓고 있었다.

하지만 그런 와중에 나츠미만은 복잡한 표정을 지으며 시선을 피했다.

"……옛날 기억이 없는 멤버들……이라는 거지?"

"아—."

나츠미가 그렇게 말하자, 요시노는 눈을 치켜떴다.

듣고 보니 확실히 그랬다. 미오의 세피라가 사라진 후에도 살아남은 시점에서, 이 자리에 있는 이들은 토카 같은 순수한 정령이 아니다.

하지만 코토리와 오리가미, 미쿠, 무쿠로처럼 미오에게 세피라를 받았던 것을 기억하고 있지도 않거니와, 니아와 쿠루미처럼 천사의 권능을 통해 그 기억을 되살리지도 않았던 것이다.

"정답이야."

코토리는 고개를 끄덕였다.

"—그리고 〈라타토스크〉의 조사 결과, 인간이었던 시절의 너희에 관한 정보를 손에 넣었어."

코토리는 그렇게 말하면서 지참한 봉투 안에 들어있던 작은 봉투 세 개를 꺼냈다.

그러자 카구야와 유즈루는 눈을 동그랗게 떴다.

"어…… 정말이야?"

"경악. 유즈루들이 인간이었던 시절의 정보……인가요?"

"응. —뭐, 사실 이 정보 자체를 입수한지는 좀 됐어. 썩 유쾌한 정보인 건 아니라서, 너희에게 알려줄지 말지를 가지고 상층부도 시끌시끌했다니깐."

코토리는 봉투 세 개를 펄럭이며 말을 이었다.

"하지만 너희의 생활 및 정신적 안정성을 고려한 결과, 지난번 회의에서 공개 허가가 내려졌어. 즉, 너희가 자립했다고 인정한 거야. 그것 자체는 기뻐해도 될 일 아닐까 싶네."

"……정령의 힘이 사라졌으니, 정신 상태가 흐트러지더라도 영력이 역류하지 않기 때문인 건 아니고?"

나츠미가 그렇게 말하자, 코토리는 어깨를 으쓱하며 쓴웃음을 흘렸다.

"뭐, 그것도 영향을 끼쳤다는 건 부정하지 않겠지만……."

아무튼, 하고 말한 코토리는 봉투를 그녀들 앞에 하나씩 뒀다.

"너희에게는 선택권이 있어. 하나는 이 봉투를 받을 것인가, 말 것인가. 그리고 받더라도 열어볼 것인가, 말 것인가. 그리고 만약 열어 보더라도, 모든 정보를 다 볼 필요는 없어.

아까도 말했다시피, 이 안에는 썩 유쾌하지 않은 정보도 들어 있어. 차라리 모르는 편이 나았다고 생각할 만한 내용이 있을지도 몰라.

알려 하지 않겠다, 라는 길을 선택하는 것도 용기야. 이건 어느 한쪽이 옳다는 이야기가 아냐. 이 자리에서 바로 결단을 내리지 못하겠다면, 나중에 다시 상의해서 정해도 돼. —모든 선택권은 너희에게 맡길게."

코토리는 그렇게 말하며 눈을 내리깔았다. 그녀들이 어떤 행동을 취하든, 아무 말도 하지 않겠다는 듯이 말이다.

"............"

요시노는 아무 말 없이 숨을 삼켰다.

눈앞에 있는 봉투에, 자신의 정체에 관한 정보가 들어 있다. 그렇게 생각하니, 심장이 빠르게 뛰는 듯한 느낌이 들었다.

바로 그때, 텅! 하고 테이블을 두드리는 소리가 들렸다.

고개를 돌려보니, 카구야와 유즈루가 자신들의 앞에 놓인 봉투 위에 손을 올려두고 있었다.

"크큭— 재미있구나. 이것을 보면, 이 카구야야말로 언니라는 사실이 판명될 것이니라!"

"미소. 앞으로는 카구야에게 유즈루 언니라고 불리게 되겠군요."

"잠깐만, 아무리 생각해봐도 내가 언니 아냐?!"

"설명. 카구야는 모르겠지만, 일반적으로는 큰 쪽이 언니예요."

"저기, 대체 무슨 소리를 하는 거야?!"

카구야와 유즈루가 이런 소리를 늘어놓으며 다투기 시작했다. 왠지 저 두 사람이 일찌감치 결단을 내린 것도, 상대방이 먼저 이 봉투를 열어보는 것이 싫기 때문이라는 생각마저 들었다.

그런 두 사람과 달리, 나츠미는 신중했다. 표정을 굳힌 나츠미는 팔짱을 끼며 잠시 동안 신음을 흘린 후, 곧 머뭇거리며 손을 들었다.

"……나는 일단 보류할래. 어차피 변변찮은 내용만 적혀 있을 것 같거든……."

"…………."

양쪽의 반응을 본 요시노는 자신의 왼손—『요시농』을 힐끔 쳐다보았다.

"요시농……."

『—응. 요시노가 하고 싶은 대로 해도 돼.』

요시노가 이름을 부르자, 『요시농』은 진지한 눈길로 요시노의 눈을 응시하며 장난기가 사라진 목소리로 그렇게 말했다.

"……응. 알았어."

요시노는 결의를 다지며 고개를 끄덕인 후, 다시 정면을 바라보았다.

◇

"—저기……."

"응?"

어느 날의 오후. 시도가 자신의 집 거실에서 세탁물을 개고 있을 때, 갑자기 뒤편에서 그런 목소리가 들려왔다.

고개를 돌려보니, 요시노의 모습이 눈에 들어왔다. 아니, 요시노만이 아니었다. 유심히 보니, 그녀의 뒤편에 숨듯이 서 있는 나츠미의 모습도 눈에 들어왔다.

"아, 무슨 일이야? 혹시 간식이 먹고 싶은 거야? 그럼 선반에 쿠키가 있어. 아니면 잠시만 기다려줄래? 팬케이크라도 금방 구워줄게."

시도가 그렇게 말하자, 요시노의 표정이 환해졌다. 하지만 곧 마음을 다잡으려는 듯이 고개를 저었다.

"아, 저기, 간식은 먹고 싶은데, 제 볼일은 그게 아니라……."

요시노는 그렇게 말하더니, 긴장한 표정으로 시도의 맞은편으로 와서 무릎을 모으고 단정히 앉았다. 그러자 나츠미도 허둥지둥 요시노의 옆에 나란히 앉더니, 등을 꼿꼿이 폈다.

"혹시 시간이 있으시면…… 같이 봐줬으면 하는 게 있어요."

"봐줬으면 하는 것……?"

요시노의 진지한 표정을 본 시도는 고개를 갸웃거렸다.

그러자 요시노는 마른 침을 삼킨 후, 손에 들고 있던 커다란 봉투를 테이블 위에 뒀다.

"이건 뭐야?"

"……그건—."

시도가 묻자, 요시노는 진지한 표정으로 설명을 시작했다.

시도는 그녀의 말을 듣더니, 눈을 동그랗게 떴다.

"요시노가 인간이었을 적에 관한 정보……?"

"예……. 그런 것 같아요."

요시노는 그렇게 말하며 고개를 끄덕였다. 시도는 테이블 위에 놓인 봉투를 쳐다보았다.

납득 자체는 됐다. 요시노, 나츠미, 그리고 야마이 자매는 다른 이들과 다르게 정령이 된 후의 기억만 지니고 있다. 하지만 미오의 세피라가 소멸된 후에도 계속 존재하는 것을 보면, 원래는 인간이었다는 것이 확실시되는 것이다. 그렇다면, 그 당시의 경력이 존재하는 것이 당연했다.

"그렇다면…… 나츠미도 마찬가지야?"

"……내 것도 있기는 한데…… 보류 중이야. 오늘은 그냥 요시노의 동행으로서 왔어. 요시노가 혼자서는 불안하다고 했거든."

나츠미는 겸연쩍은 듯이 시선을 피하며 그렇게 말했다. 표정을 보아하니, 봉투를 받지 않은 우유부단한 자기 자신을 시도가 꾸짖을 거라 여기는 것 같았다. 물론 시도는 그럴 생각이 눈곱만큼도 없지만 말이다.

"그렇구나. 자신의 과거……. 확실히 신경 쓰일 거야."

시도는 세탁물을 개는 것을 중단하더니, 요시노를 향해 돌아앉았다.

그녀들과는 경우가 다르지만, 시도도 과거의 기억을 잃었던 적이 있다. 그래서 그 심정을 뼈저리게 이해하는 것이다.

물론 시도의 부모님은 그를 따뜻하게 대해줬으며, 생활에 불만도 전혀 없었다. 하지만 문뜩 막연한 불안을 느끼곤 했다. —자신은 대체 어디에서 왔는가. 자신은 대체 무엇을 해왔는가. 자신이란 존재의 뿌리가 어디에 있는지 모른다는 건, 의외로 큰 스트레스인 것이다.

어릴 적의 기억이 없을 뿐인 시도도 그러했다. 정령이 되기 전의 기억을 전부 잃은 요시노가 그것을 알고 싶다 여기는 것도 당연하다면 당연했다.

"하지만 요시노도 아직 확인하지 않은 거지? 내가 같이 봐도 괜찮은 거야? 저기…… 어쩌면 내가 보지 않았으면 하는 내용이 적혀 있을지도……."

"……윽!"

시도의 말을 들은 요시노는 얼굴을 새빨갛게 붉히며 고개를 숙였다. 그러자, 나츠미는 테이블을 쾅! 소리가 나게 내려쳤다.

"무, 무슨 소리를 하는 거야?! 요시노가 이상한 짓이라도 했을 거라고 생각해?!"

"뭐?! 아, 아니, 그런 게 아니라……!"

시도가 허둥지둥 부정하자, 요시노가 왼손에 낀 퍼핏인형 『요시농』이 재주 좋게 어깨를 으쓱하며 입을 열었다.

『정말~. 시도 군, 멋대가리 없는 소리 하지 말아줄래~? 요시노는 말이지? 시도 군이 봐줬으면 하는 거란 말이야.』

"뭐?"

『요시농』의 말을 들은 시도가 눈을 치켜뜨자, 요시노는 숙이고 있던 고개를 천천히 들었다.

"……저기, 저는 자기가 어떤 인간인지 알고 싶어요. 어떻게 살아왔고, 어떻게 자라왔는지, 그리고— 왜 정령이 된 건지를요."

하지만, 하고 요시노는 덧붙였다.

"아주 조금…… 불안해요. 혹시 과거의 기억을 떠올린 바람에, 지금의 제가 변해버리는 건 아닐까 해서요.

저는, 지금의 이 생활이 좋아요. 여러분이 있고, 시도 씨가 있는, 이 현재가 말이에요. 하루하루가 즐거워서, 정말 행복해요. 그러니까—."

요시노는 말을 멈추더니, 머뭇거리며 시도를 향해 손을 뻗었다.

"……손을, 잡아줬으면 해요. 제가, 어디에도 가지 않도록……. 제가, 앞으로도 저로 있을 수 있도록……."

"요시노……."

중얼거리는 듯한 목소리로 요시노의 이름을 입에 담은 시도가 무릎을 손으로 짚으며 몸을 일으키더니, 그녀의 옆에 앉았다.

그리고, 시도는 요시노의 오른손을 꼭 잡아줬다.

"그래. 나만 믿어. 무슨 일이 있어도, 요시노는 요시노야."

"……아! 예, 시도 씨."

요시노는 반사적으로 미소를 지으며 고개를 끄덕이더니, 시도와 맞잡은 손에 힘을 줬다. 그러자 시도는 힘차게 고개를 끄덕였다.

"무엇보다, 나는 선배잖아. ―신지의 기억이 되살아났다고, 내가 달라졌어?"

"아뇨. 시도 씨는, 여전히 시도 씨였어요."

"그렇지? 그러니까 걱정할 필요 없어."

시도가 윙크를 하며 그렇게 말하자, 후훗 하고 웃음을 흘린 요시노가 고개를 끄덕이며 「예」 하고 말했다.

바로 그때, 『요시농』이 뭔가를 눈치챈 것처럼 손을 뻗었다.

『저기저기~, 나츠미? 어디 가려는 거야?』

"어?"

그 말을 듣고 고개를 돌려보니, 아까까지 요시노의 왼편에 있던 나츠미가 슬금슬금 거실을 나서려 하는 모습이 눈에 들어왔다. 뭐, 『요시농』에게 옷자락을 잡힌 바람에 그 도주는 미수로 끝났지만 말이다.

퇴각을 저지당한 나츠미는 거북한 듯한 표정으로 다시 원래 자리로 돌아오더니, 시선을 피하며 입을 열었다.

"……아니, 그게, 살의(러브코미디)의 파동(아우라)에 당했더니……. 어라, 그냥 내가 없는 편이 나은 거 아냐? 싶어서……."

"…………!"

나츠미가 그렇게 말하자, 요시노는 얼굴을 새빨갛게 붉혔다. 하지만 시도와 맞잡은 손을 놓지는 않았다.

인형인 『요시농』은 재주좋게 팔짱을 끼더니, 고개를 좌우로 흔들었다.

『으음~, 센서 감도가 끝내주는 건 알겠거든? 그래도 그건 아니잖아, 나츠미~. 나츠미는 요시농의 손을 잡아준다는 막중한 임무를 맡아야 해~.』

"요, 요시농의……?"

『그래. 요시농도 과거를 알게 되면 요시농도 요시농이 아니게 될지도 몰라. 그래. 한때 세계를 집어삼키는 토끼라 불렸던 그 시절의 기억이 되살아난다면— 윽, 으으…… 다들, 도망쳐……. 안 그랬다간, 너희를 잡아먹을 거야…….』

"……그, 그렇구나. 그거 큰일이네……."

나츠미는 식은땀을 흘리면서도 『요시농』의 조그마한 손을 꼭 잡아줬다.

시도는 그 모습을 훈훈하다는 듯이 응시한 후, 마음을 다잡으려는 듯이 가볍게 숨을 내쉬며 예의 봉투를 쳐다보았다.

"좋아……. 그럼 열어보자. 요시노—는 손을 쓸 수 없네. 내가 대신 열 건데, 괜찮지?"

"예…… 부탁드려요."

요시노가 긴장한 표정으로 그렇게 말했다. 그러자 시도는 고개를 끄덕인 후, 한손으로 봉투를 열어서 내용물을 테이블 위에 펼쳐놓았다.

—안에 들어있는 것은 클립으로 고정된 몇 장의 서류, 그리

고 꽤 오래되어 보이는 사진 한 장이었다.

다들 그 사진을 보더니 「오오」 하고 탄성을 지르며 눈을 치켜떴다.

"이거…… 요시노 맞지?"

"응…… 그래……. 우와, 귀여워……."

거기에 비친 것은 지금보다 조금 어려 보이기는 했지만, 요시노가 틀림없었다.

귀여운 잠옷을 입은 채, 침대에 걸터앉아 있었다. 얼굴에는 멋쩍은 듯한 미소가 어려 있지만, 왠지 나이에 어울리지 않게 표정에 그늘이 드리워져 있는 듯한 느낌이 들었다.

"응……?"

그 사진을 본 시도는 미간을 살짝 찌푸렸다. 왠지 위화감이 느껴졌던 것이다.

하지만 그 이유는 곧 눈치챘다. 시도와 함께 사진을 들여다보던 나츠미는 불가사의하다는 듯이 입을 열었다.

"어라…… 요시농이 없네?"

그렇다. 그것이 바로 위화감의 정체였다. 사진에 찍힌 요시노의 왼손에는 『요시농』이 없었던 것이다.

"요시농을 얻기 전에 찍은 사진……인 걸까."

『에이~. 아직 안 자라난 것 아닐까?』

"어, 요시농은 손에서 자라나는 거였어……?"

『요시농』이 농담을 하자, 나츠미는 식은땀을 흘렸다.

"——."

평소 같았으면 그 말을 듣고 쓴웃음을 지었을 요시노는 아무 말 없이 가장 위에 놓인 서류— 간략한 프로필이 적힌 종이를 보며 눈을 동그랗게 떴다.

"—히메카와, 요시노……."

요시노가, 작은 목소리로 중얼거렸다.

마치, 그 이름을 마음속으로 몇 번이나 되새기듯이…….

그렇다. 거기에는 지금까지 수수께끼에 휩싸여 있던 요시노의 풀 네임이 적혀 있었다.

"히메카와 요시노—구나. 좋은 이름이네."

"응……. 뭐랄까…… 고귀한 느낌이 들어. 여신님 같아……."

시도가 고개를 살며시 끄덕이면서, 그리고 나츠미가 구구절절한 목소리로 그렇게 말하자, 요시노는 약간 부끄러워하듯 미소 지었다.

"고마워요. 왠지 좀 부끄럽지만…… 그래도 기뻐요."

그렇게 말한 후, 몇 번 「히메카와 요시노…… 히메카와 요시노……」 하고 중얼거린 요시노는 감회에 젖듯 숨을 토했다.

"…………."

그 모습을 본 나츠미가 왠지 복잡한 표정을 지었다.

"나츠미, 왜 그래? 나츠미도 자기 성이 알고 싶은 거야?"

시도가 그렇게 말하자, 나츠미는 어깨를 부르르 떨면서 힘껏 고개를 저었다.

"……윽! 아, 아니거든?! 어차피 내 성은 음침가와나 우울다 같은 걸 게 뻔해……!"

"그런 성이 존재하긴 하는 거야……?"

시도는 쓴웃음을 흘린 후, 요시노와 함께 서류에 담긴 정보를 읽기 시작했다.

—히메카와 요시노. 지금으로부터 약 26년 전에 돌연 실종. 아마 이때, 정령이 되었을 것이다.

당시 연령은 열세 살. 병약한 아이였으며, 오랫동안 입원 생활을 했다고 한다. 아까 사진도 그 당시에 찍은 것 같았다.

아버지는 이때 이미 이 세상을 떠났으며, 어머니가 일을 해서 입원비를 마련했다고 한다. 어머니의 성은 히메카와 나기사. 당시 서른네 살. 살아있다면 지금쯤 환갑을 맞이했을 것이다.

그리고 두 번째 서류에는 당시의 주소와 입원했던 병원 등의 정보가 적혀 있었다.

"…………."

요시노는 진지한 눈길로 서류를 묵묵히 읽고 있었다.

그리고 모든 서류를 읽은 후, 시도는 그런 요시노를 쳐다보며 말을 걸었다.

"요시노, 어때? 뭔가 생각났어?"

"…………, 아뇨."

시도가 묻자, 요시노는 약간 유감스러워 하며 고개를 저었다.

"이 사진 속의 애가 저라는 건 알겠지만…… 여기 적힌 내용에 전혀 실감이 나지 않는다고나 할까…… 마치, 모르는 사람의 경력을 보는 것 같아요."

"그렇구나……."

시도는 표정을 굳히며 한숨을 내쉬었다.

하지만, 그게 당연할지도 모른다. 물론 계기가 있으면 잃어버린 기억이 되살아날지도 모르지만, 그 계기란 사람에 따라 다르다. 기억에도 없는 과거의 경력을 읽어봤자, 요시노가 말한 것처럼 실감이 나지 않는 것도 무리가 아니다.

"…………."

바로 그때, 시도는 눈치챘다.

요시노가 당시의 주소가 적힌 두 번째 서류를 보면서 약간 우물쭈물하고 있다는 사실을 말이다.

"……가볼까? 마침 내일은 학교에 안 가는 날이잖아."

"예엣?!"

시도가 말을 걸자, 요시노는 화들짝 놀라며 어깨를 부르르 떨었다.

"어, 어떻게……."

그리고 요시노는 눈을 동그랗게 뜨며 시도 쪽을 쳐다보았다. 그 「어떻게」는 「어떻게 갈 건가요?」가 아니라 「어떻게 제 생각을 안 거죠?」 라는 의미 같았다.

"그야, 요시노가 하도 우물쭈물하니까 말이야."

시도가 쓴웃음을 흘리며 그렇게 말하자, 요시노는 부끄러워하듯 볼을 붉히며 몸을 웅크렸다.

『이야~, 두 사람 사이에 대화는 필요 없나 보네~!』

"요, 요시농……!"

요시노가 『요시농』의 입을 막았다. 시도는 웃으면서 요시노의 머리를 쓰다듬어준 후, 말을 이었다.

"좋아, 그럼 결정한 거다? 내일 아침에 준비를 마치고 집 앞에 집합하자. 요시노, 요시농, 나츠미."

"……뭐?!"

시도가 그렇게 말하자, 나츠미는 화들짝 놀랐다.

"나, 나도 가는 거야?!"

"무슨 소리를 하는 건지 모르겠네. 당연하잖아. 아니면 다른 볼일이라도 있어?"

"그, 그런 건 아니지만, 두 사람한테 방해만 될 것 같은데……."

나츠미가 우물쭈물 그렇게 말하자, 요시노가 촉촉이 젖은 눈길로 나츠미를 응시했다.

"안 될……까요?"

"윽……."

나츠미는 한방 먹은 것처럼 낮은 신음을 흘리더니, 결국 체념한 것처럼 손을 들었다.

"……알았어. 갈게."

"……아!"

방금까지 안타까운 표정을 짓고 있던 요시노는 갑자기 환한 표정을 지었다. 그 표정을 본 나츠미는 안도의 한숨을 내쉬었다.

"……하지만, 요시노의 어머니가 아직 거기 살고 있는지는 모르는 거지? 〈라타토스크〉에 조사해달라고 한 후에 가보는 게 좋지 않을까?"

"아뇨, 그렇게까지 폐를 끼칠 수는 없어요. 게다가…… 어머니가 거기 살고 있지 않더라도, 옛날에 자신이 살았던 마을을 보면 뭔가가 생각날지도 모르잖아요."

나츠미가 그렇게 말하자, 요시노는 쓴웃음을 지으며 대꾸했다.

시도는 요시노의 심정을 왠지 알 것만 같았다. 확실히 〈라타토스크〉 측으로부터 상세한 정보를 받은 후에 행동하는 편이 효율적이겠지만— 이런 일은 좀 애매모호한 편이 나은 것이다.

가능성은 낮지만, 기억이 『되살아날지도 모른다』.

어머니를 『만날지도 모른다』.

그 정도가, 적당한 것이다.

만약 그것이 확정되어버린다면, 분명 긴장 탓에 도리어 결심이 서지 않으리라.

"하지만…… 만약 어머니를 만난다면, 가장 먼저 할 일은 정해져 있어요."

"……뭔데?"

나츠미가 묻자, 요시노는 만면에 미소를 지으며 말했다.

"저의 소중한 친구를, 소개하는 거예요."

요시노가 그렇게 말하자, 나츠미는 새빨개진 얼굴을 돌렸다.

◇

다음 날 아침. 시도의 집 안에 모인 그들은 텐구 역으로 걸어간 후, 그곳에서 전철을 타고 카나가와 현의 어느 마을로 향했다.

어제, 서류에 적힌 주소로 가는 루트를 조사해뒀다. 역에서 내리고 버스로 20분가량 이동한 후, 시도 일행은 꽤 먼 곳에 있는 바다가 한 눈에 들어오는 한적한 주택가에 도착했다.

"으음— 바람이 참 기분 좋네. 경치도 좋고 말이야. 괜찮은 마을이야."

"응. 요시노가 살았던 장소…… 그래, 여기가 성지구나……."

시도가 기지개를 켜며 그렇게 말하자, 나츠미는 턱을 매만지며 혼잣말을 중얼거렸다.

"…………."

한편, 요시노는 아무 말 없이 치켜뜬 눈으로 주위를 둘러보고 있었다.

"요시노, 어때?"

시도가 묻자, 요시노는 잠시 동안 생각에 잠긴 후에 고개를 저었다.

"딱히 눈에 익지는…… 않은 것 같아요."

"그렇구나. 뭐, 그럼 일단 집 주소로 향할까?"

"—예."

요시노는 긴장된 표정을 지으며 고개를 끄덕였다.

하지만 그것도 무리는 아닐 것이다. 왜냐하면 이제부터 26년 전에 자신이 살았던 집으로 향하는 것이다.

그리고 어쩌면, 오랫동안 만나지 못했던 자신의 생모와 만날지도 모른다. 실종된 이후로 거의 나이를 먹지 않은 요시노를 자신의 딸로 받아들일지는 모르지만, 설령 그저 멀찍이서 바라보기만 하더라도 특별한 체험이 될 것이다. 그러니 요시노가 긴장하는 것도 무리는 아니다.

시도는 스마트폰에 지도를 표시한 후, 요시노와 나츠미를 데리고 길을 나아갔다.

하지만—.

"……어라?"

시도는 갑자기 걸음을 멈췄다. 그러자 요시노가 그의 등에 부딪쳤고, 그런 요시노의 등에 나츠미가 부딪쳤다.

"꺄아……!"

"우왓! 가, 갑자기 뭐하는 거야……."

뒤편에서 조그마한 비명과 불만 섞인 목소리가 들렸다. 시도는 미안하다고 말한 후, 앞쪽을 쳐다보았다.

"지도에 따르면, 여기가 요시노의 집이었던 것 같아……."

"예……?"

시도가 그렇게 말하자, 요시노는 깜짝 놀란 듯한 표정을 지었다.

하지만 그것도 당연했다. 그 장소에 존재하는 건 단독 주택이나 아파트가 아니라, 텐구 시에서도 흔히 볼 수 있는 편의점이었기 때문이다.

"여기……인가요?"

『이야~, 꽤나 펑키한 장소에서 살았구나~.』

"아…… 하긴, 26년이나 흘렀잖아……."

나츠미는 볼을 긁적이며 그렇게 말했다. ……확실히 예상했던 사태이기는 했다. 실제로 나츠미는 이 가능성을 고려해서 〈라타토스크〉 측에 미리 확인을 요청하자는 제안을 했으리라.

하지만, 요시노도 이럴 가능성을 각오하고 있었던 건지 딱히 유감스러워하지 않았다. 뭐, 자신의 과거에 실감이 나지 않기 때문일지도 모르지만 말이다.

혹시나 싶어 인근 주민들에게 물어보기도 했지만, 유력한 정보는 얻지 못했다. 안 것이라고는 20년 전부터 이곳에서 살았던 사람도 히메카와란 사람이 이곳에 살았던 것을 기억하지 못한다는 것뿐이다.

"꽤 옛날에 이사한 걸까……?"

"으음……."

시도가 머리를 긁적이며 그렇게 말하자, 나츠미는 표정을 굳히며 눈짓을 보냈다. 마치 요시노에게 들려주고 싶지 않은 이야기라도 있는 듯한 눈치였다. 시도는 목소리를 낮추며 나츠미를 향해 얼굴을 내밀었다.

"……나츠미, 왜 그래?"

그러자 나츠미도 요시노가 듣지 못하도록 작은 목소리로 대답했다.

"……저기, 26년 전에 딸이 실종됐잖아? 그 직후에 바로 이사한다는 게 말이 돼? 나쁜 기억이 있는 장소라서 벗어나고 싶어하는 사람도 있겠지만, 딸이 돌아올 장소를 지키려 하는 게 부모 마음 아냐……? 뭐, 나는 애가 없어서 잘 모르겠지만……."

"음……."

확실히 나츠미의 말도 일리가 있다고 생각한 시도는 턱을 매만지며 낮은 신음을 흘렸다.

"그럼 왜 여기서 살았던 흔적조차 없는 거지?"

"그건……."

나츠미는 말끝을 흐리며 입을 다물었다. ……하지만 나츠미의 표정을 본 시도는 그녀가 어떤 가능성을 고려하고 있는지 바로 눈치챘다. 확실히 요시노에게 들려주고 싶지 않은 이야기였다.

"—시도 씨, 나츠미 씨."

"우왓?!"

"히익?!"

요시노가 갑자기 말을 걸자, 시도와 나츠미는 화들짝 놀라며 몸을 부르르 떨었다.

『응~? 뭐야, 뭐야? 왜 둘이서 속닥속닥하는 건데~? 혹시 나쁜 짓이라고 꾸미는 거야~?』

『요시농』이 팔짱을 끼며 얼굴을 쑥 내밀자, 시도와 나츠미는 애매한 미소를 지으며 얼버무렸다.

"아, 아무 것도 아냐. 그것보다 요시노, 무슨 일이야?"

"아, 예."

시도가 묻자, 요시노는 고개를 들면서 주택가에서 이어져 있는 긴 언덕의 정상을 손가락으로 가리켰다.

"다음에는…… 저기에 가보고 싶어요."

“뭐?”

시도는 요시노의 손가락이 향한 곳을 향해 고개를 돌렸다.

그곳에는 커다란 병원이 있었다.

—요시노가 가리킨 병원은 과거에 그녀가 입원생활을 했던 곳이다.

명확하게 기억이 난 것은 아니지만, 마을을 둘러보다 보니 묘하게 이곳이 신경 쓰였다고 한다.

원래부터 집에 가본 후에 향할 예정이었던 장소다. 시도 일행은 함께 긴 언덕길을 올라가더니, 새하얀 벽으로 구성된 거대한 건물에 도착했다.

“휴우. 가까워 보였는데, 의외로 꽤 떨어져 있네.”

“응…… 의외로…… 언덕 오르느라…… 힘들었어…….”

나츠미가 어깨를 들썩이며 그렇게 말했다. 나츠미가 너무 힘들어하자, 시도는 무심코 웃음을 흘렸다.

“같이 와달라고 해서 죄송해요, 시도 씨, 나츠미 씨…….”

“……읏?! 아, 아냐! 내가 운동 부족일 뿐이거든?! 오히려 고마울 지경이야!”

요시노가 미안해하며 그렇게 말하자, 나츠미는 등을 꼿꼿이 펴면서 양손을 붕붕 휘둘렀다. 그 모습을 본 시도는 웃음을 터뜨렸다. 그 웃음소리를 들은 나츠미가 「왜, 왜 웃는 거야?」 하며 그를 노려보았다.

"아니, 그게, 하하…… 그것보다 요시노, 어때? 눈에 익어?"

"…………."

시도가 그렇게 말하자, 요시노는 아까와 마찬가지로 병원의 로비를 둘러보았다.

"글쎄요……. 본 적이 있는 것 같기도 하고…… 없는 것 같기도 한데……."

『으음…… 하지만 이 소독약 냄새는 왠지 익숙해……. 헉, 이건 요시농이 무면허 의사였던 시절의 기억……?』

요시노가 미간을 찌푸리며, 그리고 『요시농』이 몸을 부르르 떨며 그렇게 말했다. 아무래도 아직 확실하게 기억이 난 것 같지는 않았다.

"으음…… 입원했던 시절의 병실 번호도 알지만, 병실까지 들어가는 건 무리일 것 같네……."

시도가 생각에 잠기며 그렇게 말한 바로 그때였다.

"—요시농……?!"

등 뒤에서 그런 목소리가 들려왔다.

"어……?"

"누, 누구야……?"

요시노와 나츠미가 깜짝 놀라며 등 뒤를 돌아보았다. 시도 또한 마찬가지로 뒤를 돌아보았다.

그러자 한 간호사가 눈에 들어왔다. 50대로 보이는, 고상한 분위기의 여성이었다. 아마 이 병원의 간호부장일 것이다. 가슴에 단 명찰에 직함이 적혀 있었다.

그 여성이 깜짝 놀랐는지 눈을 치켜뜨며 큰 목소리로 그렇게 말한 것이다. 주위에 있던 간호사와 외래 환자들도 놀란 것 같았다.

하지만 그 여성은 개의치 않으며 시도 일행을 향해 서둘러 다가오더니, 요시노의 앞에서 몸을 숙였다. 그리고 그녀의 얼굴과 왼손의 『요시농』을 번갈아 쳐다보았다.

"어떻게, 이런 일이…… 하지만—."

『아하~, 큰일이네. 요시농의 지명도도 드디어 전국구 레벨에 도달했나 봐.』

『요시농』이 장난스러운 어조로 그렇게 말하자, 그 여성은 감촉을 확인하려는 듯이 『요시농』을 만져보면서 요시노를 쳐다보았다.

"당신, 혹시…… 요시노 양의 딸……?"

그리고 요시노의 얼굴을 보며 그렇게 말했다. 그러자 시도 일행은 일제히 눈을 동그랗게 떴다.

"어……?!"

"다, 당신은 요시노를 아나요……?!"

시도가 묻자, 그 여성은 고개를 끄덕였다.

"응……. 20년도 더 지난 일이지만…… 옛날에 내가 담당했던 여자애야. 이 애와 똑같이 생겼어. 그리고 이 봉제인형은 요시농 맞지?"

『응. 요시농이야~. 그리고 이쪽은 요시노의 딸인 요시에라고 해.』

"어……? 아, 예. 요시에예요……."

『요시농』의 말을 들은 요시노가 허둥지둥 고개를 끄덕였다. 뭐, 요시노가 실종하고 26년이나 흐른 것이다. 요시노가 예전과 똑같은 모습으로 나타난 것보다는, 딸인 것으로 하는 편이 성가신 일을 피할 수 있을 것이다.

눈앞의 여성은 그 말을 듣고 감회에 젖는 듯한 표정을 짓더니, 눈물을 글썽이며 요시노를 꼭 끌어안았다.

"어……? 저기……."

"다행이야……. 요시노 양은 무사했구나. 정말…… 다행이야."

눈앞의 여성은 당황한 요시노를 한동안 꼭 안아주더니, 곧 화들짝 놀라며 포옹을 풀었다.

"아, 가, 갑자기 끌어안아서 미안하구나. 요시노 양의 딸을 만날 줄은 꿈에도 몰랐거든……."

"아, 아뇨. 괜찮아요. 그것보다, 괜찮다면, 저기— 어머니에 대해, 이야기해주시지 않겠어요?"

요시노가 그렇게 말하자, 이 여성은 의아하다는 듯이 고개를 갸웃거렸다.

"그건 괜찮은데…… 요시노 양은 어디 있어? 오늘 같이 오지 않은 거야?"

"으음, 그게……."

눈앞의 여성이 그렇게 묻자, 요시노는 대답을 하지 못했다.

하지만 저런 의문을 품는 것도 당연했다. 요시노의 외모를 보면 부모와 함께 왔다고 생각하는 게 정상일 것이며, 무엇보다 어머니에 관해 알고 싶다면 어머니 본인에게 묻는 편이 가장 나을 것이다.

하지만 요시노의 앞에서 『요시노는 죽었어요』 같은 거짓말을 하는 것도 좀 그랬다. 시도는 어떻게 하면 좋을지 생각에 잠겼다.

바로 그때, 나츠미가 한 걸음 앞으로 나섰다.

"……저기, 실은, 요시에의 어머니인 요시노 씨는 옛날 기억이 없으세요……."

"뭐……?!"

나츠미가 그렇게 말하자, 이 여성은 깜짝 놀랐다. 그리고 나츠미는 고개를 돌린 채 말을 이었다.

"그래서 옛날 물건을 뒤지다 이 병원의 이름을 발견해서, 단서가 없나 싶어 와본 거예요. 실은 본인이 직접 오면 좋겠지만, 몸이 약하셔서 요시에와 저희가 대신 조사를 하러 오게 됐어요……."

나츠미는 그런 이야기를 술술 늘어놓았다. 물론 거짓말이지만, 진실이 곳곳에 섞여 있었다. 그래서 그런지, 묘하게 설득력이 있었다.

"그렇구나……."

이 여성은 흐음 하고 신음을 흘리더니, 곧 고개를 끄덕였다.

"좋아. 내가 아는 거라면 알려줄게. —하지만, 여기서 이야기를 나누는 건 좀 그럴 것 같네. 장소를 바꿔도 되겠니?"

"……아! 예!"

요시노는 환한 표정으로 고개를 끄덕인 후, 여성의 뒤를 따랐다. 시도와 나츠미도 그 뒤를 따랐다.

"……그건 그렇고, 용케 그런 이야기를 순식간에 지어냈네."

시도가 도중에 작은 목소리로 그렇게 말하자, 나츠미는 자조 섞인 어조로 메마른 웃음을 흘렸다.

"……내 특기라고는 위조품 만들기와 사기 및 사칭뿐이거든."

"어이……."

나츠미가 그런 자학적인 말을 늘어놓자, 시도는 무심코 쓴웃음을 지었다. 그 재능도 쓰기 나름이며, 방금 시도 일행은 그 재능에 도움을 받은 것이다.

그러는 사이, 그들은 조그마한 응접실에 도착했다. 여성은 시도 일행은 방 안으로 들이더니, 종이컵에 보리차를 따라서 그들 앞에 뒀다.

"그러고 보니 아직 자기소개를 안 했네. 나는 이 병원의 간호부장인 스미다 카호라고 한단다."

"아, 이츠카 시도예요."

"……이츠카 나츠미예요."

시도의 뒤를 이어 나츠미가 자기소개를 했다. 풀 네임을 입에 담지 않으면 부자연스러울 거라고 생각한 건지, 중학교에 다니며 쓰는 이름을 입에 담았다. 그 결과, 카호는 시도와 나츠미가 남매라고 여기는 것 같았다.

"으음…… 히메카와, 요시에예요."

그 뒤를 이어 요시노가 약간 멋쩍은 듯이 그렇게 말했다.

아마 가짜 이름을 밝힌 것보다, 처음으로 자신의 진짜 성을 입에 담은 바람에 긴장한 것이리라.

『빌헬름 폰 욧시농이에요.』

그리고 마지막으로, 『요시농』이 팔짱을 끼며 그렇게 말했다.

카호는 그런 『요시농』의 농담을 듣고 웃음을 터뜨리더니, 과거를 추억하는 듯한 눈빛을 머금으며 이야기를 시작했다.

"으음…… 그래. 무엇부터 이야기하면 좋을까. 아까도 말했다시피, 요시노 양은 내가 담당하던 환자였어. 난치병에 걸려서 오랫동안 입원생활을 하느라 학교에도 거의 다니지 못했던 것 같아. 그래도 병실에서 꾸준히 공부를 해서, 머리는 참 좋은 아이였단다."

그렇게 말한 카호가 『요시농』을 쳐다보았다.

"그리고 요시농은 요시노 양의 어머니인 나기사 씨가 요시노 양에게 선물해준 거야."

"그랬……군요……."

요시노는 눈을 동그랗게 뜨면서 『요시농』을 쳐다보았다. 『요시농』이 『꺄아~! 요시농의 비밀이 폭로됐어~!』 하고 말하며 몸을 배배 꼬았다.

"남들이 보기에도 참 사이가 좋은 모녀였단다. 부러울 정도로 말이야. 그래서 그때는—."

"그때?"

"……그게, 그러니까……."

카호는 갑자기 말끝을 흐렸다.

그 모습은 옛날 일을 기억 못한다기보다 언급하기 어려워하는 눈치였다.

"—괜찮아요. 이야기해주세요."

요시노도 그 기척을 느낀 것 같았다. 카호를 똑바로 응시하면서 힘차게 고개를 끄덕였다.

카호는 잠시 동안 망설인 후, 어쩔 수 없다는 듯이 말을 이었다.

"……어느 날의 일이야. 갑자기 병원에 연락이 왔단다. 나기사 씨가 직장에서 사고를 당해, 중태라는 연락이었어."

"……!"

시도는 무심코 숨을 삼켰다. 나츠미 또한 똑같은 표정을 짓고 있었다.

그런 와중에 요시노만은 각오하고 있었던 것처럼 주먹을 말아 쥐며, 입술을 깨물었다.

"……결국, 치료를 받았는데도 나기사 씨는 숨을 거뒀단다. ……그런 나기사 씨의 가족은 요시노 양 뿐이었지. 물론 그 사실을 전해야만 해. ……하지만 나는 요시노 양에게 차마 이 사실을 전하지 못했어. 안 그래? 난치병과 싸우고 있는 여자애에게, 그런 잔혹한 사실을 어떻게 전하냔 말이니."

눈을 내리깐 카호는 고개를 저으며 그렇게 말했다. 그 심정은 처절할 정도로 이해가 됐다. 만약 시도가 같은 입장이었더라도, 함부로 그 사실을 전하지 못했을 것이다.

카호는 크게 한숨을 내쉬더니, 고개를 들며 말을 이었다.

"—바로 그때, 그 사건이 일어났단다."

"그 사건……?"

"그래. —요시노 양이, 갑자기 병실에서 실종됐단다."

"아—."

그렇게 된 건가, 하고 생각한 시도는 눈을 치켜떴다.

아마 바로 그때, 시원의 정령— 미오가 요시노에게 세피라를 건네줘서 정령으로 만든 것이다.

하지만 카호가 그런 사실을 알 리가 없다. 그녀는 어깨를 으쓱하며 또 한숨을 내쉬었다.

"그때는 정말 난리도 아니었어. 면회를 오지 않게 된 나기사 씨를 찾으러 간 건 아닐까, 혹시 나기사 씨가 돌아가셨다는 것을 알고 그 뒤를 따른 건 아닐까, 이런저런 이야기가 돌았지. 물론 경찰에 수색 요청을 했지만…… 결국, 찾지 못했단다."

그래서 카호는 요시노를 쳐다보았다.

"그래서 아까 요시농을 보고 깜짝 놀란 거란다. 설마 요시노 양이 살아있을 뿐만 아니라, 이렇게 딸까지 됐다니……. 정말…… 기뻐."

그렇게 말한 카호는 또 눈시울을 붉히더니, 호주머니에서 손수건을 꺼내 눈물을 닦았다.

"아하하…… 미안해. 나이를 먹으면 이렇게 눈물이 많아진다니깐."

"스미다 씨……."

복잡한 표정을 짓고 있던 요시노는 잠시 고개를 숙인 후,

얼굴을 들며 입을 열었다.

"—고마워요. 어머니에 대해 가르쳐주셔서, 어머니를…… 기억해주셔서 정말 고마워요."

"아, 아냐. 고마워할 사람은 바로 나란다. 이곳을 찾아줘서 고마워. 덕분에 오랜 마음의 짐을 내려놓은 기분이구나."

카호는 밝은 표정으로 그렇게 말하며, 고개를 살짝 숙였다.

그러자 요시노 또한 마주 고개를 숙인 후, 약간 머뭇거리며 입을 열었다.

"그런데…… 저기, 죄송한데 마지막으로 부탁 하나만 드려도 될까요?"

"부탁? 뭐니?"

"내과병동의 302호실을 살펴보고 싶어요. 거기 사진을, 어머니에게 보여드리고 싶거든요."

302호실. 그 병실은— 과거에 요시노가 입원해있었던 바로 그 방이다.

"302호실……이구나. 지금은 아무도 없을 거야. 원래는 안 되지만…… 아무한테도 말하면 안 된다?"

카호는 그렇게 말하며 장난스럽게 윙크를 했다.

"아! 감사해요……!"

요시노는 고개를 꾸벅 숙였다. 시도와 나츠미도 뒤따라 고개를 숙였다.

"그럼 지금 바로 가자. 따라오렴."

카호는 다른 이들을 안내하려는 듯이 그렇게 말하며 응접실을 나섰다. 시도 일행도 그 뒤를 따르며 병원의 복도를 걸었다.

그리고 다른 병동으로 이동한 그들은 엘리베이터를 타고 목적지인 302호실에 도착했다.

"여기야. 자아, 들어가 보렴."

"……예."

카호가 그렇게 말하자, 요시노는 긴장한 표정으로 병실 안에 들어섰다.

그리고 방 중앙으로 향하더니, 내부를 둘러보았다. 시도와 나츠미도 그 뒤를 따르듯 안으로 들어갔다.

그 순간, 카호는 뭔가가 생각난 것처럼 「아」 하고 말했다.

"맞아. 깜빡했네. 요시에 양에게 건네줘야만 할 게 있어. 금방 가져올 테니까, 이 방을 둘러보며 기다려주겠니?"

"예? 아, 예—."

시도가 대답을 하며 뒤를 돌아보니, 카호는 이미 이 병실을 나섰다. 그리고 급한 걸음으로 어딘가를 향하는 소리가 점점 멀어져갔다.

건네줘야만 할 것이 무엇인지는 짐작도 안 되지만, 느긋하게 병실을 관찰할 수 있게 된 것은 다행일지도 모른다. 다시 앞쪽으로 고개를 돌린 시도는 이 방안을 둘러보았다.

새하얀 침대와 원형 의자, 그리고 선반에 조그마한 텔레비전이 놓여 있는 평범한 병실이었다. 하지만 커튼 틈새로 보이는 창밖에는 마을의 풍경과 함께 그 너머의 광대한 바다가 펼쳐져 있었다.

"여기가, 요시노의……."

"응. 그런 것 같아. 요시노는 어때? 뭔가—."

시도는 말을 끝까지 잇지 못했다.

"——."

요시노가 멍하니 눈을 뜬 채, 그 자리에 못 박힌 것처럼 서 있었기 때문이다.

—의식이 빙글빙글 돌고 있다. 기억이 소용돌이치고 있었다.

지금까지 무슨 말을 들어도, 무엇을 보아도, 실감이 나지 않았던 정보가 점점 형태를 지니기 시작했다. 요시노는 저릿저릿한 두통 탓에 그대로 무너지듯 주저앉을 뻔 했다.

하지만, 버텼다. 조금만 더, 조금만 더 버티면 뭔가가 생각날 것 같았다.

아아, 그렇다. 분명 자신은 과거에 이 방에 있었다. 이 조그마한 공간만이, 요시노의 성이었다. 저 창을 통해 보이는 경치만이, 요시노의 세계였다. 그리고—.

"……윽!"

—똑똑, 하고 노크 소리가 들렸다.

그것을 듣고 고개를 돌렸을 때, 요시노는 침대 위에 앉아 있었다.

아니, 그것만이 아니다. 요시노는 귀여운 잠옷을 입고 있었으며, 병실에서 시도와 나츠미가 사라졌다. 그리고 요시노의 왼손에는 『요시농』이 없었다.

하지만 불가사의하게도 위화감이 느껴지지 않았다. 그렇다. 오히려 이것이 정상이다. 지금은 그런 것보다, 노크 소리에 답해야 한다. 요시노는 오늘도, 이 방문을 쭉 고대하고 있었으니까—.

"—들어오세요~."

요시노가 그렇게 말하자, 병실의 문이 힘차게 열렸다.

"야호~! 요~시노~! 오늘도 잘 지냈니~? 이 엄마가 왔단다~!"

그리고 한 여성이 병실 안으로 들어오면서 힘찬 목소리로 그렇게 말했다.

머리카락을 대충 모아 묶고, 얼굴에 화장기가 없는 여성이었다. 현장작업용 작업복을 걸치고 있지만, 더웠는지 상반신만 벗었기에 안에 입은 탱크톱이 훤히 드러났다. 어깨에는 낡은 가방을 짊어지고 있으며, 한손에는 바이크용 헬멧을 쥐고 있었다.

병약한 요시노와는 정반대로 활발한 인상의 여성이지만—그녀가 바로 요시노의 어머니인 히메카와 나기사다.

"—엄마!"

요시노는 힘찬 목소리로 그렇게 외치더니, 읽고 있던 책을 덮으며 그녀를 돌아보았다.

"훗훗훗, 기다리게 했나 보네~."

나기사는 그렇게 말하며 침대 쪽으로 성큼성큼 걸어오더니, 그대로 요시노의 머리를 거칠게 쓰다듬어줬다.

"후후, 간지러워."

요시노가 그렇게 말하며 몸을 배배 꼬자, 나기사는 재미있다는 듯이 양손으로 요시노의 볼을 매만졌다.

"하도 늦어서, 오늘도 안 오는 줄 알았어."

"미안해. 현장 일이 좀 길어졌지 뭐야~."

나기사는 두 손바닥을 맞대더니 과장스럽게 사과했다.

하지만 곧 뭔가가 생각난 것처럼 눈을 반짝이며 말했다.

"사실 오늘은 요시노에게 줄 선물이 있답니다~."

"선물……?"

요시노가 눈을 동그랗게 뜨며 고개를 갸웃거리자, 나기사는 으흐흐…… 하고 웃음을 흘리면서 침대 옆에 있는 원형 의자에 걸터앉았다.

"그래. 지금까지 비밀로 해왔지만, 사실 이 엄마는 닌자의 후예란다."

"……그래?"

"어, 안 믿는 거지~? 잘 봐~. 하앗! 인법, 분신술!"

그리고 침대 밑에 둔 가방 안을 뒤적인 후, 손을 쑥 빼들었다.

"아—."

그것을 본 요시노는 눈을 동그랗게 떴다. 침대 밑에서 꺼낸 나기사의 손에는 귀여운 토끼 모양 퍼핏인형이 끼워져 있었던 것이다.

『안녕, 요시노. 너의 새 엄마야~.』

"어이, 벌써부터 기어오르는 거야~? 진짜 엄마는 나거든~?"

『뭐~? 무슨 소리를 하는 건지 모르겠네~. 토끼 귀도 없는 녀석이 말이야.』

"뭐~? 영장류를 얕보면 곤란해~."

나기사와 퍼핏 인형이 그런 식으로 대화를 나누자, 요시노는 눈을 반짝이며 쳐다보았다.

"대단해, 엄마. 어디서 난 거야?"

"헤헷~. 자투리 시간에 만든 거야. 어때? 잘 만들었지?"

"응, 엄청 귀여워. ……그런데, 왜 왼쪽 눈에 안대를 한 거야?"

"나이스 질문이야. 옛날에 숙적과 싸우다 부상을 입은 걸로 되어 있지만, 실은 구속구거든. 그 봉인이 풀리는 날, 세계를 집어삼키는 토끼가—."

"……실제로는?"

"……만드는 도중에 재료가 바닥났어."

요시노가 다시 묻자, 나기사는 식은땀을 흘리며 실토했다. 그런 나기사가 재미있는지, 요시노는 무심코 웃음을 터뜨렸다.

"저기, 내가 껴 봐도 돼?"

"응? 아, 물론이야. 크크큭, 하지만 잘 조종할 수 있으려나……?"

나기사는 자신만만한 웃음을 흘렸다. 요시노는 퍼핏인형을 왼손에 끼더니, 가능한 한 자신의 입을 움직이지 않으며 말을 해봤다.

『—얏하~! 수고했어, 또 하나의 나. 크크큭, 전부 계획대로야. 드디어 나는 새로운 몸을 손에 넣었어.』

"뭐…… 뭐라고?! 이 토끼 자식, 내 요시노를 어쩌려는 거야?!"

『뻔하잖아? 내 토끼 제국의 첨병으로 삼을 거야~!』

"크……, 그렇게는 안 돼! 받아라! 필살, 토끼 귀 조르기!"

『끄아~! 힘~이~안~나~.』

……이렇게 시시덕거리던 요시노와 나기사는 누가 먼저랄 것 없이 웃음을 터뜨렸다.

"후훗, 아하하하."

"이야~. 요시노는 나보다 잘하네~."

"그렇지 않아. 엄마 흉내를 냈을 뿐일걸. ……그런데 이 애는 이름이 뭐야?"

"응? 으음…… 그럼, 요시농으로 하자."

"뭐? 그럼 엄마가 아니라 내 분신 같잖아."

"괜찮아, 괜찮아~. 『나기상』보다 『요시농』이 더 귀여운걸."

그렇게 말한 나기사는 손을 내저으며 유쾌하게 웃었다. 요시노는 「그럼」 하고 말했다.

"다음에 내가 엄마를 위한 인형을 만들어줄게. ―내, 분신 말이야."

"뭐?"

"나는 엄마 분신과 같이 있는데, 엄마만 혼자인 건 좀 쓸쓸하잖아."

"휘유~! 정말이야? 이 엄마, 감격해서 눈물 날 것 같아. 아, 그럼 이름은 『요시농 주니어』로 부탁해."

"어, 나기상이 아니라?"

"그야 요시농이 내 분신인데, 나기상이 요시노의 분신이면 헷갈릴 거잖아. 그냥 확 토끼 퍼핏 인형을 요시농 시리즈로 구분하는 편이 요시노 천지라 행복 수치도 올라갈 거야."

"정말…… 엄마는 나를 참 좋아한다니깐."

"후하하! 이제야 눈치챈 거냐! 이 엄마는 요시노 알라뷰 인간이다아아앗!"

나기사는 쾌활하게 웃더니, 요시노의 머리를 쓰다듬어줬다.

"—아무튼, 면회를 못 오는 날에도, 나는 항상 요시노를 지켜보고 있을 거야."

"……응."

요시노는 토끼 퍼핏인형— 『요시농』을 꼭 끌어안으며 고개를 끄덕였다.

"사랑해…… 엄마."

"—시노, 요시노!"

"—아."

누군가가 자신의 어깨를 흔들고 있다는 것을 느낀 요시노는 퍼뜩 고개를 들었다.

주위를 둘러보니, 병실 안에 시도와 나츠미가 있었다.

그건 당연했다. 요시노는 방금 두 사람과 함께 이 병실에 왔으니까 말이다.

"아—."

그리고 이해했다. 방금 자신이 본 것이 바로 자신의— 히메카와 요시노의 기억이라는 사실을 말이다.

"생각……났어요……."

"……아! 정말이야? 요시노—."

요시노가 더듬더듬 그렇게 말하자, 시도는 깜짝 놀라며 그렇게 말했다.

하지만 그 후로 시도는 입을 다물더니, 당혹스러운 표정으로 요시노의 얼굴을 그저 응시하기만 했다.

하지만 그것도 무리는 아닐지도 모른다.

—요시노의 눈에서 폭포수처럼 흘러내리는 눈물을 봤을 테니 말이다.

"으, 아…… 아아, 아아아아아아아아아—."

요시노는 처절한 오열을 토하며, 침대에 엎드리듯 몸을 굽혔다. 그리고 조그마한 손으로 움켜쥔 시트 위에, 그녀의 눈물이 방울져서 떨어졌다.

병원 비품을 더럽혀선 안 된다는 생각을 하면서도, 눈물을, 울음을, 참을 수가 없었다.

지금까지 다른 사람의 기억처럼 바라봐왔던 정보가, 색깔을 띠기 시작했다.

눈에 보이지 않는 무언가에 막혀 있던 감정이, 쏟아져 나왔다.

—왜, 왜 지금까지 잊고 있었을까.

자신은, 이렇게 사랑받고 있었는데…….

나기사는, 이렇게 가까운 곳에 있었는데…….

요시노는 떨리는 손을 움직여, 왼손에 낀 토끼 모양 퍼펫인 형과 시선을 마주했다.

"미안해……. 나, 오랫동안 잊고 있었어……. 『요시농』은— 엄마는, 쭉, 나를 지켜보고 있었는데……."

그러자 『요시농』은 천천히 고개를 젓더니, 요시노의 머리를 가볍게 두드려줬다.

『—아냐. 괜찮아, 요시노. 요시노가 건강하면 그걸로 충분해.』

"——."

그, 목소리가, 머리를 쓰다듬어주는 손길이……. 나기사의 것처럼 느껴졌다.

요시노는 『요시농』을 꼭 끌어안더니, 잠시 동안 눈물을 흘렸다.

"요시노……."

"……응."

시도와 나츠미는 그렇게 중얼거렸지만, 더는 말을 잇지 못하며 묵묵히 요시노의 등을 쓰다듬어줬다.

그 따뜻한 감촉에서, 요시노는 불가사의한 힘과 믿음직함을 느꼈다.

—아아, 나는 행복해.

요시노는 눈물을 흘리며 그렇게 생각했다.

상냥한 어머니의 자식으로 태어나서, 많은 사랑을 받으며 자랐고— 지금은 이렇게 믿음직한 이들에게 둘러싸여 있다.

슬픔과 고통, 그리고 그에 못지않게 거대한 기쁨과 즐거움. 그런 것이 머릿속에서 뒤섞인 탓에, 요시노는 하염없이 울었다.

그러면서— 얼마나 시간이 흘렀을까.

겨우 마음이 진정된 요시노가 눈물을 닦고 있을 때, 아까 병실을 나섰던 카호가 돌아왔다.

"어머, 무슨 일이니?"

"……아! 저기, 실수로 넘어졌어요……. 죄송해요. 침대를 어지럽혔네요."

요시노는 몸을 일으키며 카호를 향해 돌아섰다. 그녀에게 요시노는, 요시노의 딸인 요시에인 것으로 되어 있다. 병실에 둘러보고 옛날 기억이 돌아왔다는 것을 밝힐 수는 없는 것이다.

"어머, 괜찮아? 다친 데는 없니? 침대는 내가 나중에 정리할 테니 걱정하지 마렴."

"죄송해요……. 그리고 감사해요."

고개를 숙인 요시노는— 눈을 동그랗게 떴다.

카호가 커다란 상자를 옆구리에 끼고 있다는 사실을 눈치챈 것이다.

요시노의 반응을 보고 카호도 그것을 눈치챈 것 같았다. 그녀는 요시노에게 다가가더니, 침대 위에 그 상자를 내려놓았다.

"맞아. 혹시 요시노 양이 돌아오면 돌려주려고 쭉 보관하고 있었단다."

그리고 그렇게 말하면서 상자의 뚜껑을 열었다.

"—아, 이건……!"

상자 안에 놓인 것을 본 요시노는 눈을 치켜떴다. 그리고 그것을 본 시도와 나츠미 또한 비슷한 표정을 지었다.

하지만 그것도 당연했다. 그것도 그럴 것이, 그 안에 든 것은 바로—『요시농』을 쏙 빼닮은 토끼 모양 퍼핏 인형이었던 것이다.

하지만 과거의 기억을 되찾은 요시노는 금세 눈치챘다. 저 인형의 정체를 말이다.

그렇다. 저것은—.

"요시농…… 주니어."

"요, 요시농—."

"주니어?!"

시도와 나츠미가 경악에 찬 목소리로 그렇게 외쳤다.

요시노는 고개를 끄덕인 후, 상자 안에 놓인 인형을 꺼냈다.

유심히 보니, 그 인형은『요시농』과 완전히 똑같지는 않았다.『요시농』처럼 안대를 하고 있지는 않았으며, 귀도 롭이어 토끼처럼 약간 처져 있었다.

틀림없다. 저것은 요시노가 나기사를 위해 만든 요시노의 분신,『요시농 주니어』다.

카호는 감회에 젖으며『주니어』의 머리를 쓰다듬어주더니, 작게 한숨을 내쉬었다.

"요시노 양이 어머니에게 선물하려고 만든 인형이란다. ……결국, 나기사 씨가 돌아가신 바람에 건네주지 못했지만 말이야. —요시에 양, 이라고 했지? 괜찮다면 이걸 요시노 양에게 전해주겠니?"

"……예, 꼭 전할게요."

요시노는 고개를 끄덕이더니, 『주니어』를 오른손에 꼈다.

그리고 『요시농』과 『주니어』를 마주보게 하더니, 오른손의 손가락을 움직여서 『주니어』를 조작하며 말했다.

『……오래간만이야, 요시농. 쭉 만나고 싶었어.』

그러자, 그 말에 답하듯—.

『—응, 요시농도 보고 싶었어!』

『요시농』이 『주니어』를 꼭 끌어안았다.

◇

그 후, 시도 일행은 『주니어』를 가방 안에 정성스럽게 넣은 후, 병원 로비로 향했다.

"정말 여러모로 감사했어요."

요시노는 송구하다는 듯이 그렇게 말하며 카호를 향해 깊이 고개를 숙였다. 그녀의 눈은 아직 빨갰지만, 눈물은 멎은 것 같았다.

"아, 신경 쓰지 마렴. 나도 너를 만나서 정말 기뻤단다. 다음에는 요시노 양을 꼭 만나고 싶네. 내가 찾아갈 테니까, 요시노 양의 몸이 괜찮은 날이 있다면 알려주렴."

"아하하…… 예."

요시노는 카호의 말을 듣고 애매하게 웃으며 그렇게 답했다. 아까 카호와 연락처를 교환한 것 같지만, 성장한 요시노의 모습을 준비할 수 없는 이상, 면회는 어려울 것 같았다.

……리얼라이저를 이용하면 어떻게든 될까. 나중에 코토리에게 물어봐야겠다.

"정말 신세 많이 졌습니다. —그럼 이만 가볼게요."

"그래. 또 봐."

시도 일행은 카호에게 인사를 한 후, 병원을 나섰다.

올 때는 몰랐지만, 기나긴 언덕 위에 위치한 이 병원에서는 언덕 아래에 펼쳐진 마을과 수평선을 한 눈에 볼 수 있었다. 시도는 햇살을 받아 반짝이고 있는 해수면을 바라보며 기지개를 켰다.

"—잘 됐네, 요시노. 어머니를 떠올렸잖아."

"……예."

요시노는 약간 멋쩍은 듯이 그렇게 말하며 미소 지었다. 그 뒤를 이어 『요시농』이 과장스럽게 팔짱을 꼈다.

『이야~, 왠지 개운한걸~. 주니어와도 다시 만났으니까, 요시농도 약간 그레이드업? 된 것 같다고나 할까?』

그렇게 말한 요시농은 쉭쉭~ 하는 소리를 내며 섀도복싱을 하기 시작했다.

『요시농』은 요시노의 마음을 지키기 위해, 요시노의 마음속에 태어난 또 다른 인격이라고 지금까지 여겨졌다. 분명 요시노는 무의식적으로 자신의 어머니인 나기사를 모델로 인격을 형성한 것이리라. 이번에 요시노가 기억을 되찾으면서, 『요시농』에게도 변화가 발생한 것일지도 모른다.

아니, 그런 생각을 할 필요는 없으려나. 『요시농』은 나기사의 분신이며, 지금까지 쭉 요시노를 지켜왔다. 그렇게 생각하는 편이— 더 멋진 듯한 느낌이 들었다.

"—그리고, 또 생각난 게 있어요."

버스정류장이 있는 언덕 아래편을 향해 걸어가던 도중…….

요시노가 불쑥 그렇게 말했다.

"생각났다고? 뭐가 말이야?"

"—제 앞에 〈팬텀〉이 나타났을 때의 일 말이에요."

"…………윽!"

요시노가 그렇게 말하자, 시도의 눈썹이 희미하게 흔들렸다.

〈팬텀〉. 그것은 시원의 정령인 미오가 자신의 정체를 숨기고 있을 때의 식별명이다.

인간에게 세피라를 줘서 정령으로 만드는 존재. 당시의 일을 기억하지 못하는 이도 있지만, 원래 정령이었던 존재들은 전원이 그녀와 만난 적이 있을 것이다.

"엄마가 면회를 오지 않게 된 후, 저는 너무 쓸쓸해서 항상 울기만 했어요. 그 탓인지 병이 더 악화됐죠. 그러던 어느 날 밤, 숨도 못 쉴 정도로 가슴이 아팠는데—.

바로 그때, 제 앞에 〈팬텀〉이 나타났어요."

요시노는 가늘게 숨을 내쉬면서 고개를 살며시 숙였다.

"……미오 씨는 신지 씨를 영원한 존재로 만들기 위해, 저희를 정령으로 만들었다고 들었어요. 하지만— 그때 미오 씨와 만나지 못했다면, 저는 아마 죽었을 거예요."

그렇게 말한 요시노는 고개를 들며 말을 이었다.

“정령이 되고, 힘든 일도 많이 겪었어요. 슬픈 일도 잔뜩 겪었어요. 하지만— 그것들보다 즐거운 일과 기쁜 일이 훨씬 많았어요. —저는, 이런 생각이 들어요. 미오 씨는 저의 목숨을 자기 목적을 통해 이용할 생각이었지만, 그 대신에 저에게 살아갈 시간을 준 걸지도 모른다고요.”

“그건…….”

시도는 말문이 막혔다. 그러자 요시노는 후훗 하고 웃음을 흘렸다.

“저는 미오 씨에 대해 잘 모르니, 그게 사실인지는 알 수 없어요. —하지만 제가 잘 아는 레이네 씨라면, 그렇게 생각했을지도 모른다는 느낌이 들어요.”

“…………, 그래. 그럴지도 몰라.”

요시노가 그렇게 말하자, 시도는 고개를 끄덕이며 그렇게 답했다.

진실은 알 수 엇지만, 레이네라면— 그럴지도 모른다는 생각이 든 것이다.

“맞아요— 깜빡했네요.”

바로 그때였다. 요시노가 다른 이들보다 앞서서 언덕을 내려가더니, 시도와 나츠미를 막아서듯 뒤돌아섰다.

“요시농…… 잠시만, 괜찮지?”

『응, 물론이야.』

요시노가 그렇게 말하자, 『요시농』은 힘차게 고개를 끄덕였다. 마치 요시노가 뭘 하려는 건지 알고 있는 것처럼 말이다.

그러자 요시노는 자신의 왼손에서 『요시농』을 뺀 후, 그 몸을 두 손으로 들었다.

“다시 소개할게. —엄마.”

그리고 『요시농』을 나츠미를 향해 내밀었다.

“이 사람은 나츠미 씨. 나의— 소중한 친구야.”

“어엇?!”

나츠미는 이 갑작스러운 사태에 깜짝 놀란 것처럼 몸을 부르르 떨었다. 하지만 입을 다물고 있는 것도 무례하다고 생각한 건지, 볼을 새빨갛게 붉히면서도 『요시농』을 향해 고개를 숙였다.

“……아, 안녕하세요. 나츠미라고 해요.”

물론 요시노가 벗은 『요시농』이 그 말에 답할 리는 없지만— 그것은 요시노도 알고 있을 것이다.

아아, 그렇다. 시도는 이곳에 오기 전, 요시노가 했던 말을 떠올렸다.

요시노는, 어머니에게— 어머니의 분신에게, 친구를 소개하고 싶었던 것이다.

제대로— 자신만의, 말로 말이다.

그 뒤를 이어, 요시노는 시도를 향해 고개를 돌렸다. 시도도 다시 소개하려는 것이다. 시도는 헛기침을 하며 자세를 바로 했다.

하지만 요시노는 약간 장난스러운 미소를 지으며 이렇게 말했다.

"이 사람은 시도 씨. 나의— 소중한 사람이야."

"뭐……?!"

그 뜻밖의 말에, 시도는 당황했다. 그러자 요시노는 난처한 표정을 지으며 말을 이었다.

"하지만, 내가 용기를 내서 고백을 했는데도 아직 대답을 해주지 않았어."

"어, 요, 요시노? 그건 말이야……."

시도는 그 연이은 공격에 말끝을 흐렸다.

확실히 1년 전, 시도는 요시노에게 고백을 받았다.

하지만 그것은 토카가 사라지던 순간의 일이며— 결국 그대로 흐지부지되고 말았다. 설마 이 타이밍에 그 이야기를 꺼낼 줄은 생각도 못했다.

시도가 허둥대자, 요시노는 재미있다는 듯이 웃음을 흘렸다.

"후후. 괜찮아요, 시도 씨. 심술을 조금 부려봤을 뿐이에요. —그건, 토카 씨가 본심을 밝혀줬으면 해서 했던 말이니까요."

"요시노……."

"하지만 제가 어른이 된다면, 그때는—."

"뭐—?"

시도가 되묻자, 요시노는 대답 대신 후훗 하고 웃기만 했다. 그리고 『요시농』을 왼손에 다시 착용했다.

그러자 『요시농』이 물에 젖은 동물처럼 온몸을 부르르 털었다.

『푸하~! 요시농 부~활~! 어떻게 됐어? 요시노~.』

"후후— 비밀이야."

요시노는 미소를 지으며 검지를 입술에 댔다. 『요시농』이 『뭐어~? 가~르~쳐~줘~』 하고 말하며 요시노의 볼을 두드려 댔다.

그런 와중에, 얼굴이 새빨개진 채로 눈을 가리고 있던(하지만 손가락 사이로 다 보고 있었다) 나츠미가 쥐어짜낸 듯한 목소리로 말했다.

"요, 요시노…… 어느새 이렇게 어른스러워졌구나……."

"그, 그러게……."

시도도 그 말에 동의한다는 듯이 신음에 가까운 목소리로 그렇게 말했다. 설마 그 순진무구하던 요시노가 이렇게 자신을 농락할 거라고는 생각도 못했던 것이다.

……그것도 『요시농』을 벗었기 때문일까. 자식이 부모를 졸업하는 순간을 목격한 듯한 느낌이 든 시도는 왠지 감개무량했다.

하지만 어찌 보면 당연했다. 마지막 싸움이 끝난 후로 벌써 1년가량 흐른 것이다. 사람은 성장하는 법이다. 요시노 나이대의 여자애라면 더욱 그러하리라.

"…………."

시도는 무심코 입을 다물었다. —과연 자신은 1년 전보다 얼마나 앞으로 나아간 것일까.

(—그건, 토카 씨가 본심을 밝혀줬으면 해서 했던 말이니까요)

요시노가 아까 했던 말이 시도의 가슴을 찔렀다.

확실히 요시노는 성장했을 것이다. 하지만, 그것은 어제오늘 일이 아니다. 1년 전의 그 순간에도, 요시노는 시도보다 훨씬 어엿했다. 토카가 사라진다는 것을 알면서도, 토카와 다른 이들이 슬퍼하지 않도록 본심을 말하지 못하던 시도보다, 훨씬 말이다.

—생각해보면 시도는 이 1년 동안 토카가 사라졌다는 것을 마음에 담아두고 있으면서도, 토카에 관한 정보에서는 일부러 눈을 돌렸다. 분명 머리로는 이해하고 있으면서도, 토카가 존재하지 않는다는 사실과 마주하는 게 무서웠던 것이다.

……정말 한심한 이야기다. 요시노의 용기와 성장을 느끼고서야, 그것을 자각했으니 말이다.

"—시도 씨."

요시노가 자신을 불쑥 부르자, 시도는 어깨를 부르르 떨었다.

"요, 요시노, 왜 그래?"

"오늘 정말 고마웠어요. —시도 씨와 나츠미 씨 덕분에 엄마와 재회할 수 있었어요."

요시노는 그렇게 말하며 고개를 숙였다.

"……아냐. ……고맙다는 말을 해야 할 사람은 바로 나야."

"예?"

요시노는 의아하다는 듯한 표정을 지었다.

딱히 무슨 말을 들은 것은 아니다. 하지만 요시노의 오늘 행동은— 머뭇거리고 있던 시도의 등을 밀어주기에 충분하고도 남았다.

물론, 느닷없이 뭔가를 해낼 수 있을 거라고 생각하는 건 아니다.

하지만— 우선, 좀 더 『아는 것』부터 시작하자.

토카에 대해, 공간진에 대해, 정령에 대해…….

—아는 것을 통해, 앞으로 나아갈 가능성이 생길 것이다.

"시도…… 씨?"

"……아까부터 뭐하는 거야?"

요시노와 나츠미가 고개를 갸웃거리며 그렇게 말했다. 그러자 시도는 「아무 것도 아냐」 하고 말하며 고개를 저은 후, 바다를 둘러보려는 듯이 고개를 들었다.

"—언덕 중간에 공원이 있었지? 좀 늦었지만, 점심 먹자. 모처럼 외출하는 거라, 도시락을 싸왔어."

시도가 마음의 짐을 내려놓은 듯한 표정으로 그렇게 말하자, 서로의 얼굴을 바라본 요시노와 나츠미가 미소를 머금었다.

◇

3월. 겨울의 한기가 잦아들고, 봄의 숨결이 느껴지기 시작할 즈음.

요시노는 같은 맨션에 살고 있는 나츠미를 찾아갔다.

참고로 나츠미의 방은 요시노의 방 바로 옆에 있었다. 원래 타인과 가능하면 얽히기 싫다면서 최상층의 가장 구석방을 골랐던 나츠미는 1년 전의 싸움이 끝난 후로 심경에 변화가 생긴 건지 이 방으로 이사했다.

초인종을 누른 직후에 급한 발소리가 들려오더니, 곧 문이 활짝 열렸다. 그리고 실내복을 대충 걸치고, 머리카락을 아무렇게나 묶은 나츠미가 얼굴을 내밀었다.

"어, 어서와……."

"나츠미 씨……. 이렇게 서두르지 않아도 돼요."

요시노가 쓴웃음을 지으며 그렇게 말하자, 나츠미는 약간 거칠어진 숨을 가다듬으면서 고개를 저었다.

"아냐. 나 같은 게 요시노를 기다리게 할 수는 없는걸……. 그리고 일부러 올 필요 없어. 미리 말해줬으면 내가 찾아갔을 텐데……."

"그런 소리 마세요. 이웃이니까, 좀 더 편하게 서로를 대하도록 해요."

"이, 이웃……."

요시노가 그렇게 말하자, 나츠미는 멋쩍은 듯이 볼을 붉혔다.

하지만 곧 화들짝 놀란 표정을 지으며 요시노를 안으로 들였다.

"아, 복도에 세워둬서 미안해. 괜찮다면 들어와."

"예, 실례할게요."

고개를 살며시 숙인 요시노는 신발을 가지런히 벗어둔 후, 나츠미의 방에 들어갔다.

그러자 나츠미는 재빨리 부엌으로 가더니, 차를 준비하기 시작했다.

"으음…… 홍차, 괜찮아?"

"예. 감사해요."

"아냐, 나야말로 대접하게 되어서 영광……."

나츠미가 무슨 말을 했지만, 뒷부분은 목소리가 너무 작아서 들리지 않았다.

요시노가 거실의 소파에 앉아서 기다리자, 곧 나츠미가 차와 과자를 가지고 왔다.

요시노가 또 인사를 하자, 나츠미는 황송하다는 듯이 몸을 움츠리며 그녀의 맞은편에 앉았다.

"……그런데, 오늘은 무슨 일이야?"

"아— 맞아요. 나츠미 씨, 다음 휴일에 혹시 시간 있나요?"

"없어도 만들겠사옵니다."

나츠미가 주저 없이 그렇게 답하자, 요시노는 무심코 쓴웃음을 흘렸다.

"그런데, 무슨 일이야?"

"아, 그게 실은 말이죠. 스미다 씨가 문자 메시지로 엄마의 무덤이 어디 있는지 가르쳐줬어요. 그래서 다음 휴일에 가볼까 해서요. 『주니어』도 만나게 해주고 싶거든요. 그리고……가능하면, 나츠미 씨도 같이 가주셨으면 해요."

『뭐~, 남의 성묘에 같이 가봤자 따분할 테니까, 강요는 안 할게~.』

『요시농』이 아하하, 하고 웃으며 그렇게 말했다. 그러자 나츠미는 당치도 않다는 듯이 고개를 세차게 저었다.

"물론 갈 거야. 왜냐하면 나는, 요시노의, 치, 치치…… 친……."

나츠미는 김이 날 것만 같을 정도로 얼굴을 붉히더니, 쥐어짜낸 듯한 목소리로 말했다.

"……친구, 인걸……."

"……! 예!"

요시노가 환하게 웃으며 그렇게 답한 순간, 나츠미의 머리에서 펑! 하는 소리와 함께 연기가 피어올랐다.

"그럼 잘 부탁드릴게요. 장소는 예의 그 마을 근처인 만큼, 꽤 멀지만……."

"물론 괜찮아. ……참, 그런데 시도한테는 이미 말했어?"

"아뇨, 아직 말하지 않았어요……."

요시노가 그렇게 말하자, 나츠미는 손가락 하나를 세우며 입을 열었다.

"그 녀석, 휴일에는 꽤 바쁘니까 미리 말해두는 편이 좋을 거야. 그러고 보니 오늘은 어제 만든 반찬을 가지고 쿠루미의 집에 갈 거라고 했어."

"그, 그렇군요……. 그럼 미리 메시지만이라도……."

요시노는 호주머니에서 스마트폰을 꺼내더니, 시도에게 메시지를 보내기 위해 화면을 터치했다.

하지만— 바로 그 순간…….

—위이이이이이이이이이이이이이이이이이이이이이이이이잉——.

그런 불온한 경보가, 공기를 뒤흔들었다.

"어……?!"

"고, 공간진 경보……?!"

요시노와 나츠미는 숨을 삼키더니, 경악에 찬 표정으로 서로를 바라보았다.

"왜, 왜 경보가……? 정령은 이제 존재하지 않는 거 아니었어?"

"모르겠어요……. 하지만, 아무튼, 지금은……."

요시노가 주먹을 말아 쥐며 그렇게 말하자, 나츠미는 그 의도를 눈치챈 것처럼 힘차게 고개를 끄덕였다.

두 사람은 재빨리 방을 나서더니, 상황을 파악하기 위해 〈프락시너스〉로 향했다.

제5장 이츠카 코토리

나와 시도는, 그가 우리 집에 양자로 왔을 때 처음 만났을 거라고 생각한다.

물론 당시에 어린애였던 나는 그때 일이 기억에 남아 있지 않았다.

실제로 한동안은 시도가 내 친오빠가 아니라는 것을 알지도 못한 채 지냈다. 내가 사랑하는, 상냥한 오빠. 당시에는 그걸로 됐다고 생각했다.

—내 세계가 달라진 것은 지금으로부터 6년 전…….

〈팬텀〉에 의해 정령이 되었을 때다.

지금 생각해보면, 나는 시도에게 〈카마엘〉의 가호를 주기 위해 선택된 거야. 정말 너무하다니깐. 게다가 내가 불평을 늘어놓기도 전에 사라져 버렸잖아. 정말 제멋대로에— 어쩔 수 없는 사람이야.

아무튼, 나는 정령이 됐다. 그와 동시에 〈라타토스크〉에 속하게 된 나는 정령출현의 그 날에 대비해 사령관이 됐다.

시도에게 구원된 나는, 시도를 구원하기 위한 준비에 착수했다.

—그야, 나는 오빠의 동생인걸.

나는 그것을 기쁘게 여겼고, 또한 긍지로 여겼다.

실제로 정령들 중에서도 그 누구보다 시도와 오랜 시간을 함께 보냈으며, 누구보다도 그에 대해 잘 알고 있다.

하지만, 문뜩 이런 생각이 들 때가 있다.

여동생이란 점은 긍지임과 동시에— 저주 같은 것이다.

누구보다 가깝지만, 지나치게 가까웠다.

분명 시도가 사랑에 빠진다면, 나는 그 대상이 되지 못할 것이다.

만약. —만약. 시도가 우리 집이 아니라 다른 집의 양자가 되었다면…….

우리는, 다른 형태로 만나게 되었을까?

◇

—두근, 두근, 하는 고동 소리가 시끄럽게 느껴질 만큼 크게 들렸다.

마치 갈비뼈를 부수고 튀어나올 것만 같을 정도로, 심장이 미친 듯이 뛰고 있었다.

그런 심장의 박동은 공포나 전율 같은 감정에서 비롯되었으리라. 실제로 시도의 눈앞에 선 정체불명의 소녀에게서 뿜어져 나오는 무시무시한 압력이, 시도의 피부에 자극을 가하고 있음은 관측기를 통하지 않아도 알 수 있었다.

"……윽."

원시적인 공포. 죽음의 직감. 생물로서의 압도적인 격의 차이를 느낀 본능이 호소하고 있었다. 지금 바로 도망쳐라. 눈앞에 있는 건, 절대적인 포식자다—.

하지만, 시도는 도망치지 않았다.

다리가 풀려서 움직이지 못하는 걸지도 모르지만, 그 이상으로— 이 소녀에게서 눈을 뗄 수가 없었다.

—이 감각은 뭘까.

심장이 미친 듯이 뛰고 있는 가운데, 시도는 기묘한 데자뷔를 느끼고 있었다. 미지의 존재. 알 리가 없는 소녀. 하지만, 어째서일까. 시도는 이 소녀를, 어딘가에서 본 적이 있는 듯한 느낌에 사로잡혔다.

"……으, 아—."

그런 교착상태를 깬 이는 바로 소녀였다. 낮게 으르렁거리는 듯한 소리를 내며, 『손톱』에 감싸인 팔을 천천히 치켜들었다.

"……윽, —."

그 소녀의 의도를 눈치챈 시도는 숨을 삼키면서, 바닥을 구르듯 그 자리를 벗어났다.

소녀가 손을 휘두른 순간, 휘잉 하며 바람이 찢겨나가는 소리가 사방에 울려 퍼졌다.

—바로 그 순간…….

주위의 경치가, **어긋났다**.

"어——."

눈앞에서 벌어진 일의 의미를 이해하지 못한 시도는 얼이 나간 듯한 목소리를 냈다.

하지만 그는 곧 이해했다. 시도의 눈앞에 있던 길과 집, 가로수, 차 같은 것이— 마치 두부를 자르듯 매끄럽게 절단되더니, 묵직한 소리를 내며 무너진 것이다.

게다가 그 현상은 소녀의 눈앞에서만 벌어진 것이 아니었다. 붕괴의 소리는 점점 먼 곳으로 퍼져나갔다. 그 뒤를 이어 차례차례 흙먼지가 피어올랐다.

"아니……."

시도는 숨을 삼켰다. 저 소녀가 『손톱』을 휘두른 방향에 있는 마을이, 몇 킬로미터 떨어진 곳까지 전부 절단된 것이다.

만약 시도가 몇 초만 늦게 몸을 피했다면, 그도 저 마을과 마찬가지로 매끄러운 단면을 드러냈을 것이 틀림없다.

"아, 아, 아—."

소녀는 다시 팔을 치켜들더니, 두 번, 세 번, 『손톱』을 휘둘렀다.

그때마다 소녀의 시선의 연장선에 있던 마을이, 경치가, 깨끗하게 절단됐다.

"마, 말도 안 돼……!"

〈카마엘〉의 가호가 없는 현재의 시도는 제아무리 가벼운 일격에도 치명상을 입고 만다. 시도는 자세를 낮추며 바닥을 기듯 그 자리를 벗어났다.

하지만 저 소녀와 거리를 벌리는 것이 의미가 있을 거라는 생각이 들지 않았다. 소녀가 『손톱』을 휘두를 때마다, 그 연장선상에 있는 경치가 전부 와해되고 마는 것이다. 중요한 것은 소녀의 시선이 향하는 곳에 서있지 않는 것이다. 필연적으로 시도는 소녀의 주위를 돌듯 이동했다.

"—아아, 아, 아아……!"

몇 번에 걸쳐 공격을 펼친 후, 소녀는 하늘을 올려다보며 손을 치켜들었다.

그러자 거대한 『손톱』이 사라지더니, 소녀의 주위에 떠있던 열 자루의 검 중 하나가 그것을 대신하듯 소녀의 손아귀에 쏙 들어갔다.

왼쪽에서 다섯 번째 검이다. 도끼처럼 중후한 칼날을 자랑하는, 불꽃을 연상케 하는 대검이었다.

"아아아아아아아아아아아아앗—!!"

소녀는 짐승처럼 포효를 지르더니, 그 검을 지면에 찔러 넣었다.

"우왓……?!"

시도는 무심코 비명에 가까운 목소리를 내며 몸을 웅크렸다.

소녀를 중심으로 대지에 금이 퍼져나가더니— 거기서 화산처럼 불꽃이 뿜어져 나왔다.

“이, 이건—.”

순식간에 이 일대는 불꽃 지옥으로 변모했다. 시도는 다행히 불꽃에 휘말리지 않았지만, 주위에 흩뿌려진 열기를 폐부에 들이마신 바람에 격렬한 기침을 토했다.

하지만 그것으로 끝이 아니었다. 소녀는 다음으로 여덟 번째— 소용돌이를 연상케 하는 형태를 한 검을 쥐더니, 그대로 아무렇게 휘둘렀다.

그러자 소녀를 기점으로 엄청난 바람이 발생하더니, 주위를 가득 채운 불꽃을 휘감으며 하늘로 뻗어나갔다.

“으앗……!”

그리고 인간인 시도에게 그 폭거에 저항할 방법이 있을 리가 없었다. 허무하게 튕겨져 나간 시도는 무시무시한 업화에 그을리며 하늘로 날려갔다.

—세탁기에 내던져진 봉제 인형의 심정이 이러할까. 눈앞이 미친 듯이 뒤흔들리고 있는 가운데, 그런 어이없는 생각이 시도의 뇌리를 스쳤다. 몸을 자유롭게 가눌 수가 없었다. 숨을 쉴 수가 없었다. 그저 온몸을 휘감은 압박감과 불꽃의 열기가 뇌에 선명하게 새겨졌다.

하지만 그런 상태도 오래 지속되지는 않았다. 하늘로 그대로 내던져진 시도는 몸이 붕 뜨는 듯한 기묘한 느낌을 몇 초 동안 맛본 후, 지면에 내동댕이쳐졌다.

“커……억…….”

부자연스러운 자세로 내던져진 탓에 낙법을 하지도 못했다.

눈앞이 깜빡거렸다. 이제는 몸의 어디가 아픈지도 알 수가 없었다.

아직 의식을 유지하고 있어 다행인 걸까. 아니면 어마어마한 불행인 걸까. 한순간 그런 생각이 머릿속을 스쳤지만— 시도는 전자라고 판단했다.

확실히 자기 자신은 만신창이다. 절체절명이라 해도 과언이 아니다. 하지만 시도는 아직 의식을 잃지 않았다. 아직 생각을 할 수 있다. 그렇다면, 아직 멀었다. 포기하기에는 아직 이르다—.

하지만 그런 시도의 희망을 철저하게 짓밟으려는 듯이, 완만한 발소리가 들려왔다.

소녀는 지면에 쓰러져 있는 시도를 향해 걸어오고 있었다.

"아——."

가녀린 목소리가, 목에서 흘러나왔다.

밤으로 변한 하늘을 배경 삼으며, 정체불명의 소녀가 서있다.

시도는 자신의 머릿속을 지배하고 있는 불가사의한 감회 때문에 당혹스러워했다.

지금 자신에게 중상을 입힌 이 괴물을 보면서, 시도는 공포나 절망보다 먼저—.

—그녀를, 아름답다고 생각한 것이다.

"아아, 아……."

소녀는 그런 시도의 생각을 끊으려는 듯이, 공중에 떠있는 검의 칼자루를 움켜쥐었다. —열 번째. 가장 거대하고, 가장 흉흉한 위압감을 지닌 대검을 말이다.

"——."

소녀가 그 대검을 치켜드는 광경을, 시도는 불가사의한 감각을 느끼며 지켜보았다.

마치, 한순간에 불과한 시간이 늘어나며, 세계 자체가 슬로 모션으로 흐르는 듯한 느낌이었다. —아아, 이 감각은 전에도 느껴본 적이 있다. 죽음을 직감한 뇌가, 지금까지의 경험을 통해 생존의 길을 모색하기 위해 기억을 살피고 있는 것이다.

하지만, 지금의 시도에게는 그것이 아무런 도움도 되지 않았다. 예전에 시도가 사지를 벗어날 수 있었던 것은 자신의 몸에 깃든 정령의 힘 덕분이었다. 그 힘이 없는 이상, 이 현상은 그저 주마등에 지나지 않는다.

하지만, 그것도 결코 나쁘지 않다. 의식이 어렴풋한 가운데, 시도는 생각했다. 죽음이 코앞까지 밀려왔다고는 해도, 그녀들의 얼굴을 떠올릴 수 있는 것이다. 시도의 뇌리에는 다양한 정경이 떠올랐다 사라졌다. —코토리와 가족이 됐을 때. 오리가미와 만났을 때. 쿠루미에게 죽을 뻔 했을 때. 그리고— 잊을 수 없는 그 소녀와, 처음으로 만났을 때…….

"……, —토, 카—."

그것을 떠올린 순간, 시도는 반쯤 무의식적으로 그 이름을 입에 담았다.

바람소리에 묻혀 사라질 듯한, 조그마한 목소리.

그 누구도 듣지 못할, 가냘픈 독백.

하지만—.

"——, 으—, 아, 아—."

어째서일까. 그 순간, 검을 치켜든 소녀가 표정을 바꾸며 몸을 비튼 듯한 느낌이 들었다.

"…………어?"

시간이 천천히 흐르는 듯한 감각 속에서, 시도는 차분한 마음으로 그 광경을 응시했다.

무슨 일이 일어난 것인지 알 수가 없었다. 이 상황에서 절대적인 강자인 저 소녀가, 왜 머뭇거리는 건지 이해할 수가 없었다.

"너, 는……."

—바로 그때였다.

"…………읏?!"

다음 순간, 시도는 말을 이으려던 도중에 무심코 눈을 치켜떴다.

시도의 온몸이 붕 떠오르는 듯한 느낌에 휩싸이더니, 그의 눈앞에 펼쳐진 광경이 순식간에 바뀐 것이다.

시도는 한순간 자신이 천국에 가는 거라고 생각했지만— 그렇지 않았다.

눈앞에 펼쳐진 것은 구름으로 된 대지나 무지개다리가 아니라, 직선으로 구성된 배의 내부 장식이었다.

"—시도! 괜찮아?! 시도!"

"아……."

머릿속에 울려 퍼지는 듯한 그 목소리가 들리자, 시도는 작게 신음을 흘렸다.

시도는 어질어질한 머리를 누르며, 그 목소리의 주인을 쳐다보았다.

"코, 토리……."

그렇다. 그 사람은 바로 검은색 리본으로 머리카락을 묶은 코토리, 바로 그의 여동생이었다.

그리고 시도는 이해했다. 정체불명의 소녀에게 살해당할 뻔했던 자신은 〈프락시너스〉의 전송장치에 의해 간발의 차이로 회수됐다는 것을 말이다.

"—시도."

"우와~. 완전 박살이 났네, 소년."

그런 목소리가 들리더니, 코토리의 뒤를 이어 아는 이들의 얼굴이 시도의 눈에 들어왔다. —**오리가미와 니아**가, 걱정스러운 표정으로 시도를 내려다보고 있었다.

아니, 두 사람만이 아니다. 뒤편에는 다른 소녀들도 있었다. 아무래도 그녀들 또한 〈프락시너스〉에 회수된 것 같았다.

"아, 응……. 미안해. 덕분에 살았어, 코토리."

시도가 가라앉은 목소리로 그렇게 말하자, 코토리는 안도한 것처럼 한숨을 내쉬었다.

"……하아, 수명이 주는 줄 알았어. 무리 좀 하지 마……!"

유심히 보니 코토리의 얼굴은 창백했으며, 이마에는 구슬 같은 땀방울이 맺혀 있었다. 아무래도 시도를 진심으로 걱정한 것 같았다.

"……미안해. 하지만 이렇게 빨리 공간진이 일어날 줄은 몰랐어……."

"—그 점에 대해서는 면목이 없어요."

시도의 말에 답하듯 그렇게 말한 이는 함장석 옆에 서있는 마리아였다. 그녀는 평소와 달리 굳은 표정으로 시도 쪽을 쳐다보고 있었다.

"공간의 흔들림을 통해 추정한 공간진 발생 예측 시각은 분명 10분 후였어요. —하지만 실제로는 예측보다 빨리 공간진이 일어났죠. 마치, 억지로 공간의 벽을 찢어발긴 것처럼 말이에요."

"……윽."

그것은 시도가 현장에서 느꼈던 감각과 일맥상통하는 분석이었다. 시도는 미간을 찌푸리며 함교의 메인 모니터를 응시했다.

그곳에는 여전히 맹위를 떨치고 있는 소녀의 모습이 비치고 있었다. 이제는 시도가 있든 없든 상관없다는 듯이, 그저 무턱대고 파괴를 자행하고 있었다. 그녀를 중심으로, 텐구 시의 마을 전체가 점점 폐허로 변하고 있었다.

그녀는 무질서하게 날뛰고 있는 짐승 그 자체였다. 명확한 목적도 없고, 의지도 없이, 그저 자신의 존재를 이 세상에 알리려 하는 포악한 왕 그 자체였다.

"…………."

하지만— 그 모습을 본 시도는 무심코 숨을 삼켰다.

어째서일까. 그 모습이, 저 울부짖음이…….

—너무나도, 안타까워 보인 것이다.

"아무튼……."

시도가 메인 모니터를 응시하고 있을 때, 코토리는 마음을 다잡으려는 듯이 입을 열었다.

"시도는 우선 치료를 받도록 해. —카와고에, 나카츠가와! 시도를 의무실로 데려가!"

"""예!"""

코토리의 지시에 따라, 〈프락시너스〉의 승무원인 〈빨리도 찾아온 권태기(배드 매리지)〉 카와고에와 〈차원을 넘나드는 자(디멘션 브레이커)〉 나카츠가와가 들것을 준비하기 시작했다. 시도는 그 모습을 보더니, 몸을 일으키려 했다.

"뭐? 아, 그렇게까지 안 해도 되는데—."

"…………."

시도가 그렇게 말하자, 코토리가 시도의 몸을 손가락으로 가볍게 두드렸다. 그 순간, 엄청난 고통이 시도의 온몸을 덮쳤다.

"으……, 큭……?!"

"……말했지? 지금 너한테는 〈카마엘〉의 가호가 없어. 그러니 상처를 내버려둬도 낫지 않아. ……방치해뒀다간 진짜로 죽을 거란 말이야!"

코토리는 날카로운 시선으로 시도를 바라보며 그렇게 말했다. 시도는 자신의 인식이 물렀다는 사실을 자각하고, 사과하듯 대답했다.

"으, 응…… 미안해……."

"자아, 시도 군. 이쪽으로 오세요."

카와고에와 나카츠가와가 들것을 펼치더니, 시도를 향해 그렇게 말했다. 시도는 두 사람에게 부축을 받으며 들것에 몸을 뉘였다.

그 모습을 곁눈질한 코토리는 마리아에게 말했다.

"—한시라도 빨리 대책을 세워야 해. 마리아, 저 정체불명의 존재에 관한 정보를 조금이라도 모아줘."

"예."

마리아는 경례를 하며 짤막하게 답했다. 그리고 그 말을 들은 다른 소녀들도 입을 열었다.

"코토리. 우리도 돕고 싶어."

"음. 무쿠들도 원래는 정령이었던 만큼, 도움이 될 일이 있을지도 모르니라."

오리가미와 무쿠로가 결의를 다지듯 주먹을 말아 쥐며 그렇게 말했다. 그러자 코토리는 미간을 약간 찌푸렸다.

"……마음은 고맙지만, 가능하면 너희를 휘말리게 하고 싶지 않아. 모처럼 영력이 사라져서 평온한 생활을 하게 됐는데—."

"—괜찮지 않을까요?"

하지만 바로 그때, 마리아가 대화에 끼어들며 코토리에게 제안을 했다.

"코토리의 의견에도 찬성하지만, 이번 상대에 대해서는 밝혀진 바가 너무 없어요. 저희에게 없는 발상을 얻을 수 있는 가능성을 차단할 상황은 아니라고 생각해요."

"…………."

그 의견이 옳다고 판단한 듯한 코토리는 잠시 동안 인상을 썼지만, 이윽고 작게 한숨을 내쉬었다.

"……어쩔 수 없네. 단, 어디까지나 참고삼아 지혜를 빌려주기만 하면 돼. 절대 작전행동에 참가시키지는 않을 거야. 알았지?"

""""……!""""

소녀들은 힘차게 고개를 끄덕였다.

시도는 그 모습을 보면서, 의무실로 반송됐다.

◇

메디컬 리얼라이저
의료용 현현장치로 치료를 받은 시도가 〈프락시너스〉의 브리핑 룸에 가보니, 그곳에는 원래 정령이었던 소녀들 전원이 모여 있었다.

코토리를 비롯해 오리가미, 니아, 쿠루미, 요시노, 무쿠로, 나츠미, 카구야, 유즈루, 그리고 또 한 사람이 테이블에 나란히 앉아 있었다.

"앗! 달링! 이제 괜찮나요~?!"

시도가 방에 들어가자, 그 『또 한 사람』이 큰 목소리로 그렇게 말했다.

공주님처럼 단정하게 자른 머리카락과 큰 키를 지닌 그 소녀의 목소리는 옥구슬처럼 아름다웠다. 그녀는 바로 과거에 정령이었던 아이돌, 이자요이 미쿠였다.

"응, 괜찮아. 리얼라이저는 정말 대단하네. 이번에 다시 실감했어. 다치기 전보다 몸이 더 좋아진 것 같을 정도야."

시도는 그렇게 말하며 팔을 과장스럽게 돌리며 어깨를 풀었다. 그러자 다들 안도의 한숨을 내쉬었다.

"—기다리고 있었어, 시도. 그럼 바로 회의를 시작할 테니까 자리에 앉아."

가장 안쪽의 자리에 앉은 코토리가 테이블에 팔꿈치를 올려놓으며 그렇게 말했다. 그러자 시도는 고개를 끄덕이며 빈 자리에 앉았다.

"그럼 마리아, 부탁해."

"예."

코토리가 그렇게 말하자, 그녀의 옆에 서있던 마리아가 손가락을 튕겼다.

그러자, 타원형 테이블의 중심부에 영상이 표시됐다.

"이건……."

그 영상을 본 시도는 미간을 약간 찌푸렸다.

영상에 표시된 것은 완전히 초토화가 된 광대한 시가지, 그리고 그 한가운데에서 무릎을 끌어안은 채 잠들어 있는 정체불명의 소녀였다.

"—보다시피 대상은 시도와 조우하고 나서 주위 일대를 파괴한 후, 휴면 상태에 들어갔어. 마치 눈에 들어오는 공간에 생물이 없어서 안심한 것처럼 말이야."

"AST는 어때?"

공간진 경보가 울렸으니 육상자위대 AST가 출동했을 것이다. 시도는 고개를 갸웃거리며 물었다.

"아까 교전했는데…… 전혀 상대가 안 됐어. 순식간에 박살이 나더니 그대로 퇴각했지. 사상자가 발생하지 않은 것이 불행 중 다행이야."

코토리는 질렸다는 듯이 어깨를 으쓱했다. ……하지만 그것도 충분히 예상이 된 사태다. 저 소녀에게서 느껴진 힘은 그 정도로 압도적이었던 것이다.

바로 그때, 오리가미는 눈을 가늘게 뜨며 코토리를 쳐다보았다.

"—확인할 게 하나 있어. 저건, 정령이야?"

""""………….""""

다들 그 말을 듣고 입을 다물었다.

하지만 그것도 당연했다. 그것은 이 자리에 있는 이들 전원이 생각해봤으나, 명확한 답을 내놓지 못한 의문인 것이다.

코토리는 묵직한 한숨을 토하며 입을 열었다.

"……1년 전, 시원의 정령인 미오의 세피라는 사라졌어. 『정령』이란 존재를 『미오의 영력을 나눠받은 존재』로 가정한다면, NO라고 말할 수밖에 없을 거야."

단, 하고 코토리는 말을 이었다.

"대상한테서 관측된 것은 영파반응이 틀림없어. 그렇기에 〈

라타토스크〉는 일시적으로 저 대상을 『정령』으로 판단하며, 식별명 〈비스트〉라 호칭하기로 결정했어."

"〈비스트〉……."

확실히 그 명칭은 저 소녀에게 어울린다는 생각이 들었다. ……뭐, 소녀에게 붙일 만한 명칭으로 적절한지에 대해서는 의문이지만 말이다.

시도가 그런 생각을 하고 있을 때, 미쿠가 당혹스러운 표정을 지으며 손가락을 턱에 댔다.

"으음…… 잘은 모르겠지만~, 미오 양에서 유래되지 않은 정령인 건가요~?"

"단정은 할 수 없다……는 게 현재까지의 판단이야. 우리가 아는 정령의 샘플 케이스는 전부 미오에게서 유래된 존재거든."

코토리는 어깨를 으쓱하며 미쿠의 질문에 답했다.

"〈비스트〉가 뿜는 영파반응은 기존의 정령들에게서 확인된 파장과 흡사하지만, 그것이 『미오의 힘이 세상 어딘가에 남아 있었다』는 것을 가리키는지, 『어떤 식으로 탄생했든 간에 정령은 모두 같은 조성이다』라는 의미인지는 아직 확실치 않아."

"뭐, 비교 대상이 없으니 검증할 수가 없긴 하겠지……."

코토리가 그렇게 말하자, 나츠미는 납득했다는 듯이 고개를 끄덕였다. 바로 그때, 나츠미는 뭔가가 생각난 것처럼 미간을 찌푸렸다.

"……혹시나 해서 하는 말인데 말이야. 〈자프키엘〉의 탄환으로 시간을 넘어서 온 정령……일 가능성은 없는 거야? 1년 전까지는 세피라가 존재했잖아. 그리고 미래로 가는 탄환 같은 것도 있지 않았어?"

"—어머, 어머."

그 가설을 듣고 입을 연 이는 바로 시간의 천사 〈자프키엘〉의 예전 소유자였던 쿠루미였다. 그녀는 재미있다는 듯이 눈을 가늘게 뜨더니, 손가락 끝으로 볼을 쓰다듬었다.

"재미있는 가설이군요. 확실히 그렇게 한다면 세피라가 사라진 이 시대에 정령이 출현하는 것도 가능할지도 모르겠어요."

"……그래서? 쿠루미는 짚이는 구석이 있는 거야?"

코토리가 도끼눈을 뜨며 쿠루미를 쳐다보았다. 그러자 쿠루미는 과장스럽게 고개를 저었다.

"유감스럽지만 없답니다. 저는 저런 분에게 【열한 번째 탄환(유드 알레프)】를 쏜 기억이 없어요. —시도 씨와 나츠미 양은 어떤가요?"

쿠루미는 시도를 쳐다보며 물었다.

시도는 그 의도를 금세 이해했다. 시도는 과거에 쿠루미의 영력을 봉인한 적이 있으며, 나츠미의 천사 〈위조마녀(하니엘)〉은 불완전하게나마 다른 천사의 힘을 모방할 수 있다.

즉, 〈자프키엘〉를 썼을 가능성이 존재하는 것이다.

"뭐, 나도 그런 적 없어."

"……나도 마찬가지야. 게다가 내가 베낄 수 있는 건 본 적이 있는 능력뿐이거든. 게다가 〈자프키엘〉은 능력을 쓸수록 자신의 수명이 줄지 않아? 만약 모방할 수 있더라도 절대 쓰고 싶지 않은데……."

"들으셨죠?"

그렇게 말하며 어깨를 으쓱한 쿠루미는 코토리를 쳐다보았다. 코토리는 예상했던 대답이라는 듯이 가볍게 고개를 끄덕였다.

하지만 바로 그때, 쿠루미가 재미있다는 듯이 입술을 일그러뜨렸다.

"—하지만, 만약 쓰인 탄환이 【유드 알레프】가 아니라 【유드 베트】라면, 지금의 저는 알 수 없을 거랍니다."

"……뭐?"

코토리는 미심쩍다는 듯이 날카로운 눈길을 머금었다. 하지만 쿠루미는 웃음을 흘릴 뿐이었다.

【유드 베트】. 그것은 대상을 미래로 보내는 【유드 알레프】와 쌍을 이루는, 〈자프키엘〉의 비기다. 총에 맞은 대상을 과거의 세계로 보내는 그것은 쿠루미에게 있어 비장의 카드였다.

그리고 쿠루미가 방금 한 말이 의미하는 바는 단 하나다. 그것을 눈치챈 코토리의 눈썹 가장자리가 희미하게 떨렸다.

"미래의 쿠루미가, 저 〈비스트〉를 과거에 보냈을 거란 말이야?"

"아뇨. 물론 저에게는 그런 짓을 할 생각이 없답니다. 애초에 지금의 저는 그럴 힘이 없죠. 하지만—."

쿠루미는 검지를 빙글빙글 돌리며 말을 이었다.

"미래란 예측할 수 없는 것이니까요. 어떤 이유로 정령의 힘이 부활했고, 어떤 이유로 제가 저 분을 과거로 보냈다— 그럴 가능성 자체는 그 누구도 부정할 수 없지 않을까요?"

"……윽. 너, 대체 무슨 짓을……."

코토리의 표정에 긴장이 어리자, 쿠루미는 눈을 살며시 내리깔며 고개를 저었다.

"그렇게 긴장할 필요는 없답니다. 어디까지나 그런 일이 벌어질 가능성은 만에 하나라도 존재한다— 라는 말이니까요."

"…………."

표정을 굳힌 코토리는 팔짱을 끼며 입을 다물었다. 확실히 쿠루미의 의견은 불온하지만, 그녀는 어디까지나 문제해결을 위해 가능성을 제시했을 뿐이다. ……뭐, 말투와 행동거지가 도발적이었다는 점은 부정할 수 없지만 말이다.

"아……."

날선 분위기를 환기시키려는 듯이, 시도는 일부러 어험 하고 헛기침을 했다.

"뭐, 뭐, 아무튼…… 말이야. 정체는 모르지만, 정령이라는 사실에는 변함없는 거지? 그렇다면, 우리가 할 일은 하나뿐이잖아."

시도가 그렇게 말하자, 브리핑 룸에 모인 소녀들은 눈을 치켜뜬 후, 고개를 끄덕였다.

그렇다. 확실히 상대의 정체는 알 수 없다. 또한 위험한 정령이다. 하지만 시도는, 시도 일행은, 언제나 그런 상대와 대화를 해왔다. 그리고 지금 이 자리에 있는 소녀들 또한, 과거에는 그런 상대였던 것이다.

그렇다면, 이번에도 할 일 자체에는 변함이 없다. 시도는 코토리 쪽을 쳐다보았다.

"—저 애를, 나에게 반하게 만들겠어. 코토리, 서포트를 부탁해."

아아, 그렇다. 그것이 시도의 임무이자, 사명이다.

이럴 때 코토리는 「이제야 뭘 좀 아네」 하고 웃음기 섞인 목소리로 말하며 어깨를 으쓱한 후, 이런 말을 입에 담는다. —자아, 우리의 전쟁(데이트)을—.

"——, 안 돼."

하지만…….

코토리는 예상과 다른 말을 입에 담았다. 그러자 시도는 무심코 눈을 치켜떴다.

"……뭐? 코토리, 방금 뭐라고 했어?"

"……안 된다고 했어. 네 출격을 허락할 수는 없어. 이 건은 〈라타토스크〉에 맡겨줘."

코토리는 표정을 굳히며 그렇게 말했다. 그 뜻밖의 반응을 본 시도는 당혹스러운 표정을 지었다.

"코토리, 무슨 소리를 하는 거야. 〈라타토스크〉에 맡겨달라니, 뭘 어쩌려는 건데? 정령의 힘을 봉인할 수 있는 건 나뿐이라고 말한 사람은 바로 너잖아!"

시도가 호소하듯 그렇게 말하자, 코토리는 노려보는 듯한 시선으로 그를 주시하며 입을 열었다.

"—그럼 하나만 묻겠어. 영력 봉인 능력은 시도에게 여전히 남아있긴 한 거야?"

"뭐……?"

"미오의 소실에 따라, 정령의 힘은 사라졌어. ―그렇다면, 미오에 의해 존재가 재구축된 시도의 능력은 어떻게 됐을까? 정령의 힘과 함께 사라졌어? 아니면 시도라는 존재에 섞인 채 여전히 남아있는 거야?"

"그, 그건……."

"답은― 『모른다』, 야. 봉인할 수 있는 영력이 없으니, 검증할 수도 없어."

코토리는 고개를 내저으며 말을 이었다.

"……설령 봉인 능력이 남아있더라도, 이번 정령에게 통할지도 알 수 없어. 그것도 그럴 것이, 미오 이외의 세피라를 통해 탄생한 정령일 가능성이 있는걸. ―이렇게 불확정 요소가 많은 존재에게, 정령에 대한 대응을 맡길 수는 없지 않을까?"

코토리는 주저 없이 그렇게 말했다. 하지만, 그렇다고 해서 다른 유효한 대책이 존재하는 것도 아닐 것이다. 결국 시도는 주먹을 말아 쥐며 입을 열었다.

"……그래. 거기까지는 생각하지 않았어. 확실히 지금까지와는 다르게, 내가 도움이 될지 안 될지 불확정한 상황이야. ―하지만 봉인할 가능성이 조금이라도 존재한다면, 시도라도 해봐야 하잖아! 밑져야 본전이야. 나한테 맡겨―."

"―몇 십 분 전에 죽을 뻔 했던 사람이 무슨 소리를 하는 거야!"

시도의 말을 끊듯, 코토리가 주먹으로 테이블을 내려쳤다.

언제나 냉정하던 코토리가 이렇게 격앙된 감정을 드러내자, 소녀들은 깜짝 놀라며 어깨를 부르르 떨었다.

"……윽."

다른 이들의 반응을 눈치챈 건지, 코토리는 손으로 이마를 짚으며 고개를 저었다.

"……미안해. 나는 사령관 실격이야. ……머리 좀 식히고 올게. 다들 잠시 쉬고 있어."

코토리는 그렇게 말하며 자리에서 일어나더니, 약간 비틀거리며 브리핑 룸을 나섰다.

"……나리—."

망연자실한 표정으로 코토리의 등을 응시하던 무쿠로가 걱정스러운 어조로 그렇게 말했다.

시도는 다른 이들을 안심시키려는 듯이 「괜찮아」 하고 말한 후, 아무 말 없이 코토리가 나선 문을 응시했다.

◇

"……윽!"

〈프락시너스〉 내부의 함장 집무실로 돌아간 코토리는 집무의자를 향해 걸어가더니, 그 위에 놓인 쿠션을 힘껏 벽에 집어던졌다.

퍽 하는 둔탁한 소리가 난 쿠션은 바닥에 떨어졌다.

—〈라타토스크〉의 사령관인 자가 다른 이들 앞에서 흐트러진 모습을 보였을 뿐만 아니라, 물건으로 화풀이를 하고 있다. 코토리는 땅이 꺼져라 한숨을 내쉬었다. 하지만 마음이 개운해지기는 건 고사하고, 도리어 한심한 기분에 사로잡혔다.

코토리는 쿠션을 주워들더니, 그대로 그것을 꼭 끌어안으며 바닥에 주저앉았다.

물론 이런 짓을 할 때가 아니라는 건 코토리도 이해하고 있었다.

—느닷없이 나타난 정체불명의 정령이 지닌 힘은 위협적이기 그지없었다.

눈에 보이는 모든 것을 파괴한 지금은 휴면 상태에 들어갔지만, 앞으로도 계속 저러고 있을 거란 보장은 없다. 저 존재가 파괴만을 목적으로 삼으며 날뛰기 시작하면, 며칠 안에 지구상의 풍경 자체가 완전히 뒤바뀌고 말 것이다. 그렇게 되기 전에 한시라도 빨리 대응책을 구상해야만 한다.

하지만, 저 정령에 대응할 수단이 코토리에게는— 아니, 현재 이 세상에는 존재하지 않았다.

물론 〈라타토스크〉는 정령을 보호하기 위한 조직이다. 무력을 통한 섬멸은 용납할 수 없으며, 그 이전에 저 정령에게 맞설 힘도 없다. 현재 〈라타토스크〉가 보유한 최강의 존재는 엘렌 메이저스지만, 기억을 잃기 전에 비해 리얼라이저에 대한 숙련도가 떨어지는 것이다.

그렇다면, 결국 시도가 최후의 희망이 될 수밖에 없다. 미오가 소멸한 후에도 영력 봉인 능력을 지니고 있는지 알 수 없지만, 다른 방법이 없는 것이다. 시도가 말한 것처럼, 도박을 해볼 수밖에 없다.

코토리도 그것은 알고 있다.

알고— 있는 것이다.

"…………."

하지만, 코토리는 아무 말 없이 머리를 거칠게 긁적였다.

과거에 본 광경이 뇌리에 되살아났다. 6년 전. 오래된 기억.

—코토리가 〈팬텀〉의 힘으로 정령이 되었을 때의 일이다.

어렸던 코토리는 힘을 제어하지 못했고, 주위에 불길을 흩뿌리며 대화재를 일으켰다. 그리고— 코토리를 구하러 온 시도조차도 죽일 뻔 했다. 쓰러진 시도, 살이 타들어가는 냄새……. 6년 넘게 지난 지금도, 그 악몽 같은 광경이 코토리의 기억 속에 선명하게 남아있었다.

당시에는 자신의 영력을 봉인한 시도에게 〈카마엘〉의 치유 능력을 양도되면서, 그는 목숨을 건졌지만—.

그 힘이 세상에서 사라진 현재 상황에서 시도에게 정령에 대한 대처를 맡겼다간, 과거의 그때처럼 그가 죽을지도 모르는 것이다.

"……, ……큭."

코토리는 자신의 심장 박동이 빨라지는 것을 느꼈다. 호흡이 거칠어지더니, 이마에 땀이 맺혔다.

그때만이 아니다.

오리가미가 잘못 쏜 총에 맞았을 때도.

요시노가 친 얼음 결계에 뛰어들었을 때도.

엘렌에게 가슴을 꿰뚫렸을 때도.

정령의 힘이 없었다면, 시도는 죽고 말았을 것이다.

—코토리 본인이 생각하기에도 시도에게 너무 무리를 시켰다. 〈카마엘〉이 사라진 지금에서야 그 사실을 깨달았다. 코토리는 자신의 머리카락을 묶은 검은색 리본을 꼭 움켜쥐었다.

그것은 코토리의 생일에 시도가 선물해준 리본이자— 그녀가 『강한 자신』을 만들기 위한 스위치다.

코토리는 이것으로 머리를 묶을 때마다 강한 마인드 세팅을 자신에게 걸어서, 귀여운 여동생에서 엄격한 사령관으로 변모했다. —〈라타토스크〉의 사령관으로서의 중책을 견뎌내고, 임무를 다하기 위해서는 강한 자신이 될 수밖에 없는 것이다.

아니다. 분명, 정확하게는…….

— 새하얀 리본을 맨 여동생(자신)은 시도를 전장에 보내는 것을 견딜 수 없기에, 자신 안에 또 하나의 사령관(자신)을 만들 필요가 있었던 것이다.

알고 보면 아무 것도 아니다. 필사적으로 만든 『강한 자신』이야말로, 코토리의 약한 마음을 증명하는 것이다. 이 위기적 상황에 직면하고서야, 코토리는 그 사실을 자각했다.

아아, 하지만 그것만이 아니다. 이 상황에 이르러서야 그것을 깨달았다.

자신은, 분명—.

"……!"

바로 그때, 코토리는 어깨를 부르르 떨면서 고개를 들었다.

이유는 단순했다. 집무실의 문에서, 머뭇거림이 섞인 듯한 노크 소리가 들려왔던 것이다.

한순간, 〈비스트〉가 움직인 걸지도 모른다고 생각했지만— 그렇지 않았다. 그렇다면 마리아가 긴급사태(이머전시 콜) 통보를 울렸을 테니까 말이다. 아마 갑자기 자리를 비운 코토리를 걱정한 누군가가 그녀를 살펴보러 온 것이리라.

더는 한심한 모습을 보일 수 없다고 생각한 코토리는 허둥지둥 몸을 일으키더니, 몸가짐을 단정하게 한 후에 입을 열었다.

"—열려 있어. 들어와."

코토리가 그렇게 말하자, 집무실의 문이 열리더니— 노크를 한 이가 모습을 보였다.

"…………윽."

그 상대를 본 코토리는 한껏 인상을 찡그렸다.

그 사람은 바로, 코토리가 지금 가장 만나고 싶지 않은 인간이었던 것이다.

"……윽, 은 좀 너무한 거 아냐?"

질렸다는 듯이 쓴웃음을 지으며, 노크를 한 인간— 시도가 어깨를 으쓱했다.

코토리는 고개를 가볍게 흔들며 다시 마인드 세팅을 한 후, 시도를 쳐다보았다.

"무슨 일이야? 대응책이라면 생각하고 있으니까 걱정하지 마. 금방 브리핑 룸으로 돌아갈 테니, 그때까지 쉬고 있어."

코토리는 태연을 가장하며 그렇게 말했다.

……물론, 거짓말이다. 〈비스트〉에 대한 유효한 대응책은 눈곱만큼도 생각나지 않았다.

하지만, 사령관은 작전 지휘에 버금갈 만큼 중요한 임무를 맡고 있다. 그것은 바로 부하들이 불안을 느끼지 않게 하는 것이다. 지휘관의 동요는 부하에게 쉬이 전파되며, 부대의 대열을 흐트러뜨린다. 그렇기에 코토리는 아무리 위기 상황에 처하더라도, 약한 소리를 할 수 없는 것이다.

하지만 시도는 한숨을 내쉰 후, 혼잣말을 중얼거리듯 이렇게 말했다.

"……몇 년 전이었더라? 내가 감기에 걸려서 뻗었을 때의 일이야. 마침 상비약이 다 떨어져서, 코토리가 약국에 가서 사 오겠다고 했었지?"

"……뭐?"

코토리는 시도가 무슨 말을 하는 건지 이해가 안 되었기에 미간을 찌푸렸다. 하지만 시도는 개의치 않으며 말을 이었다.

"약국가는 길에 있는 어느 집의 마당에는 커다란 개가 있었어. 누가 집 앞을 지나가기만 해도 엄청 짖어댔지. 그래서 내가 무리하지 말라고 했는데, 코토리는 괜찮다고 했어. 실은 무서워 죽을 것 같은데도 말이야."

"아, 아까부터 무슨 소리를 하는 거야?"

코토리가 묻자, 시도는 코토리의 눈을 똑바로 쳐다보았다.

마치, 코토리의 허세를 꿰뚫어보듯이…….

"코토리는 지금 그때와 똑같은 표정을 짓고 있어."

"…………윽."

코토리는 시도의 말을 듣더니, 무심코 숨을 삼켰다.

그러자 시도는 조용한 어조로 말을 이었다.

"—코토리는 대단해. 나보다 어린데도 사령관으로서 본분을 다하고 있잖아. 네가 있으니까, 나는 이제까지 싸울 수 있었어. 네가 있으니까, 나는 정령의 앞에 설 수 있었어. ……다들 너를 의지하고 있어. 그러니까, 네가 남들 앞에서 허세를 부릴 수밖에 없다는 것도 알아. 하지만—."

"……그만해."

코토리는 기어들어 가는 목소리로 그렇게 말했다. 하지만 시도에게는 들리지 않은 듯했다. 그는 상냥한 목소리로 말을 이어갔다.

"내 앞에서는 무리하지 않아도 돼. 나는— 네 오빠잖아."

"……윽."

그 말을 들은 순간— 코토리의 눈빛이 날카로워졌다.

진정해, 진정하는 거야, 하고 자기 자신에게 말했다. 사령관은 언제나 냉정해야만 한다. 아까 같은 실수를 또 범할 수는 없다.

하지만, 견딜 수가 없다. 억누를 수가 없다. 마음속에서 타오르는 감정의 불꽃이 자신을 집어삼키는 듯한 느낌이 들었다. 코토리는 미쳐 날뛰는 격렬한 감정 속에서, 자신이 목소리를 쥐어짜려 한다는 것을 느꼈다.

"『오빠잖아』……? 그래서, 뭐?"

"응—?"

"내가 네 동생이니까, 네가 무모한 짓을 벌이는 걸 막지 말라는 거야?

내가 네 동생이니까, 네가 사지로 향하는 걸 지켜보기만 하라는 거야?

내가 네 동생이니까, 네가 죽을지도 모른다는 걸 뻔히 알면서 그냥 묵묵히 보고 있기나 하라는 거야……?!"

코토리는 감정에 휩쓸리며— 고함을 질렀다.

"헛소리 하지 마. 말이 되는 소리를 하란 말이야……! 겨우 평화로워졌다고 생각했는데! 이제 시도가 상처입지 않아도 될 거라고 생각했는데! 저 정령은 대체 뭐야……?!"

사령관이 해선 안 되는 행동이라는 것은 이해하고 있다. 하지만, 폭발을 해버린 이상, 그것을 막는 건 무리다. 둑이 무너진 것처럼, 쌓여 있던 말들이 한꺼번에 쏟아져 나왔다.

"나는— 나는 시도가 죽는 걸 바라지 않아! 시도가 다치는 모습을 보고 싶지 않단 말이야! 시도가 괴로워하는 모습을 더는 볼 자신이 없어……! 나는! 나는—."

눈물이 방울져 떨어졌다.

"시도를— 좋아하니까……."

—아아, 최악이다.

코토리는 자신의 입에서 나온 그 말을 되새기며, 마구 날뛰고 싶은 충동에 사로잡혔다.

—자신이 지금 무슨 소리를 한 걸까. 후회가 폐부를 가득 채웠다.

그 말 자체는 거짓이 아니다. 코토리는 시도를 좋아한다. 분명— 일반적으로 여동생이 오빠에게 품는 가족으로서의 사랑과는 전혀 다른 의미로 말이다.

아아, 그렇다. 그것이 바로, 검은 리본을 맨 코토리에게 담겨 있는, 또 하나의 의미다.

검은 리본을 맸을 때, 코토리는 그를 『오빠』가 아니라 『시도』라고 부른다.

그것은 사령관으로서의 강한 자신을 만들기 위한 하나의 요소이기도 했다.

하지만, 그 이상으로—.

코토리는 여동생이 아니라, 한 사람의 여성으로서 시도를 대하는 자신을 원한 것이다.

……그렇다 할지라도, 타이밍이라는 것이 있다. 감정에 휩쓸린 채 울부짖으며 고백하다니, 한심한 데도 정도가 있다. 안 그래도 코토리는 피가 이어지지는 않았지만 시도의 여동생인 것이다. 평범하게 생각하면 상대방이 질려버릴 것이다. 그렇기 때문에 코토리는 이 마음을 가슴에 품어둘 생각이었으며, 만

약 그것을 밝히게 되더라도 최고의 시추에이션에서 그러기로 결심했었다. 그런데, 이렇게—.

"……코토리—."

시도는 놀랐는지 눈을 치켜뜨면서도, 낮은 어조로 말했다.

"……읏."

코토리는 겁먹은 것처럼 몸을 부르르 떨더니, 머리카락을 쓸어 넘기며 뻔뻔한 어조로 말했다.

"뭐야. 그러면 안 돼? 정상이 아냐? 그런 말 해봤자, 좋아하게 되어 버렸으니 어쩔 수 없잖아……! 나도 잘 모르겠단 말이야! 그래, 좋아해! 좋아한단 말이야! 그러니까 시도가 죽지 말았으면 해! 이제 시도를 정령 앞에 세우고 싶지 않아! 〈라타토스크〉 사령관 같은 건 상관없어! 나는—."

바로 그때, 멈추고 싶어도 멈출 수 없었던 말이 갑자기 끊겼다.

이유는 단순하기 그지없었다.

시도가 갑자기 다가오더니— 코토리의 몸을 상냥히 안아준 것이다.

"…………, 코토리."

시도는 코토리를 안더니, 그녀의 이름을 한 번 더 불렀다.

그 말에 반응하듯, 코토리의 몸이 움찔했다. 그런 코토리가 진심으로 사랑스러웠기에, 시도는 그녀를 안은 팔에 더욱 힘을 줬다.

—코토리의 말에 놀라지 않았다면, 거짓말일 것이다.

하지만, 그런 코토리의 마음을 지금까지 전혀 눈치채지 못했다면— 그것 또한 거짓말일 것이다. 코토리는 숨기고 있다 여긴 것 같지만, 그녀의 행동 하나하나에서 그 마음의 편린이 명백하게 느껴졌던 것이다.

하지만, 시도와 코토리는 남매다. 어쩌면 시도의 착각이나 자의식 과잉일지도 모르며, 설령 진짜일지라도 사춘기 특유의 흔들리는 마음 때문일지도 모르기에, 시도는 일부러 그것을 언급하지 않았던 것이다.

하지만— 이렇게 똑똑히 들은 이상, 마주할 수밖에 없다. 분명 그것이 오빠인 시도의 책임일 것이다.

"……내 몸을 걱정해 줘서 고마워, 코토리.

—나도, 코토리를 좋아해."

"…………읏!"

코토리는 시도의 말을 듣더니, 또 어깨를 부르르 떨었다.

하지만 코토리는 어떻게든 마음을 진정시키기 흥 하고 코웃음을 쳤다.

"……그래봤자 여동생으로서, 라는 말이 붙을 거 아냐."

코토리는 불만을 표시하듯 그렇게 말했다. ……아무래도, 영력을 봉인했을 때의 일을 여전히 기억하고 있는 것 같았다.

"……응, 그럴지도 몰라. 아니— 그럴 거라고 생각해."

"…………."

시도가 그렇게 말하자, 코토리는 입술을 깨물며 침묵했다. 코토리의 몸에 힘이 들어가는 것이 팔을 통해 느껴졌다. 아무래도 주먹을 말아 쥔 것 같았다. —마치, 고통을 견디려는 듯이…….

시도는 그런 코토리의 반응에, 가슴이 옥죄어드는 듯한 느낌이 들었다.

코토리가 이렇게 가슴 아파하는 것을, 시도는 바라지 않는 것이다.

하지만— 그렇다고 해서 빈말을 할 생각은 없다. 그러면 코토리가 더욱 상처 입을 것이 뻔하기 때문이다.

그렇기에, 시도는 말을 이었다.

자신의 가슴 속에 존재하는 마음을, 숨김없이 밝혔다.

"……나는 지금까지 제대로 누군가와 제대로 사귀어본 적이 없기 때문에, 어디까지나 내 상상이지만…… 아마, 코토리를 향한 마음은 그런 것과는 조금 다르다고 생각해."

그렇다. 그것이 시도의 솔직한 마음이다.

시도는 코토리를 진심으로 좋아하지만— 그것은 연인을 향한 마음과는 다르다.

시도의 말을 들은 코토리가 고개를 숙이는 걸 알 수 있었다. 코토리의 얼굴이 닿은 가슴 부분이 축축해졌다. 그것이 코토리의 눈물 때문이라는 것을 눈치채는 데는 그렇게 긴 시간이 걸리지 않았다.

"하지만—."

그러나, 시도는 말을 이었다.

이것이 분명 시도의 본심이다. 하지만 시도에게는 그 외에도 또 다른 마음이 하나 더 존재했다.

"—여동생을 향한 마음이 연인을 향한 사랑보다 못하다고, 대체 누가 정했어?"

"——."

코토리는 숨을 삼키며 고개를 들었다.

그리고 잠시 동안, 시도의 말을 되새기듯 숨을 고른 후…….

"……그게 무슨 소리야. 연인 앞에서 그런 소리를 하면 두들겨 맞을걸?"

어이없다는 듯이— 하지만, 마치 가슴의 응어리가 내려간 것처럼— 그렇게 대꾸했다.

"하하…… 그럴지도 몰라. 하지만, 진짜로 그렇게 생각하니 어쩔 수 없잖아. 나도, 자신의 감정을 내 뜻대로 어떻게 할 수 없어."

"…………."

코토리는 잠시 침묵하더니, 가늘게 숨을 내쉬며 시도의 등을 손가락으로 두드렸다.

"……고마워. 꽤 마음이 진정됐어."

"응."

시도는 짤막하게 대답한 후, 팔에서 힘을 빼며 코토리에게서 떨어졌다.

그러자 코토리는 셔츠의 소매로 눈물을 닦은 후, 새빨개진 눈으로 시도를 바라보았다.

"……미안해. 좀 흐트러진 모습을 보였네. 하지만 잊어—달라고 말하지는 않을 거야. ……아까 그 말은 내 진심에서 우러난 것이거든."

"그래."

시도는 고개를 끄덕인 후, 멋쩍은 듯이 볼을 긁적이며 말을 이었다.

"저기…… 말이야. 놀라기는 했지만— 기쁜지 슬픈지 따진다면, 분명…… 기뻐."

"……그, 그렇구나."

코토리는 볼을 새빨갛게 붉히며 고개를 돌렸다. 아무래도 마음이 진정되니 부끄러움이 밀려온 것 같았다.

하지만 계속 멋쩍어 할 수도 없다고 생각한 것 같았다. 코토리는 마음을 다잡으려는 듯이 어험 하고 헛기침을 한 후, 다시 입을 열었다.

"……뭐, 뭐어, 아무튼 내 말 알겠지? 나는 더 이상 시도를 위험에 처하게 하고 싶지 않아. 〈카마엘〉의 가호가 없는 시도를 정령 앞에 세울 수는 없어. ……내 마음을 이해해줄 거지?"

"…………."

코토리가 그렇게 말하자, 시도는 입을 다물었다.

시도는 코토리의 심정을 진심으로 이해할 수 있었다. 시도 또한, 코토리가 같은 상황에 처한다면 같은 말을 했으리라. 하지만—.

"저기, 코토리."

"……왜?"

코토리는 눈을 가늘게 뜨며 고개를 갸웃거렸다.

시도는 그런 코토리의 눈을 응시하며 말을 이었다.

"—확실히 지금의 나에겐 〈카마엘〉의 가호가 없어. 하지만, 그렇다고 해서 내가 정령 앞에서 도망치는 남자였다면— 코토리는, 나를 좋아해줬을 거야?"

"물론이야. 나를 얕보지 말아줄래?"

"……그, 그렇구나. 그게, 저기…… 미안해."

코토리가 주저 없이 답하자, 시도는 우물쭈물하며 고개를 숙였다. 볼을 붉히기는 했지만, 코토리의 표정에는 망설임이 존재하지 않았다. 왠지 고백을 한 덕분에 마음의 짐을 훌훌 털어버린 것 같았다.

하지만, 시도도 물러설 수는 없었다. 그는 마음을 다잡으려는 듯이 헛기침을 했다.

"절대…… 안 되는 거야?"

"응. 허락할 수 없어. 너무 위험하단 말이야."

"하지만, 다른 유효한 대응책이 있는 것도 아니잖아?"

"그건, 그렇지만……."

코토리는 목소리의 톤을 낮추며 그렇게 말했다.

분명, 아까 전의 코토리였다면 한사코 인정하지 않았을 것이다. 코토리가 드디어 마음을 열어준 듯한 느낌이 든 시도는 왠지 기뻤다.

"확실히 코토리의 말대로, 나에게 영력 봉인 능력이 남아있는지는 알 수 없어. 게다가 〈카마엘〉의 가호가 없는 이상, 정령 앞에 서는 게 예전보다 훨씬 위험한 것도 사실이야. 나도 딱히 죽고 싶은 건 아냐."

"그렇지? 그렇다면 다른 방법을—."

"—하지만 말이야."

시도는 코토리의 말을 끊듯 입을 열었다.

"잘 생각해보니, 내가 정령과의 대화를 담당하게 된 건 정령의 영력을 봉인할 수 있기 때문도, 〈카마엘〉의 가호를 지녔기 때문도 아니었어. —뭐, 〈라타토스크〉로서는 그 두 가지가 중요했겠지만, 나는 토카를 만날 때만 해도 자신이 그런 힘을 지녔다는 걸 몰랐잖아."

"……그건— 미안해."

코토리는 약간 삐친 것처럼 입술을 내밀었다. 하지만 시도는 고개를 저었다.

"아냐, 괜찮아. 덕분에 중요한 걸 눈치챘거든."

"중요한 것……?"

"응. —내가 정령과의 대화를 맡기로 한 건, 그저 정령을 구해주고 싶다고 생각했기 때문이었어."

"…………."

시도가 자신의 내면에 존재하는 결의를 표명하듯 그렇게 말하자, 코토리는 낮은 신음을 흘리며 입을 다물었다. 하지만 곧 미간을 찌푸리며 고개를 저었다.

"……결과론이기는 하지만, 이제까지의 정령은 미오가 시도에게 영력을 부여하기 위해 만든 존재였어. 아무리 무시무시한 상대일지라도, 분명 실낱같은 승산이 존재했어. —하지만 〈비스트〉는 지금까지의 정령과 달라. 애초에, 제대로 된 의사소통이 가능한지도 확실치 않아. 그저 허무하게 죽으러 가는 거나 마찬가지야."

코토리는 호소하듯 그렇게 말했다. 하지만 시도는 그 말을 부정하려는 듯이 손을 내밀었다.

"그렇지 않다……고 생각해. 나는 아주 약간이지만, 〈비스트〉와 이야기를 나눴어. 그리고 그 녀석은 그때— 한순간 공격을 멈췄어. 의사소통을 가능할 여지는 있다고 생각해."

"……윽, 그건—."

시도가 그렇게 말하자, 코토리는 말문이 막혔다. 코토리도 함교에서 봤을 것이다. 시도의 숨통을 끊으려던 〈비스트〉가 한순간 망설이는 듯한 모습을 말이다.

"그건…… 그런 미세한 근거를 가지고, 정령 앞에 서려는 거야?"

"응. 그게 〈비스트〉와 대화를 나눠본 내 결론이야."

"…………."

코토리는 입을 다물었다. 그럴 만도 했다. 적어도 현재 단계에서 〈비스트〉와 직접 조우한 인간은 시도뿐인 것이다.

"미안해. 약아빠진 소리지? 하지만— 이게 전부야."

시도는 코토리의 눈을 응시하며 말을 이었다.

"지금으로부터 2년 전— 처음으로 토카와 만났을 때, 정말 슬픈 표정을 짓고 있다는 생각이 들었어. 그리고 나는 어떻게

든 해주고 싶다고 생각했어. 그 애를— 미소 짓게 해주고 싶다고 생각했어.

나한테 특별한 힘이 있을 거라고는 당시엔 생각도 못했어. 〈라타토스크〉와 미오의 의도 같은 것도, 당시의 나는 상상조차 할 수 없었지.

—애초에 나한테 있어서는 순서가 정반대였어.

힘을 지녔기 때문에, 구해주자고 생각한 것이 아냐.

구해주고 싶다고 생각했는데, 우연히 내가 그에 필요한 힘을 지니고 있었던 거야.

그러니까— 나한테 있어 이 상황은, 그때와, 다를 게 없어."

그렇다. 저 정령— 〈비스트〉는 너무나도 슬퍼 보이는 표정을 짓고 있었다. 마치, 처음 만났을 때의 토카처럼 말이다.

그리고 자신은 〈비스트〉와 대치했을 때, 공포보다 먼저 그녀를 어떻게든 해주고 싶다는 생각부터 했다. 그녀의 미소를, 보고 싶다는 생각을 하고 말았다.

그저, 그뿐이다.

이유라고는, 그게 전부다.

하지만 시도가 목숨을 걸기에는, 차고 넘치는 동기였다.

"……………………………………………, 하아."

기나긴 침묵 끝에…….

코토리는 땅이 꺼져라 한숨을 내쉬었다.

"……바보네. 정말…… 바보야."

그리고 혼잣말을 하듯, 입을 열었다.

"—〈세계수의 잎(위그드 폴리움)〉, 1번부터 10번까지의 병렬 구동을 통한 방성(防性) 임의영역(프로텍트 테리터리) 형성."

"뭐?"

한순간, 코토리가 무슨 말을 하는지 이해하지 못한 시도는 눈을 동그랗게 떴다. 하지만 코토리는 그런 시도를 개의치 않으며 말을 이어갔다.

"〈프락시너스 EX(엑스 케르시오르)〉는 불가시미채를 전개하고 상공 500미터에서 대기. 칸나즈키의 직접 조작을 통한 전투 대비. 토비이치 오리가미 및 엘렌 메이저스의 CR-유닛 착용을 승인. 현장 부근에서 대기—."

"코, 코토리?"

시도가 당혹스러운 표정을 지으며 이름을 부르자, 코토리는 한숨을 내쉬며 어깨를 으쓱했다.

"이게 최소한의 조건이야. —아무런 대비 없이 정령 앞에 나서는 건 절대 허락 못 해."

"—아! 그 말은……."

시도가 눈을 동그랗게 뜨자, 코토리는 졌다는 듯이 고개를 끄덕였다.

"어쩔 수 없잖아. 진짜로— 고집이 세다니깐."

"코토리……!"

시도는 환한 표정을 지으며 코토리의 손을 움켜잡았다. 그러자 코토리는 볼을 붉히더니, 흥 하고 코웃음을 쳤다.

"……하아, 나 자신이 정말 싫어. 왜 이렇게 되어버리는 걸까. ……시도한테 설득 당하다니, 진짜 분해 미치겠네."

그렇게 말한 코토리는 원망 섞인 눈길로 시도를 쳐다보았다. 시도는 그 시설을 받더니, 어깨를 으쓱했다.

"나는 오히려 안심이 돼. 코토리도 설득 못해서야, 저 정령을 나한테 반하게 만드는 건 꿈같은 일일 테니까 말이야."

"기어오르지 마."

코토리는 시도의 머리를 손날로 때리더니, 마음을 다잡으려는 듯이 자신의 볼을 두 손바닥으로 때렸다.

"—아무튼, 방침이 결정됐으니까 브리핑 룸으로 돌아가자. 다들 불안을 느끼고 있을 거야."

"그래—!"

시도는 환한 목소리로 그렇게 말하더니, 코토리의 손을 잡아끌며 걸음을 옮기려고 했다.

하지만 코토리는 뭔가가 생각난 것처럼 「아」 하고 말하더니, 시도에게 잡혔던 손을 뺐다.

"잠깐만 기다려줄래? —준비를 하고 싶거든."

"준비?"

"응—."

코토리는 짤막하게 답한 후, 왼손으로— 머리카락을 묶고 있는 두 개의 검은색 리본 중 하나를 풀었다.

—스스로가 생각해도, 어리석은 결단을 내렸다는 생각이

들었다.

왼쪽의 리본을 푼 코토리는 자조 섞인 한숨을 내쉬었다. ―설마 시도에게 설득을 당해서, 출격을 허락하고 말 줄이야.

아니, 정확하게는 조금 다르다.

그것은 어쩔 수 없는 일이기도 했다. 지금 이 지구상에서 저 정령에게 대항할 수 있는 전력은 존재하지 않는다. 시도가 아까 한 말은 물러터진 감정론이 가미되어 있기는 해도, 그렇게 틀린 말은 아닌 것이다.

오히려 물러터진 건 코토리 쪽이다. 시도의 안위를 걱정한 나머지, 냉철한 판단력을 잃었던 것이다. 그리고 시도의 말을 듣고서야― 결단을 내릴 수 있었다. 정말 못난 사령관이다.

(―확실히 지금의 나에겐 〈카마엘〉의 가호가 없어. 하지만, 그렇다고 해서 내가 정령 앞에서 도망치는 남자였다면― 코토리는, 나를 좋아해줬을 거야?)

아까 시도가 했던 말이 뇌리를 스쳤다.

코토리는 그 말에 주저 없이 YES라고 답했으며, 그 대답이 옳다고 생각한다. ―애초에 시도는 자기 평가가 너무 낮았다. 그런 만용을 보이지 않더라도, 시도에게는 장점이 얼마든지 있는데 말이다.

하지만, 승산이 없더라도 누군가를 위해서 나서려 하는 시도를 싫어하냐면, 코토리는 주저 없이 고개를 저을 수밖에 없다.

그런 짓을 하지 않더라도 코토리는 시도를 좋아했겠지만― 그런 시도이기 때문에, 코토리는 이 정도로 그에게 반한 것이다.

"……먼저 반한 쪽이 손해만 본다니깐. 정말 바보 같아."

"뭐?"

"아무 것도 아냐."

코토리는 웃음을 흘리며 얼버무리더니, 손에 쥔 검은색 리본을 호주머니에 넣었다. 그리고 그 대신 흰색 리본을 꺼냈다.

—약한 코토리를 가리키는 증표. 시도의 여동생인 코토리의 상징.

그것은 코토리에게 있어 긍지이자, 저주였다.

실제로, 코토리는 방금 실연을 경험했다고 할 수 있으리라. 뜻한 건 아니지만 좋아하는 이에게 그 마음을 전했으며, 그 상대방은 자신에 대한 감정이 사랑이 아니라고 말했다. 그야말로 한편의 실연극이다.

하지만—.

"……여동생을 향한 마음이 연인을 향한 사랑보다 못하다고, 대체 누가 정했어— 라."

코토리는 작게 중얼거리더니, 손에 쥔 흰색 리본으로 왼쪽 머리카락을 묶었다. 오른쪽은 검은색, 왼쪽은 흰색 리본으로 트윈테일을 완성한 것이다.

『강한 자신』과 『약한 자신』. 불가침을 관철해왔던 두 자신이 얼굴을 마주한 것 같은 느낌에 사로잡힌 코토리는 무심코 웃음을 흘렸다.

"코토리? 그건—."

시도는 다른 색깔의 리본으로 좌우의 머리카락을 묶은 코토리를 보더니, 불가사의한 표정을 지었다.

코토리는 고개를 약간 숙이더니, 홀더에서 막대사탕을 꺼내 입에 넣었다.

"어머, 몰랐어? 나는 보기보다— 욕심이 많아."

그리고 혀를 날름 내밀면서 미소를 지었다.

아아, 시도의 말이 옳다.

이 세상의 그 누구도, 여동생을 향한 마음이 연인을 향한 사랑보다 못하다고 정하지 않았다. 이 세상의 그 누구도, 여동생이 연인보다 못하다고 정하지 않았다. 설령 누군가가 그렇게 정했을지라도, 코토리가 그것을 준수할 필요는 없다.

왠지, 자신이 좁은 틀 안에 틀어박혀 있었던 것 같은 느낌이 들었다. —자신은, 여동생이면 된다. 여동생인 채, 시도를 사랑해도 되는 것이다.

하지만, 그것만으로는 부족하다.

역시 코토리는, 양쪽 다 포기할 수 없는 것이다.

그래서, 코토리는 머리카락을 묶었다.

—검은색과, 흰색.

시도를 사랑하는 사령관(자신)이자, 연인보다 사랑받고 있는 여동생(자신)으로서, 앞으로도 싸워 나가기 위해서…….

그렇다. 한 번 차인 것이 어쨌다는 말이냐. 코토리는 시도의 여동생이다.

여동생으로서 총애를 받으며, 여성으로서도 사랑받는다. 친동생인 마나에게 그럴 마음이 없는 이상— 그런 존재가 될 가능성이 있는 건, 이 세상에 코토리 단 한 사람뿐인 것이다.

"—자아, 가자. **오빠**~."

"뭐—?"

코토리는 장난스럽게 미소 짓더니, 시도의 손을 잡으며 집무실을 나섰다.

절대로 시도를 죽게 하지 않겠다는, 강한 결의를 가슴에 품으며…….

◇

"아! 시도 씨, 코토리 씨……!"

"음, 두 사람을 기다리고 있었느니라."

"거봐요~, 제가 금방 화해할 거라고 했잖아요~! —자아, 배팅 금액은 나츠미 양 킁킁 열 번이었죠?"

"안 했어. 그런 도박 한 적 없거든?"

시도와 코토리가 브리핑 룸으로 돌아오자, 소녀들은 기쁨과 안도가 어린 목소리로 그렇게 말했다.

"다들, 걱정 끼쳐서 미안해."

"뭐야. 쉬어도 된다고 했는데, 우리를 기다리고 있었던 거야?"

그렇게 말한 코토리는 훗하고 웃으며 어깨를 으쓱했다. 그런 그녀는 완벽하게 믿음직한 사령관으로 되돌아와 있었다.

"……고마워. 그리고 다들 걱정 끼쳐서 미안해. 그래도 이제 괜찮아. 겨우 각오가 됐거든."

코토리는 그렇게 말하며 원래 자리에 앉더니, 이 자리에 있는 이들을 둘러보며 말했다.

"―본함은 이제부터 작전행동에 들어가겠어. 대상은 지상에서 수면을 취하고 있는 정령, 식별명 〈비스트〉. 금일 오후 아홉 시를 기해, 이츠카 시도와 대상의 접촉을 개시할 것이며―."

그리고 코토리는 시선을 날카롭게 만들었다.

"―데이트해서, 반하게 만드는 거야……!"

""""……!""""

코토리가 그렇게 말하자, 다들 환성을 질렀다.

"크큭, 역시 그렇게 나와야지!"

"수긍. 그래야 〈라타토스크〉다워요."

"으음~, 하지만 정말 괜찮겠어? 소년은 지금 자동 회복 마법이 풀린 상태잖아?"

니아는 볼을 긁적이며 그렇게 말했다. 시도는 희미하게 긴장감이 어린 표정을 지으며 고개를 끄덕였다.

"……응. 반드시 해내겠어. 확실히 위험한 정령이긴 하지만―아예 말이 안 통하는 상대인 건 아니야."

"으음…… 뭐, 떡은 떡집에 맡기라잖아. 정령 공략의 전문가인 소년이 그렇게 말한다면, 내 말은 괜한 소리나 다름없겠네."

"아냐. 고마워, 니아."

시도가 그렇게 말하자, 니아는 손을 가볍게 흔들었다.

그 후, 코토리는 덧붙이듯 입을 열었다.

"물론 가능한 한 대비는 할 거야. 프로텍트 테리터리로 시도의 몸을 감쌀 거고, 〈프락시너스〉도 대기시키겠어. —오리가미, 너도 나서줬으면 해. 부탁해도 될까?"

"—물론이야."

오리가미는 코토리의 말에 짤막하게 답했다. 그렇게 간결하게 대답하는 오리가미가 정말 믿음직하게 느껴졌다.

"——."

다시 브리핑 룸을 둘러본 코토리는 고개를 살짝 숙이면서 크게 숨을 들이마시더니, 두 눈을 다시 치켜떴다.

"자아, 우리의 전쟁(데이트)을 시작—."

—하지만.

코토리는 그 말을 끝까지 잇지 못했다.

말을 하던 도중에 코토리는 눈을 치켜뜨더니, 믿기지 않는 것을 본 듯한 얼굴로 브리핑 룸 중앙의 공간을 응시하기 시작한 것이다.

"코토리……?"

시도는 의아하다는 듯이 코토리의 시선이 향한 곳을 쳐다보았다. 그리고 다른 이들도 시도와 마찬가지로 그곳을 향해 고개를 돌렸다.

""""————윽?!""""

그리고 그들은 그제야 눈치챘다.

타원형 테이블의 중앙, 영상이 투영되고 있는 바로 그 부분에서…….

—열쇠 같은 형태를 지닌 칼날이 튀어나왔다는 사실을 말이다.

"아니……, 이건—."

시도는 무심코 눈을 치켜뜨며 숨을 삼켰다. 그러자, 테이블 앞에 앉아있던 무쿠로가 뭔가를 눈치채며 어깨를 부르르 떨었다.

미카엘
"맙소사, 〈봉해주(封解主)〉……인 게냐?!"

그렇다. 아무 것도 없는 허공에서 칼날만 튀어나와 있는 그 광경은…….

과거에 무쿠로가 지녔던 열쇠의 천사, 〈미카엘〉을 연상케 했다.

—경악으로 가득 찬 무쿠로의 목소리에 답하듯, 칼날이 천천히 회전했다. 마치, 열쇠구멍에 꽂힌 열쇠를 돌리듯이 말이다.

그러자 다음 순간, 칼날을 기점으로 하며 공간에 거대한 『구멍』이 생기더니—.

그 존재는, 모습을 드러냈다.

색소를 잃은 듯한 머리카락, 흠집과 금으로 뒤덮인 영장, 짐승을 연상케 하는 날카로운 손톱…….

그리고— 감옥처럼 몸을 둘러싸고 있는 열 자루의 검…….

정체불명의 정령 〈비스트〉가, 이곳에 강림했다.

"……윽!"

"마, 말도 안 돼……!"

"〈비—스트〉……?"

소녀들의 당황한 목소리가 브리핑 룸에 울려 퍼졌다. 그리고 그제야 상황을 파악한 건지, 함내에 긴급사태 발생을 알리는 경보가 울려 퍼졌다.

주위가 소음으로 가득 찬 가운데, 『구멍』에서 기어 나온 소녀는 공허한 눈길로 허공을 둘러보더니—.

"아, 아아— 아아아아아아아아아아아—."

갈라질 대로 갈라진 목소리로 고함을 질렀다.

""""…………윽!""""

정령들은 그 포효를 듣고 몸이 위축되거나, 혹은 숨을 삼켰다.

하지만 그러는 것도 당연했다. 방금 나타난 소녀에게서 느껴지는 압도적인 위압감은 바라보고 있는 이들의 가슴을 날붙이로 찌르는 듯한 흉흉함으로 가득 차 있었던 것이다.

—하지만, 그런 전율 속에서도…….

시도만은, 식은땀을 흘리면서도 그 소녀의 눈앞에 서더니, 상대방의 얼굴을 지그시 응시했다.

"……설마, 네가 만나러 와줄 줄은 몰랐어. —정말 영광이야."

그리고 온몸을 떨리게 하는 엄청난 영력을 느끼면서도, 허세를 부리듯 미소를 지었다.

아아, 그렇다.

각오 같은 건, 오래 전에 했다.

결의 같은 건, 이미 마쳤다.

그렇다면 공포 따위를 느낄 필요는 없다.

그렇다면 전율 따위를 할 짬은 없다.

왜냐하면 시도는, 이제부터 이 소녀를 구원해야만 하니까—!

시도는 한 걸음 앞으로 내딛더니, 아까 코토리가 끝까지 잇지 못했던 말을 대신 입에 담았다.

"자— 우리의 전쟁(데이트)을, 시작하자."

To be continued

■작가 후기

지난 권에서 다음 권으로 끝난다고 말했지? 그건 거짓말이다.

오래간만입니다. 타치바나 코우시입니다.

『데이트 어 라이브 21 토카 굿엔드 상(上)』을 여러분에게 전해드립니다. 어떠셨는지요. 여러분의 마음에 드셨기를 빕니다.

아, 딱히 독자 여러분을 속일 생각은 없었습니다. 진짜로 이번 권에서 끝낼 생각이었어요.

하지만 본편을 마무리 짓는 이야기를 어떤 식으로 쓸지 생각하다 문뜩, 정령 전원의 에필로그를 쓰고 싶다는 생각을 하게 됐습니다.

그렇다면 한 사람 당 한 챕터 분량은 필요하기에, 서장을 제외하고 총 10챕터 구성이 되어버렸습니다. 하지만 이 분량을 책 한 권에 담았다간 너무 두껍기 때문에 책을 나누게 된 거죠.

무리하게 600페이지 분량의 단권으로 구성하는 방법도 있기는 합니다. 하지만 담당 편집자님의 「상하로 나누면 컬러 삽화와 흑백 삽화를 두 배로 확보할 수 있어요」 라는 말을 듣자마자 「아, 그럼 그렇게 부탁합니다」 하고 대답했습니다. 일러스트 숫자보다 우선되는 폴리시 같은 건 존재하지 않죠.

캐릭터 수가 늘어나면 좀처럼 일러스트에 실리지 않는 캐릭터가 늘어납니다. 하지만 2권 분량이면 캐릭터 전원이 각각 부각되는 장면을 일러스트로 담을 수 있죠. 우와, 진짜 끝내주네요. 상하권이 아니라 확 열 권 정도로 나누는 편이 좋을지도 모르겠습니다. 60페이지 분량에 표지와 컬러 일러스트와 삽화가 각각 한 권 분량씩 들어가는 호화 구성이죠. ……그 정도면 그림책이나 다름없겠군요.

자아, 이번 권은 『데이트 어 라이브』의 에필로그입니다. 저자 프로필에서도 다뤘습니다만, 표지 또한 대단원 느낌이 물씬 나고 있습니다. 굿엔드 이외의 그 무엇도 아니죠. 처음 보자마자 담당 편집자님에게 「괜찮겠어요? 서브타이틀 바꿀까요?」 하고 말했을 정도로 굿엔드 느낌이 물씬 납니다.

아무튼, 이번 표지는 지금까지의 『데어라』를 통틀어도 손꼽힐 만큼 마음에 듭니다. 디자인 면에서의 특별한 느낌은 물론이고, 캐릭터의 디자인이 정말 끝내줍니다. 개인적인 취향도 반영되어 있습니다만, 이제 와서 이렇게 신선한 캐릭터를 완성시켜주신 츠나코 씨의 저력에는 매우 놀랐습니다.

……응? 아, 딱히 눈 밑에 다크서클이 있어서 좋아하는 건 아니에요. 그런 게 아니라고요. 진짜예요.

아, 그리고 이미 알고 계신 분도 많을 거라 생각합니다만,

이 자리를 빌려 여러분에게 고지할 게 하나 있습니다.

『데이트 어 라이브』 시리즈의 신 애니메이션 『데이트 어 불릿』의 애니메이션화 기획이 현재 진행 중입니다! 짝짝짝짝!

히가시데 씨와 NOCO 씨가 만든 세계가 과연 어떤 애니메이션이 될지, 벌써부터 고대됩니다. 추가 정보도 순차적으로 공개될 테니, 많은 기대 부탁드립니다!

자아, 이번 권도 많은 분들께서 힘써주신 덕분에 발간될 수 있었습니다.

일러스트레이터이신 츠나코 씨. 항상 멋진 일러스트를 그려주셔서 감사합니다. 컬러 삽화의 중학생's가 너무 귀엽지 않나요? 그리고 막바지에 「나기사 씨의 일러스트를 부탁해요!」 하고 억지를 부려서 죄송합니다.

담당 편집자님. 매번 폐를 끼쳐서 죄송합니다. 22권의 원고는 좀 더 여유 있게 드릴 수 있도록 최선을 다하겠습니다!

디자인을 맡아주신 쿠사노 씨, 이번에도 스타일리시한 디자인을 완성시켜주셔서 감사합니다. 신 애니메이션도 잘 부탁드립니다!

편집, 출판, 유통, 판매 등에 관여해주신 모든 분들, 그리고 무엇보다 이 책을 읽어주신 독자 여러분에게, 진심으로 감사드립니다.

자아, 이야기는 다음 권인 『데이트 어 라이브 22 토카 굿엔드 하(下)』로 이어집니다.

부디 마지막까지, 『데이트 어 라이브』의 커튼콜에 함께 해 주신다면 정말 감사하겠습니다.

2019년 9월 타치바나 코우시

■역자 후기

안녕하십니까. 근로청년 번역가 이승원입니다.

『데이트 어 라이브 21 토카 굿엔드 상』을 구매해주셔서 진심으로 감사드립니다.

2020년, 경자년을 맞이했습니다.

독자 여러분, 좀 늦었습니다만 새해 복 많이 받으십시오!

올해도 독자 여러분께서 웃음과 행복이 가득한, 그리고 건강한 1년이 되기를 진심으로 빕니다!

저도 올해는 작년보다 나은 한해가 될 수 있도록 최선을 다할 생각입니다.

그러려면 우선 이 엔드리스 왈츠 같은 마감 전쟁에서 승리를 해야 합니다만…… 그게 너무 어렵네요, AHAHA.

독자 여러분은 자기 자신과의 전쟁(^^)에서 승리자가 되시길 기원합니다!

그럼 『데이트 어 라이브』 21권에 대해 이야기를 좀 해볼까 합니다.

스포일러가 포함되어 있을 수도 있으니 본편을 안 읽으신

분은 유의해주시길!

타치바나 코우시 작가님께서 후기에서 밝히셨듯이, 이번 권은『데이트 어 라이브』각 히로인들의 에필로그로 구성되어 있습니다.

정령이란 존재에 얽힌 모든 싸움에 종지부가 찍힌 후, 일상으로 돌아온 시도와 히로인들의 모습이 그려지고 있습니다.

이번 권은 그런 최종권의 상편이며, 오리가미, 니아, 쿠루미, 요시노, 코토리의 에필로그격 이야기가 다뤄지고 있습니다.

시도가 토카를 마음에 품은 채로 자신을 사랑하게 만들겠다 말하는 오리가미.

장래를 고민하고 있는 시도를 어른스러운 조언으로 바르게 이끌어주는 니아.

죽은 친구와 희생된 이들을 추모하며 하루하루를 살면서도, 자신의 목적을 포기하지 않은 쿠루미.

자신의 과거와 마주한 끝에, 잊고 있었던 소중한 사실을 떠올린 요시노.

그리고 자신의 진짜 마음을 시도에게 전하며, 강한 자신과 약한 자신을 전부 받아들인 코토리.

히로인들은 각자의 위치에서, 각자의 미래를 향해 발걸음을 내딛고 있었습니다.

그리고 그런 그녀들을 보며, 시도 또한 자신이 나아가야할 길을 찾아가죠.

하지만, 새로운 정령이 그들 앞에 나타나면서 이야기는 급박하게 흘러갑니다.

남은 다섯 명의 매력적인 히로인, 그리고 이번 권에서 등장한 정체불명의 정령에 대한 이야기가 펼쳐질 다음 권이 벌써부터 기대되는군요.

독자 여러분도 마찬가지일 거라 믿어 의심치 않습니다!

그럼 이만 줄이겠습니다.

L노벨 편집부 여러분, 개인적 사정으로 작업이 늦어져 정말 죄송합니다. 앞으로는 이런 일을 줄일 수 있도록 최선을 다하겠습니다.

항상 고기 먹으러 가자며 연락을 주는 악우여. 덕분에 고기로 스트레스 푼다. 다음에 또 고기 먹으러 가자고~.

마지막으로 언제나 제게 버팀목이 되어주시는 어머니와 『데이트 어 라이브』를 읽어주신 모든 분들에게 진심으로 감사드립니다.

이 시리즈의 대미를 장식할 『데이트 어 라이브』 22권의 역자 후기 코너에서 다시 뵙겠습니다!

2020년 1월 중순

역자 이승원 올림

데이트 어 라이브 21

1판 1쇄 발행 2020년 2월 10일
1판 5쇄 발행 2024년 5월 10일

지은이_ Koushi Tachibana
일러스트_ Tsunako
옮긴이_ 이승원

발행인_ 최원영
본부장_ 장혜경
편집장_ 김승신
편집진행_ 권세라 · 최혁수 · 김경민 · 최정민
커버디자인_ 양우연
국제업무_ 박진해 · 전은지 · 남궁명일
관리 · 영업_ 김민원 · 조은걸

펴낸곳_ (주)디앤씨미디어
등록_ 2002년 4월 25일 제20-260호
주소_ 서울시 구로구 디지털로 32길 30, 코오롱디지털타워빌란트 1301-1308호
전화_ 02-333-2513(대표)
팩시밀리_ 02-333-2514
이메일_ lnovellove@naver.com
L노벨 공식 카페_ http://cafe.naver.com/lnovel11

ISBN 979-11-278-5438-6 04830
ISBN 979-11-278-4271-0 (세트)

값 7,800원

곰 곰 곰 베어 1~9권

쿠마나노 지음 | 029 일러스트 | 김보라 옮김

게임이 현실보다 재밌습니까?—YES
현실 세계에 소중한 사람이 있습니까?—NO

……온라인 게임 설문 조사에 대답했을 뿐인데
말도 안 되는 이세계(아마도)로 내던져진 나, 유나.
은톨이 경력 3년의 폐인 게이머.
맨 처음 장착하게 된 장비템이『곰 세트』라니…….
이게 무어야—!?
하지만 세고 편하니까 뭐, 괜찮으려나?
울프를 쓰러뜨리고, 고블린을 쓰러뜨리고
극강 곰 모험가로서 일단 해볼까요.

은둔형 외톨이 소녀, 이세계에서 무적의 곰 모험가가 되다!

라이트노벨의 새로운 빛! L노벨의 신간은 매월 10일에 발매됩니다. http://cafe.naver.com/lnovel11

L NOVEL

검사를 목표로 입학했는데 마법 적성 9999라고요?! 1~8권

넨쥬무기챠타로 지음 | 리이츄 일러스트 | 김보미 옮김

"하지만 전 전사학과에서 검사가 되고 싶어요!"
일류 검사를 꿈꾸는 소녀 로라는 불과 아홉 살에 모험가 학교에 합격하고,
「검사 친구가 많이 생겼으면 좋겠다」는 기대에 부푼다.
그리고 다가온 입학식 날.
로라는 보통 학생이 50~60이 나오는 검 적성치 측정에서
경이로운 107점을 기록하며 검의 천재가 되지만
하는 김에 마법 적성치도 측정한 결과…… 무려『전 속성 9999』!!
전대미문의 압도적인 수치에 학교 전체가 술렁이고 마법학과로 즉시 전과 결정♪
검사가 되고 싶은 바람과는 반대로 로라는 천재 마법사로 쑥쑥 커가고
순식간에 마법학과의 어느 선생님보다도 강해지는데…….
마법 재능이 지나치게 풍부한 아홉 살 소녀의 통쾌한 판타지!!